BEAUTIFUL MONSTER

TOME 2

Captive sous Contrat

Dark flower

« Les personnages et les situations de ce roman étant purement fictifs, toute ressemblance avec des personnes ou des situations existantes ou ayant existé ne saurait être que fortuite. »

<u>Avertissement :</u>

Cette histoire est une Dark Romance.

Elle contient des scènes de relations sexuelles explicites, de torture, de viols, violence et de meurtres. Elle ne convient pas à un jeune public ni aux âmes sensibles.

<u>Attention, danger</u>

Le monde dans lequel vous allez entrer est très choquant et dégoûtant, de par le héros de cette histoire qui est un dérangé mental.

Cependant, gardons Espoir.

Re bienvenue dans l'univers de

Georges Mikael de Sade

et d'Ana de Sade.

Mes lectrices (lecteurs inclus) adorées,

Bonne lecture !

Résumé

J'ai rencontré ce monstre. Le pire ? Je l'ai même épousé en lui vendant mon âme et ma liberté.

J'ai vécu des atrocités avec lui, j'ai également eu de magnifiques moments intenses, où j'ai vibré comme jamais.

Il m'a fait ressentir toute sorte d'émotions : de la haine, de la colère, de la tristesse, de la souffrance, du doute mais surtout de la Passion.

On s'est « aimés », on s'est déchirés, on s'est entretués.

Il m'a détruite, je le lui ai rendu.

Notre relation n'a été que drame, désir et répulsion, interdit et violence.

Aujourd'hui, je reste encore sa captive, une prisonnière dans son château et je compte toujours me venger.

Mais, après avoir découvert le secret de ce monstre, il semblerait que ma vengeance ait pris une tournure inattendue : devenir la thérapeute du plus grand psychopathe que l'humanité ait connu et je pèse mes mots.

Comment vais-je parvenir à « soigner » et stabiliser cet être au cœur noir et sans espoir ? Suis-je sûre de pouvoir tenir le coup et de ne pas craquer ?

Pourtant, je dois réussir car trouver la cause du comportement déviant de ce démon me permettra en même temps de sauver toutes les femmes, victimes de sa cruauté, dont ma petite sœur, que j'ai perdue à cause de lui.

Et à la fin du contrat, mon beau monstre me rendra-t-il ma liberté comme il l'a promis ?

Qu'en est-il de moi ? Voudrai-je retrouver cette liberté ? Serai-je prête à m'éloigner définitivement de mon plus grand cauchemar qui est également devenu mon plus beau cadeau ~~empoisonné~~ ?

PARTIE 1

CHAPITRE 1

Ana

En Normandie, à Rouen, dans le château de Mikael

J'accoure pour entrer dans la chambre de Mikael, mon petit couteau est avec moi. Aujourd'hui, à coup sûr, je ne vais pas le rater.

Il est toujours assis au bord du lit et semble aller mieux. Même si je le trouve un peu bizarre, je n'ai pas le temps de rester là pour analyser quoi que ce soit. Je ne vois plus rien que ma vengeance.

Je cours de toutes mes forces pour aller lui enfoncer le couteau. Ça y est. J'appuie sur le couteau pour le faire entrer plus profondément et percer le cœur pourri de ce monstre. Son sang se déverse et tâche mes vêtements.

Carla, je t'ai enfin vengée, me suis-je dite, soulagée. Je souris.

J'ai les larmes aux yeux. En réalité, je suis autant soulagée que profondément triste.

Le couteau tombe sur les carreaux et je suis incapable de détourner mon regard (mélancolique) du (beau) visage de Mikael.

Aussi paradoxal que cela puisse paraître, qu'est-ce que tu vas me manquer... Mon beau monstre.

Peut-être que c'est ça, l'amour ? Aimer et continuer à aimer l'autre, malgré tous ses vices... ?

Mikael, tu es l'être le plus imparfait et le plus ignoble que j'aie jamais connu mais en même temps, celui que je n'ai pas pu m'empêcher de finalement aimer ?

T'ai-je aimé ? Ou m'as-tu conditionnée à t'aimer ? Ou m'as-tu tout simplement passionnée, comme jamais aucun homme n'a pu le faire ?

Pourtant, quelque chose cloche. Mikael ne m'aurait jamais laissée faire. Mikael se serait défendu et ne m'aurait même pas laissée l'approcher, pour le tuer.

Oh, mon Dieu. Qui est cet homme devant moi ? Même s'il lui ressemble, ce n'est pas Mikael... Je le sais. Où est passé Mikael ?

Cet homme devant moi est mourant, avec toute cette perte continuelle de sang, il ne lui reste plus beaucoup de temps à vivre mais voilà qu'il tente de me dire quelque chose, avec beaucoup de peine. Les mots sortent difficilement de sa bouche mais il tient à parler :

— De...viens ma psy... et... mon épouse en... Je... contrat... trône...

Qu'est-ce qu'il raconte ? Il ne bouge plus. Est-il déjà mort ? Tout à coup, je viens de saisir le tout. Oh, non. Ne me dites pas que... Mikael a une double personnalité ?

Cet homme se met à cracher beaucoup de sang. Je ne sais pas quoi faire. Je ne comprends plus rien à ce qui se passe.

Soudain, la porte s'ouvre brusquement. Une dizaine de gardes, différents des gardes du manoir, entrent. Un homme, la quarantaine, se place devant eux et leur donne des ordres.

— Attrapez cette sale humaine et faites immédiatement venir notre médecin. Attention, le roi ne doit être au courant de rien, dit-il.

Et moi je suis bouche-bée. « Sale humaine » ? « Le roi » ? Et qui sont ces individus ? N'ayant même pas fini de me questionner, deux gardes viennent me soulever, je me débats pour me libérer de leur emprise, l'un d'eux me tire brutalement les cheveux.

— Qu'est-ce que vous faites ? Déposez-moi tout de suite.

— Amenez-la à la grande salle d'exécution, sur le champ, dit l'homme qui commande ces gardes, pendant qu'il accoure auprès du faux Mikael.

La grande salle d'exécution ? Comptent-ils me trancher la tête ? Bon, en toute logique, si ce sont des gens de la famille de Mikael, je peux les comprendre. Ils m'ont surprise, en train de vouloir tuer leur proche. Donc, je ne devrai pas être étonnée de cette décision.

— Vous trois, restez ici et faites tout votre possible pour arrêter l'hémorragie du jeune maitre, le temps que le médecin de notre royaume arrive. Tous les autres, suivez-moi, ordonne à nouveau leur chef.

Il se dirige vers la sortie, les deux gardes qui me tiennent, le suivent derrière. J'ai arrêté de me débattre, à quoi cela va servir ? Ils sont beaucoup plus nombreux que moi et j'imagine qu'ils doivent également être armés. D'ailleurs, ont-ils besoin de m'amener jusqu'à la grande salle d'exécution s'ils veulent me tuer tout simplement ? Ou bien, comptent-ils m'interroger d'abord, avant de me tuer ?

Un autre garde débarque en furie :

— Lieutenant. Adrien est annoncé... mort.

L'homme qui commandait les gardes depuis tout à l'heure, est alors appelé « lieutenant ». Il est surpris, de même que les gardes autour de lui. Ils s'échangent des regards. Le lieutenant se tourne vers moi et me fixe avec haine.

— La mort d'Adrien, c'est toi également ?

Je remue la tête pour dire non. Si seulement ils savaient combien j'étais amie avec Adrien, ils ne me soupçonneraient jamais. De toute façon, même si je leur jurais que ce n'est pas moi qui ai tué Adrien, ces étranges hommes venus de je ne sais où ne me croiraient jamais. Et si je leur disais que c'est leur « jeune maitre », là ils me tueraient sans ne plus attendre.

Le lieutenant sort de la chambre, les gardes qui m'attrapent, marchent derrière lui. Nous nous trouvons dans le couloir interminable. Pour une fois que le plan de ce château est positif. On prendra du temps avant d'arriver à la grande salle d'exécution, qui se situe dans un autre bâtiment. Et pendant cette durée, ne devrais-je pas trouver un moyen de m'échapper ? Même si ma situation semble actuellement sans issue.

A présent, nous traversons la cour du château, sous le regard des employés, qui sont consternés. Nadia me voit et accoure vers moi.

— Ana ! Que se passe-t-il ?

Les gardes et le lieutenant l'ignorent et continuent leur chemin.

Nadia court derrière nous pour nous rattraper :

— C'est l'épouse de Monseigneur, que faites-vous ? crie-t-elle.

Le lieutenant s'arrête, de même que les gardes.

— Epouse ? Le prince héritier n'a pas encore d'épouse. Il ne faut pas confondre « femme de joie » qu'il peut facilement se procurer et « épouse » qui n'est pas à prendre à la légère, dit le lieutenant.

« Femme de joie » ? De toute façon, je ne souhaite pas rester l'épouse de ce monstre. Par contre ai-je bien entendu « prince héritier » ? C'est-à-dire ? Qui c'est ? Mikael ? Dites-moi que je rêve. Je vais me pincer tout de suite pour me réveiller.

Mikael, cet être pire qu'un dictateur, ne peut être le futur dirigeant d'aucun pays, voyons. A moins que les gens veuillent assister à la fin du monde. Et puis de quel royaume peut-il s'agir ?

Nous sommes dans la grande salle d'exécution à mort.

Les gardes me mettent à genoux et menottent mes mains. Le lieutenant est debout en face de moi. Cet homme est vraiment effrayant, avec un visage aux traits durs.

Il me gifle fort sur la joue. Surprise, je tombe sur le côté. Je me relève, il me tire les cheveux, je serre mes lèvres pour ne pas hurler de douleur. Il me replace à genoux et me regarde avec dédain.

— Comment as-tu osé tenter d'assassiner le prince héritier ?! Sale humaine de merde ! Qui es-tu ? Et d'où viens-tu ? Quelqu'un t'aurait envoyée pour commettre l'assassinat ? Réponds !

— Je suis une simple servante... Personne ne m'a envoyée.

— Tu vas mourir dans quelques minutes et tu as encore le temps de mentir ?

Je ne dis rien de plus et reste silencieuse. J'ai mal à la joue et à la racine des cheveux. Ces gens-là sont encore plus brutaux et effrayants que Mikael. Avec ces coups reçus, je peux assurer que Mikael ne mettait jamais toute sa force quand il me « brutalisait ».

Nadia entre en furie en criant :

— Comment pouvez-vous traiter l'épouse de Monseigneur de la sorte ?!

— Apportez-moi cette idiote de servante ici. Elle subira le même sort que cette sorcière ! dit le lieutenant.

— Ne touchez pas à Nadia !!! crié-je.

Le lieutenant me regarde et me dit :

— Ne t'en fais pas. Elle mourra à tes côtés.

Deux gardes attrapent Nadia et la font agenouiller à côté de moi. Ils menottent ses mains.

Nadia me regarde tristement.

— Je vais répondre à toutes vos questions. En retour, épargnez-la, dis-je au lieutenant.

— Notre race ne négocie pas avec les humains de basse classe comme vous. Salope ! Vous pouvez débuter l'exécution à mort ! dit le lieutenant.

Un homme, gros et balèze, se rapproche de moi en tenant une hache, pour me trancher la tête. Je me mets à transpirer et mon rythme cardiaque accélère. J'entends Nadia qui commence déjà à pleurer. Je suis incapable de me retourner pour la regarder. Je n'ai qu'à accepter mon destin.

Bien que je croie aux miracles, je doute qu'il puisse m'en arriver, aujourd'hui.

Adrien, qui était mon sauveur dans les moments les plus critiques, n'est plus de ce monde. Nadia est aussi impuissante que moi, face à cette situation.

Et Mikael ? M'aurait-il sauvé ? Même si c'est un monstre, je crois bien que oui. Dans notre contrat de mariage, il était stipulé que seul mon époux avait le droit de vie ou de mort sur moi, son épouse et que personne n'était autorisé à tenter de me tuer. Sauf que lui également, doit actuellement se trouver entre la vie et la mort.

Nadia, je suis désolée de t'avoir impliquée là-dedans.

Je me prépare à accepter la mort. Je ferme les yeux. Je n'entends plus les pas de l'homme balèze chargé de me décapiter la tête. Je comprends alors qu'il est arrivé pile devant moi. J'aurais aimé revoir une dernière fois ma mère, ou l'entendre au moins…

Les pleurs de Nadia se font plus forts. L'homme balèze crie de toutes ses forces en maniant la hache pour me couper la tête. Au même moment, nous entendons tous une voix autoritaire mais affaiblie qui crie : « Arrêtez ! », avant de tousser.

J'ouvre aussitôt les yeux car cette voix ressemble un peu à la voix de Mikael même si je sais que ce n'est pas lui. Je regarde vers la porte et je vois Mikael ! Enfin, le faux Mikael, cet homme que j'ai presque tué et qui garde la même apparence que Mikael. Il entre en ayant sa main posée sur son cœur, il tousse. Deux gardes accourent lui apporter une chaise. Il leur fait signe de la main pour leur dire que ce n'est pas la peine. Il reste debout.

— Arrêtez immédiatement cette exécution ! dit-il.

Je suis sans voix. Nadia et moi avons été sauvées ? Vraiment ?

Le lieutenant accoure auprès du faux Mikael.

— Votre altesse, que faites-vous ici ? Comment vous sentez-vous ? Veuillez-vous asseoir svp.

— Ne touchez pas à Ana, dit-il d'une voix affaiblie.

Je suis très choquée de voir Mikael, enfin le corps de Mikael debout ici.

Comment a-t-il pu se lever en quelques minutes alors qu'il devrait être dans le coma à l'heure actuelle ? Il détient une faculté incroyable de guérison, dis donc.

Je suis de plus en plus bluffée par tout ce que je vois.

D'abord, ces hommes-là qui nous appellent « humains » et qui ont des airs de supériorité puis Mikael qui n'est plus Mikael présentement...

— Faites-la venir dans ma chambre. Et laissez-moi seul avec elle, ordonne-t-il au lieutenant.

— Vous êtes sur ? Cette humaine a tenté de vous tuer, je l'ai vu de mes propres yeux. Je suis navré. Je serai incapable de faire une chose pareille. Le roi me décapiterait la tête si jamais il vous arrivait quoi que ce soit.

— Me désobéirais-tu ?

— Bien sûr que non, votre altesse. Comment oserais-je ?

Le lieutenant soupire :

— Relâchez-les, ordonne-t-il à ses hommes.

Je souffle un bon coup de soulagement. Je n'en crois pas mes yeux. J'ai vraiment cru que c'était ma fin.

CHAPITRE 2

Ana

Dans le couloir, je marche derrière « Mikael ». Je constate que même la démarche de cet homme diffère de celle de mon maudit époux. Mais avant tout cela, cet homme devant moi est faible. Je me demande comment il a pu se lever de son lit pour venir jusqu'à la grande salle d'exécution. Et encore une fois, où est passé le vrai Mikael ? Mes hypothèses seraient-elles vraies ? Me trouverais-je en face de l'alter égo de Mikael ?

Il arrive devant la porte de la chambre et l'ouvre. Je le vois en déséquilibre, j'attrape aussitôt son bras. Mais il l'enlève délicatement en me souriant.

— Merci. Ça va aller.

Il entre. Je le suis derrière.

Cet homme est trop différent de Mikael. Si c'était mon monstre de mari, il aurait brusquement retiré mon bras en y ajoutant des mots humiliants.

Cet inconnu, je le rappelle, qui garde le corps et le visage de Mikael, ne se dirige pas vers le lit pour s'allonger. Je me demande ce qu'il compte faire et pourquoi m'avoir fait venir ici alors qu'il a urgemment besoin de repos. D'autant plus qu'il est sensé me détester après que j'aie tenté de le tuer.

Il fait tourner la tête d'une statue collée au mur et un « passage secret » s'ouvre. Je n'avais jamais remarqué cela. Compte-t-il m'y enfermer ? Serait-ce une pièce pire que la chambre noire ?

— Suis-moi, dit-il en me devançant.

Il entre dans la pièce qu'il vient d'ouvrir. Depuis tout le temps que je suis dans le manoir et l'épouse de Mikael, pourquoi je n'avais jamais remarqué cet endroit. Bon, je le suis ou je reste ici ?

Un blessé comme lui fait quoi à l'intérieur ? Ma curiosité finira par me tuer un jour. Je fais un pas en avant pour rejoindre le faux Mikael dans la grotte.

Je reconnais ce passage maintenant que j'y suis. C'était la sortie secrète par où Adrien et moi étions passés la première fois que je visitais le sous-sol. Sauf que nous sommes au troisième étage et pas au sous-sol. Mais je me souviens avoir monté les escaliers avec Adrien, pour pouvoir sortir. En tout cas, je viens de me rendre compte que ce passage secret est très grand et long.

Il fait sombre à l'intérieur, comme partout ailleurs dans le château. Et c'est éclairé par de nombreuses bougies tout le long de la grotte.

Le faux Mikael s'installe sur une natte en croisant les jambes. Cet homme ne va pas me dire au moins qui il est ? Je suis complètement perdue actuellement.

Je l'observe. Confortablement assis, il a fermé les yeux. Que fait-il ? Est-il en train de méditer ? Sérieux ? Ici ? Pourquoi dans cette grotte et pas dans sa chambre tout simplement ? Finalement c'est bon, je veux revoir Mikael. Cet homme est trop bizarre. Et il commence à me faire peur. Qui c'est bon sang ?

Soudain, je vois une forte lumière émanant de lui. Je ne parviens pas à bien regarder mais je me force.

Dites-moi que j'hallucine. Pourquoi je vois un grand phénix doré derrière cet homme ? Oh mon Dieu, que m'arrive-t-il ? Serais-je au bord de la folie ? Serais-je devenue schizophrène à force d'avoir côtoyé Mikael ? Non, respire Ana. Ça doit être la fatigue.

Je ferme les yeux quelques secondes en espérant voir la réalité quand je vais les rouvrir. Je les ouvre et je vois toujours la même chose. Mon cœur commence à battre vite. J'ai peur. Je me sens crispée. Je suis dans un endroit inconnu, avec un inconnu qui fait des choses inconnues.

Je commence à reculer tout discrètement pour déguerpir au plus vite de cet endroit. J'ai déjà échappé plusieurs fois à la mort. Je reste convaincue que Dieu me veut encore sur cette Terre et que je peux échapper à ces choses étranges auxquelles j'assiste actuellement.

Alors que je fais des petits pas en arrière pour ne pas faire de bruits, le faux Mikael m'interpelle :

— Ana.

Je sursaute et m'arrête en chemin, sans me retourner vers lui.

— Où vas-tu ? As-tu peur de moi ? Vraiment ? Après que tu aies tenté de mettre fin à ma vie ?

Je suis gênée. Je me retourne lentement vers cet homme et je ne sais pas quoi dire.

— Je crois que... Je sais que ça peut être déplacé ce que je vais te dire mais ne me dois-tu pas des explications, monsieur l'inconnu ?

Et fantôme au passage.

S'il n'est pas un fantôme alors qu'est-ce qu'il est ? Je connais les vampires, les loups garous, les démons, les anges, les elfes, même les ogres, les nains, les lutins, les sorciers, toutes ces créatures fantastiques qui peuplent nos films et romans. Mais un phénix qui apparaît derrière un homme ? Non, jamais vu.

— Ne serait-ce pas toi qui devrais commencer par de sincères excuses ? me dit-il.

Cet homme n'est finalement pas si différent de Mikael. Je sens un côté arrogant en lui. Même si ce n'est pas aussi poussé que chez Mikael.

— Monsieur l'inconnu, bien sûr que je devrai m'excuser. Mais sommes-nous dans l'endroit idéal pour discuter ?

— Madame l'effrontée, au cas où tu ne le saurais pas, je me soigne actuellement, du mieux que je peux.

Je suis étonnée. Vraiment ? C'est en méditant qu'il se soigne ? Waouh, que c'est original. Il me donne encore plus envie de fuir cet endroit au plus vite. Je me demande de quel monde vient ce gars. En parlant de monde, je me souviens des paroles de Nadia : « J'ai une fois entendu que Monseigneur n'était pas un humain ordinaire et qu'il venait d'un autre monde ». Ces rumeurs, seraient-elles finalement vraies ?

— À quoi penses-tu ? me demande le faux Mikael.

Je le trouve un peu trop à l'aise avec moi, cet étranger.

— Je me demandais juste pourquoi tu m'avais sauvée la vie plus tôt et pourquoi tu as tenu à me faire venir ici avec toi ?

— Pour accélérer les choses.

— C'est à dire ?

— Ne dit-on pas qu'une image vaut mille mots ?

Je suis tombée sur un homme au langage philosophique. Pourquoi ne pas faire simple et me parler dans un langage direct ?

— Je suis désolée mais je ne comprends absolument rien à tout ce que tu me racontes depuis tout à l'heure. Médite d'abord ensuite nous discuterons. Je crois que c'est mieux.

Il ne dit plus rien. Il a refermé les yeux. Je l'observe. Il transpire excessivement. Je ne comprends pas. Quelques minutes plus tard, alors que je suis restée debout au même endroit, je sens de la chaleur envahir tout mon corps. Et je commence à transpirer également. Quand je regarde devant moi, je vois du feu qui entoure monsieur inconnu.

Il ne manquait plus que ça. A ce stade-là, si vous ne m'entendez plus vous narrer quoi que ce soit, c'est que je me serai évanouie, pour overdose d'hallucination.

CHAPITRE 3

Ana

J'avais tellement chaud que je ne pouvais plus rester une seconde de plus dans cette grotte auprès de cet extraterrestre. Je me suis dirigée vers la chambre.

Je souffle un bon coup de soulagement. Enfin sortie de ce cauchemar. Ce que j'ai vu à l'intérieur était vrai ? Ou uniquement le fruit de mon imagination ?

Je marche en faisant des allers retours. Je ne peux pas tenir en place ni m'installer quelque part. Je cogite. Je me pose plein de questions. Déjà que j'avais mille questions sans réponse, maintenant c'est devenu pire.

Une trentaine de minutes plus tard,

Monsieur inconnu sort enfin de la grotte et me rejoint dans la chambre. Il a toujours l'air affaibli. Je me demande ce qui lui empêche d'aller s'allonger. Franchement, quel être humain normal peut se rétablir si vite d'une blessure profonde au cœur ?

— Je m'appelle Georges. Enchanté, me dit-il, en s'installant au bord du lit.

Je plisse des yeux. Qu'est-ce que je viens d'entendre ? Georges ? Comme le premier prénom de Mikael ?

Il me sourit. C'est le visage de Mikael donc Georges garde ce charme mystérieux. Et je dirai que la première différence entre lui et Mikael se trouve au niveau de leurs regards. Georges possède un regard doux, innocent et séducteur, tandis que Mikael détient un regard profond, hypnotique et envoûtant.

— Enchantée, Georges.

— Qu'est ce qui t'empêche de te poser ?

— Oh rien, lui dis-je, en m'installant sur le fauteuil à côté, en gardant bien mes distances. Si c'est un alter ego de Mikael, il peut être encore plus dangereux. On ne sait jamais.

— Enfin je te rencontre, Ana.

Je suis interrogative.

— C'est-à-dire ?

— À plusieurs reprises, j'ai tenté de te rencontrer. Mais Mikael ne m'en laissait pas l'opportunité.

— Comment ça ?

— Tu es psychologue, n'est-ce pas ? Ai-je besoin d'entrer dans de profondes explications ?

— Être psy ne veut nullement dire être télépathe ou encore chamane. Je n'ai aucun de ces pouvoirs surnaturels me permettant de lire dans les pensées. De ce fait, j'aimerais comprendre qui tu es. Pourquoi tu es là ? Qui est la personnalité de base ? Toi ou Mikael ? Et ce que j'ai vu plus tôt lorsque tu méditais... C'était quoi ?

— Avec toutes ces questions, je risquerais de ne pas pouvoir me coucher cette nuit.

— Réponds aux plus urgentes alors : qui es-tu et le phénix apparu derrière toi plus tôt, lui dis-je.

— Qui suis-je ? Je t'ai bien dit non ? Georges de Lucifer.

« De Lucifer » ? Sérieux ? C'est la première fois que j'entends ce nom de famille.

— Et le prénom « Mikael » ? Ça ne fait pas partie de ton nom ?

— Non, c'est Mikael qui s'est baptisé ainsi. En y ajoutant « de Sade » pour son nom de plume et d'artiste peintre.

Je hoche la tête. Je viens de saisir certaines choses. Je suis en face d'un individu qui a une double vie avec deux personnalités bien distinctes.

— Parfois, quand Mikael tentait de me tirer une balle, c'est toi qui lui en empêchais ? Je veux dire c'est toi qui essayais de venir pour me sauver ? lui demandé-je.

— Ton interprétation est plausible.

— C'est pas ça ?

— A peu près.

— Tu veux dire quoi par-là ?

— Ne te méprends pas. Ce n'était pas pour te sauver mais j'avais juste besoin d'une psychologue.

Quelle méchanceté dans ses paroles. Comme si j'avais besoin d'être sauvée par toi ou Mikael.

— A quoi penses-tu ? me demande-t-il.

— A ce que j'ai vu tout à l'heure, dans la grotte.

— Bon, tout d'abord, ce que tu as vu était bien réel.

Je suis surprise.

— En réalité, je ne suis pas un être humain comme toi, mais un autre type de créature.

— Ah bon ? Quel genre de créature ? dis-je, d'un air effrayé, en me préparant à prendre la fuite.

— Un démon.

Je suis sans voix. Il est sérieux ?

Si je n'avais pas vu les images où il a allumé du feu autour de lui ainsi que l'apparition du phénix, je n'aurais pas cru à cette révélation car où est la logique dedans ? Comment ça c'est un démon ?

— Tu es un démon, d'accord. Pourrais-tu développer un peu plus. C'est la première fois que j'en rencontre un, enfin, en dehors des livres et des films.

— C'est comme si tu disais je suis asiatique et tu es européenne. C'est la même chose. Nous sommes des démons et vous êtes des humains. Ensemble, nous peuplons la Terre.

— Vous avez des ailes noires ?

— Tu as regardé trop de films. Ce sont les démons des cieux qui ont ces ailes noires.

— Des cornes noires qui sortent de vos têtes ?

— Tu as dû lire beaucoup de romans aussi.

— Tu te transformes en quelque chose ?

Il sourit.

— Comme ce que tu avais vu tantôt, la vraie forme de notre famille de la lignée royale, c'est le phénix pour les hommes. Mais en temps normal, on a un corps humain, comme vous.

— Et les femmes démons ? C'est quoi leur vrai forme ?

— Tout dépend de leur descendance. Pour la lignée royale, c'est des femmes corbeaux.

— Sérieux ? Elles se métamorphosent en corbeaux ?

Georges sourit.

Je sais qu'il doit beaucoup s'amuser avec mes nombreuses questions. Donc les démons existent vraiment ? Je n'en crois toujours pas mes yeux.

— Quels sont vos pouvoirs ? Et je n'ai jamais vu Mikael se transformer en quoi que ce soit, lui dis-je.

— S'il le veut vraiment, il peut manier le pouvoir du feu, qui est propre à notre lignée royale. Seulement, il a renié sa famille et sa race.

— Renier sa race ? C'est-à-dire ?

— Tu comprendras.

Je veux tout comprendre tout de suite ouais.

— Mais nous ne pouvons pas utiliser nos pouvoirs dans le monde des humains. Cela remonte à des siècles où notre race de démons a été punie pour avoir utilisé et abusé de nos pouvoirs auprès des humains dans leur territoire.

— Qui vous a punis ?

— Le roi gardien de l'équilibre du monde a jeté un sort à l'ensemble de notre race pour limiter notre puissance, une fois dans votre monde.

On se croirait dans un conte.

— Où se trouve donc le monde des démons ?

— La porte d'entrée se situe au Pôle Sud.

— Ah bon ? Si froid et inhabité comme endroit ?

Georges sourit encore. Je l'amuse à ce point ?

— Mais je ne comprends pas. Si vous ne pouvez pas utiliser vos pouvoirs dans le monde des humains, comment tu as pu sortir du feu plus tôt dans la grotte ?

— Plus tôt... Je n'ai utilisé aucun pouvoir. L'élément de notre lignée royale est le feu. Je me ressourçais tout simplement, pour reprendre de l'énergie. Ce que tu as vu, c'est ce que je suis au fond. Si tu remarques bien, je n'étais pas transformé en phénix, tu as juste vu cette créature derrière moi.

— Ok, dis-je, en hochant la tête, même si je ne comprends pas totalement.

J'apprends trop d'informations en peu de temps. Mon cerveau a besoin de faire le point sur tous ces détails dévoilés.

Au même moment, on entend quelqu'un frapper à la porte.

— C'est votre docteur spécialisé.

— Entrez, dit Georges.

Un médecin entre.

Il porte un blouson tout noir. C'est la première fois que je vois ce type de blouson auprès d'un docteur. Serait-il du monde de Georges ?

— Votre altesse, permettez-moi de jeter encore un coup d'œil à votre blessure.

Le médecin part examiner Georges qui s'allonge au lit. Je les observe. Après toutes ces révélations, je suis encore sous le choc.

— Vous vous êtes ressourcé avec votre élément ? demande-t-il à Georges.

Son élément ? Parlerait-il du feu ?

— Oui, un peu. Tout à l'heure, répond Georges.

— Ça accélère la guérison. Bravo. Je repasserai demain. Passez une bonne nuit.

Alors que le médecin se dirigeait vers la sortie, il s'arrête et se retourne vers moi.

— Qui est ce ? L'humaine qui a voulu vous tuer ? J'ai entendu que vous lui avez même sauvé la vie plus tôt et que vous lui avez demandé de rester ici auprès de vous ? Comment pouvez-vous être si imprudent ? Je me permets d'interférer et de vous demander de la faire sortir d'ici, pour votre sécurité, svp.

— Qui vous a raconté tout cela ? dit Georges.

— Le lieutenant est furieux suite à votre décision. Mais que pouvons-nous y faire ? Nous sommes tous au service de votre noble famille, dit le médecin.

Waouh, Mikael vient vraiment d'une famille royale alors ?

Je comprends mieux pourquoi malgré un langage vulgaire qu'il employait parfois, il avait toujours cette autre façon un peu à l'ancienne de s'exprimer.

Aussi, je comprends mieux pourquoi tous se bornent à l'appeler « Monseigneur » dans le manoir. Et pourquoi tous le craignaient et exécutaient au plus vite ses désirs les plus fous, pff cet homme pourri gâté. Il ne manquait plus que ça. Et moi alors ? Ma situation devient pire. J'ai tenté de tuer un futur roi, c'est ça ?

Quoi qu'il en soit, j'ai besoin de comprendre et d'obtenir des réponses à toutes mes questions. D'autant plus que ce Georges semble avoir besoin de moi. En fin de compte, les crimes étaient l'œuvre de Georges ou uniquement de Mikael ? Ou les deux ?

Je soupire.

— Mademoiselle ? dit le médecin.

— Oui, docteur ? lui rétorqué-je en souriant.

— Pourquoi avez-vous tenté de tuer le prince héritier ?! crie le médecin.

— Hubert, qu'est ce qui t'arrive ? demande Georges.

Le médecin, en colère, accoure vers moi en sortant une paire de ciseau tranchant. Il me fait lever du fauteuil et place la paire de ciseau autour de mon cou. Tout a été tellement rapide que je n'ai rien vu venir et je n'ai pas pu réagir à temps.

— Hubert !! Relâche Ana tout de suite !! dit Georges, avant de se mettre à tousser.

— Je suis navré, votre Altesse. Mais pour votre bien, cette humaine ne doit pas vivre une seconde de plus. Comment pouvez-vous garder une meurtrière auprès de vous ?

Je tremble de peur. Je sens la paire de ciseaux me déchirer peu à peu la peau.

— Hubert c'est un ordre !!! crie Georges qui se lève pour venir vers nous.

— Votre Altesse, pardonnez-moi, dit-il en fermant les yeux et en enfonçant le bout tranchant sur mon cou. Georges balance aussitôt une statuette vers la main du médecin qui fait tomber en même temps la paire de ciseaux. Mon cou saigne, je vois du sang sous mes pieds, je suis choquée et paralysée. J'ai la vision floue et je ne tiens plus bien debout. Georges accoure vers moi et m'attrape juste avant que je ne tombe.

CHAPITRE 4

Georges

Je soulève Ana et je pars la déposer au lit. Je cherche vite de l'alcool et du coton. Ce salopard de médecin a vraiment osé blesser la personne qui pourrait m'aider à aller mieux.

J'observe Ana, étalée sur le lit. Elle tente de se lever et reste assise, en gardant sa main autour de sa blessure. J'imagine qu'elle n'en revient toujours pas qu'elle était à deux doigts de perdre la vie, en une fraction de seconde.

Le médecin, d'un air désolé, s'agenouille.

— Je suis prêt à accepter n'importe quelle punition pour vous avoir désobéi. Je suis même prêt à me donner la mort tout de suite, dit le médecin.

— Ah oui ? Vraiment ? Vas-y alors, lui dis-je.

Il est surpris. Il s'attendait à quoi ? Que je sois clément avec lui ? Ce n'est pas dans ma nature d'être sympa avec les individus qui ne méritent pas ma sympathie.

— Hubert, qu'attends-tu ? Pour te donner la mort. Ma patience a des limites.

— Votre altesse, j'ai été heureux d'avoir servi toute votre famille, dit-il.

Il rame et part ramasser la paire de ciseaux, ses mains tremblent et ses gestes deviennent lents. Je l'observe « se suicider » : il pose les ciseaux sur son poignet pour couper sa veine.

C'est un démon. Normalement, se couper les veines ne suffit pas pour mourir, puisqu'il faut nous transpercer le cœur ou nous trancher la tête pour nous tuer. Mais en étant dans ce monde auprès des humains, nous devenons comme eux et nous nous retrouvons avec des capacités limitées. Donc, nous devenons aussi vulnérables que les êtres humains. Ce qui fait qu'Hubert peut mourir tout de suite.

Je soupire et l'interpelle.

— C'est bon ! Dépose ces ciseaux et lève-toi.

Il fait comme je demande. J'appelle les gardes pour qu'ils viennent le prendre et l'amener dans la salle de punition. Il va recevoir cent coups de bâton. Et c'est très gentil, d'ailleurs.

Même si nous sommes au 21ème siècle, dans notre monde auprès des démons, nous avons préservé des façons de faire un peu à l'ancienne car nos régimes politiques restent la monarchie, avec des royaumes et non la démocratie comme cela se fait dans la plupart des pays du monde des humains.

Je rejoins aussitôt ma future psychologue, Ana. Tellement précieuse pour moi car je ne doute point qu'elle sera la clé à la stabilité de mon esprit. Si elle est parvenue à supporter Mikael durant des mois et surtout à survivre auprès de lui, donc elle sera capable de lui faire suivre une thérapie, malgré les difficultés et complications qui l'attendent.

Ana se met à descendre du lit. Je suis debout en face d'elle.

— Peux-tu rester en place ?

— Passe-moi juste l'alcool, je saurai gérer, dit-elle.

— J'ne vais pas répéter.

Elle soupire puis se rassied au bord du lit.

Je m'installe à côté d'elle. Je verse de l'alcool sur le coton.

Elle regarde de l'autre côté comme si elle était agacée. Que pense-t-elle ? Je ne cherche nullement à instaurer un semblant de relation entre nous deux. J'ai juste besoin d'elle, actuellement et ce, temporairement. Le moment venu, je lui ferai comprendre tout cela.

Je lui applique le coton alcoolisé sur sa blessure, elle fait des grimaces de douleur. Elle n'a qu'à tenir bon, elle doit être au meilleur de sa forme pour pouvoir être ma psy et me faire une thérapie en un temps court.

Je n'ai besoin d'elle que pour cela. Elle ne m'intéresse pas. Alors, qu'elle ne se fasse surtout pas de fausses idées.

Quelqu'un tape à la porte. C'est le lieutenant de notre armée. Je lui demande d'entrer.

Il me voit en train de m'occuper de la blessure d'Ana. Et je continue dans mes gestes pour qu'il comprenne qu'il ne doit faire aucun mal à Ana et qu'elle m'est « précieuse ».

— Euh, votre altesse, est-ce-que tout va bien ?

— Pourquoi ça n'irait pas ?

— Vous... que diriez-vous que je conduise cette femelle à l'infirmerie ? Je crois que c'est beaucoup plus approprié, plutôt que de vous occuper d'elle.

— Pourquoi ne devrais-je pas m'occuper d'elle ?

Ana est surprise et me regarde aussitôt. J'imagine qu'elle ne doit pas comprendre mes agissements. Elle n'a qu'à rester patiente. Bientôt, tout sera plus clair pour elle.

— Au fait, je sais que ce n'est pas le bon moment de vous en parler mais c'est une situation un peu critique et urgente... me dit le lieutenant.

— Que se passe-t-il ?

— Si nous sommes venus, c'est pour une unique raison.

— Mon père m'a demandé de rentrer ?

— Votre père est très souffrant. Sauf qu'en venant vous en informer, nous ne nous attendions pas à trouver une humaine en train de vous tuer.

Ana se redresse et regarde le lieutenant. Elle baisse à nouveau son regard.

— Je saurai gérer tout seul, avec cette humaine, merci encore pour ton attention, rétorqué-je au lieutenant.

— Concernant le trône, votre père affirme qu'il est temps que vous rentriez définitivement pour vous préparer à le remplacer.

— Mon père tombe malade chaque année et il n'en meurt jamais.

Ana, choquée par mes réponses j'imagine, se retourne et me regarde.

— Votre Altesse, je comprends parfaitement votre point de vue. Après tout, les démons qui vivent le plus longtemps sont capables d'atteindre des milliers d'années.

— Sérieux ? commente Ana, spontanément.

— Mademoiselle, comment pouvez-vous faire preuve d'insolence en interférant dans une discussion entre le futur roi et son lieutenant ?

Ana soupire et regarde vers le bas.

— Tu connaîtras bientôt toutes les particularités des démons, dis-je à Ana.

Elle hoche la tête.

— Je vous trouve trop bienveillant et complaisant envers cette humaine, dit le lieutenant, qui, au passage, commence à me taper sur les nerfs.

— C'est bon, tu peux disposer maintenant, lui ordonné-je.

— Bien, votre Altesse.

CHAPITRE 5

Ana

C'est à peine que le lieutenant est sorti qu'une autre personne tape encore à la porte.

Georges et moi soupirons en même temps. Puis, nous nous regardons avant que chacun ne détourne son regard.

— Oh, c'est l'heure du dîner. Ça doit être Nadia, lui dis-je.

— Entrez, rétorqué-je.

Nadia entre et me voit assise à côté de Georges, au bord du lit.

— Monseigneur, le dîner est prêt. Tout est installé dans votre salon privé, depuis une heure maintenant. Puisque ça a refroidi, nous l'avons réchauffé.

— Merci, Nadia.

— Pardon ? répond-t-elle, sur le coup.

Je suis sûre que Nadia n'a pas fait exprès de réagir de la sorte comme si elle n'avait pas bien entendu. Car tout le monde peut en témoigner : le mot « merci » n'est jamais sorti de la bouche de Mikael et aujourd'hui Nadia entend un « merci ».

Ça se voit que Georges est bien différent de Mikael. Espérons qu'il le soit, en mieux, dans tous les sens.

— Nadia, Monseigneur te remercie, lui dis-je, en souriant.

— Ah, haha, vos désirs sont des ordres, dit-elle, avant de s'en aller.

Quand Nadia sort, Georges se tourne vers moi et me fixe. Waouh, quels magnifiques yeux. Je veux dire, je suis en face du physique de Mikael. Et en parlant de lui, vivement qu'il reste longtemps sans revenir. Georges est moins désagréable, du peu que j'ai encore vu. Et il a un regard qui pourrait vous rendre ivre en vous perdant dans ses yeux.

— Je te mets le pansement et on part dîner, me dit-il.

Je hoche la tête.

Georges colle le pansement sur ma blessure au cou. Nos visages étant rapprochés, chacun se perd dans les yeux de l'autre. Nous restons quelques secondes à nous regarder intensément.

Et le toucher de Georges alors ? Si électrique. C'est bon, il n'a qu'à enlever ses mains de mon cou maintenant. A moins qu'il ne fasse exprès pour me tester et voir si je suis sensible à son toucher.

Il se met à caresser délicatement ma blessure qu'il vient de bander. Que fait-il au juste ? Je me doutais bien qu'on ne pouvait pas être l'alter ego de Mikael sans prendre de sa bizarrerie. Voilà qu'il remonte ses doigts vers les lobes de mes oreilles, éveillant des envies indécentes en moi.

Je rougis et retiens les deux mains de Georges.

— Ça ira. Merci pour tes soins, lui dis-je.

— Mikael n'était-il pas ton époux ? Aurais-tu peur de moi ?

— Ce n'est rien de tout ça.

— Aurais-tu alors peur que quelque chose se crée entre nous deux ?

— Haha comment ce serait possible ? Bien sûr que non.

— Pourquoi ce ne serait pas possible ?

— Qu'est ce qui ne serait pas possible ? Je me perds. De quoi tu parles ?

— Ce à quoi tu penses, me répond-t-il, d'un regard charmeur.

A quoi joue cet homme ?

Je m'éloigne un peu de lui car je sens une certaine tension (sexuelle) entre nous. Je viens de rencontrer Georges. Que mes pulsions se calment. De même que les siennes. Même si c'est le corps de Mikael que j'ai en face, donc c'est peut-être la raison pour laquelle je reste toujours attirée.

— Ne te méprends pas. Il n'y aura jamais rien entre toi et moi, me dit Georges.

En même temps, je ne lui ai pas demandé son avis. Penserait-il qu'il me fait de l'effet ? Qu'est-ce qu'il est imbu de sa personne.

— Heureusement, alors. Super d'entendre ça, lui rétorqué-je.

— Ça te rend si heureuse de le savoir ? Pourquoi ? me demande-t-il.

— À ton avis ? J'ai assez eu ma dose avec ton alter ego.

— Sauf que je ne suis pas cet alter ego.

— Tu veux dire quoi par-là ?

— Tu ne comprends pas vite, dis donc.

— Peut-être que c'est toi qui expliques juste mal ? lui rétorqué-je.

— Aimes-tu avoir le dernier mot ?

— C'est quoi cette question encore ?

— Décidément, tu es sans espoir, Miss Effrontée, me répond-t-il, en se levant.

J'ai juste envie de le gifler. Qu'est-ce qu'il est hautain.

— Partons diner, avant que ça ne refroidisse, à nouveau.

Il se dirige vers la porte pour sortir. Je me lève et je le suis derrière, avec des envies de le bastonner.

CHAPITRE 6

Ana

Dans le salon privé, Georges et moi dînons, autour de la table à manger.

Un long silence se fait.

Cet homme est un peu exaspérant quand même. Et je dois cesser les comparaisons avec Mikael qui est d'un niveau supérieur en termes « d'enfoiré ».

Néanmoins, je me dis que je ne dois pas juger si vite. Je côtoie Georges il y a quelques heures seulement. Je ne connais encore rien de sa manière d'être, de faire et de penser. Il n'est pas si « clean » et « sympa » qu'il en donnait l'air.

— Que fait cette bouteille de whisky ici ? demande-t-il.

— Euh… Mikael ne boit que du whisky, non ?

— Je n'aime pas cet alcool. Je préfère le champagne, dit-il en poussant la bouteille.

Je soupire. Ah, là, là, Mikael et Georges, ces fils à papa. Qu'est-ce qu'ils ont le temps, à préférer ceci ou cela. Ça se voit qu'ils ont grandi dans de l'abondance.

— Mikael adore le whisky, lui dis-je en souriant.

— Je ne suis pas Mikael, répond-t-il, sèchement.

— Bien sûr. On n'en disconvient pas.

Et heureusement d'ailleurs. Sinon je n'imagine pas comment la planète Terre pourrait supporter d'avoir deux Mikael.

— Je te ferai part de ma proposition dès demain matin. A tête reposée, nous pourrons amplement en discuter.

— Proposition ? De quoi ?

— Selon les règles du château et de mon royaume, tu dois être exécutée pour avoir tenté de m'assassiner.

Serait-il en train de me menacer ? Je ne dis plus rien et je l'écoute pour savoir où il veut en venir.

— De ce fait, j'ai un seul moyen de te sauver, me dit-il.

— C'est lequel ?

— Tu sauras demain.

Demain est si loin. Pourquoi ne pas juste le dire tout de suite ? Quelle frustration de devoir patienter. Ma nuit risque d'être longue.

Quand nous finissons de dîner, Georges et moi nous dirigeons dans la chambre à coucher.

C'est devenu un automatisme chez moi. A chaque fois que je terminais de dîner avec Mikael, nous rejoignions automatiquement notre chambre. Arrivée à la porte du salon, je m'arrête en cours de chemin. Je ne suis pas avec mon ancien mari Mikael mais avec un autre. Donc, qu'est-ce que je suis en train de faire ?

Je viens de me rappeler que depuis mon mariage avec Mikael, je dormais côte à côte avec ce monstre.

Et ce soir, je me retrouve avec le corps de mon maudit époux mais avec un esprit à l'intérieur qui est différent.

Je suis embarrassée. Vais-je passer la nuit avec Georges ?

Georges est quand même beaucoup plus galant et poli que Mikael, rassurez-moi ?

Quand Georges me voit m'arrêter, il fait de même et me regarde.

— Que se passe-t-il ?

— Euh, on fait comment cette nuit ? demandé-je

— Pourquoi tu es toute rouge ? me dit-il d'un air moqueur et en souriant.

Comme si c'était drôle, le fait de rougir. Et puis, pourquoi je ne peux pas arrêter de rougir ?

— Tu me suis dans ma chambre.

Je suis surprise par sa réponse.

— On va dormir ensemble, tu veux dire ?

— Encore une fois Ana, prends-tu toujours autant de temps pour comprendre les phrases ?

— Je peux bien dormir avec Nadia tu sais, lui dis-je, en souriant.

— Tu vas dormir dans ma chambre, sur mon lit, à mes côtés.

Je le regarde avec de gros yeux.

— Ne me fixe pas de la sorte. Demain, tu comprendras tout.

— Je ne ferai pas un pas de plus si tu ne me dis pas pourquoi.

— Pourquoi quoi ?

— Pourquoi je devrai dormir avec toi ? En quoi c'est lié à la proposition de demain ?

— Sais-tu que tous les hommes qui sont venus me chercher veulent ta tête actuellement ?

Je hoche la tête car oui, je le sais.

— Sache que tout ce que je ferai à partir d'aujourd'hui a pour unique but de te protéger.

Il prend ma main et me tire avec lui. Il sort dans le couloir en m'attrapant la main. Je tente de retirer ma main.

— Je peux savoir pourquoi tu tiens à me protéger ? J'ai tenté de te tuer et tu me protèges ? Est-ce cohérent ? lui dis-je.

Georges s'arrête et se retourne vers moi, mais en gardant ma main qu'il serre fermement. Je tente toujours de retirer ma main. Georges finit par me relâcher.

— Honnêtement, entre nous, tu me détestes au point de ne même pas supporter que je te tienne la main ?

Je ne sais pas quoi répondre à cet homme. Je ne le déteste pas. Je ne le connais même pas pour éprouver un quelconque sentiment à son égard, que ce soit du dégoût, de la haine ou de la sympathie. On vient de se rencontrer il y a quelques heures et il veut déjà me tenir la main ?

J'avoue qu'il m'intimide moins que Mikael car si c'était mon monstre de mari, il ne m'aurait pas tenu la main, il se serait contenté de m'attacher ou de me menotter les mains pour les coller aux siennes. Il ne m'aurait laissé aucune porte de sortie pour me défendre. Sur ce point, Georges semble moins « fou » que Mikael.

J'aperçois le (méchant) lieutenant démon qui marche. Celui qui était tant pressé de me faire égorger la tête. Il se dirige vers nous.

Dès que Georges le voit s'approcher, il dépose son bras autour de moi, de manière affectueuse, en souriant. Il me tire plus près de lui.

Encore une fois, à quoi joue ce mec ?

Mais au moins, il n'est pas aussi brusque que son alter ego. Je sens beaucoup de douceur dans ses gestes. Cette fois-ci, je ne me débats pas pour m'éloigner de lui car je commence à comprendre un peu, enfin si je ne me trompe. On verra bien, d'ici demain, lorsque j'aurai entendu la fameuse proposition de Georges.

Le lieutenant arrive et nous observe.

— Votre altesse, avez-vous bien dîné ? Comment va votre blessure ? Et pourquoi cette humaine est-elle encore si près de vous ? Laissez-moi la fouiller. Elle pourrait faire une autre tentative d'assassinat.

Je soupire. Je suis devenue une « meurtrière » aux yeux de tous ces gens maintenant.

— Merci de te soucier pour moi. Tout va bien. Et comme je disais tantôt, cette jeune femme reste auprès de moi. Cessez de la soupçonner.

Non, Georges, ne dis pas ça. Ne prends pas ma défense. Tu vas me faire culpabiliser. Bien sûr que tu dois me soupçonner. Après tout, tu as tué ma petite sœur. Toi ou ton alter ego de Mikael, peu importe. Et pour cela, je garde une rancune.

— Si vous le dites. Veuillez passer une bonne nuit, votre Altesse, dit le lieutenant, avant de continuer son chemin.

Ouf. Le voilà parti. Comment se sentir à l'aise auprès d'une personne qui veut votre mort ?

Dès que le lieutenant s'éloigne, Georges enlève son bras et prend ses distances.

Quel bon comédien, ce prince héritier.

Mais je ne vais pas le juger si sévèrement. Je comprends mieux maintenant : il compte vraiment me protéger afin d'éviter que je me fasse tuer par ses pairs.

Seulement, j'ignore la raison de sa protection ainsi que ses vraies intentions.

Nous nous dirigeons dans notre chambre à coucher.

CHAPITRE 7

Ana

Dans la chambre, je suis adossée à la tête du lit, la couverture sur moi. Georges est installé sur un fauteuil.

Au lieu de dormir, nous discutons. Je ne cesse de poser des questions sur les démons.

— Je peux guérir de tous maux physiques, après tout, je suis un démon de la lignée royale. Par contre, ce sont les maladies psychiques et mentales qui posent problème à notre race car nous ignorons comment les gérer, me dit Georges.

Je hoche la tête.

— Et tout comme les humains, nous sommes organisés en tribus, peuples, royaumes. Dans votre monde, vous parlez de cinq continents. Chez nous, c'est cinq royaumes. Par contre, il fait constamment froid et il pleut souvent. Le soleil est de faible intensité, il sort rarement et la nuit dure plus longtemps que le jour. Nous dormons quand le soleil se lève et nous nous levons quand le soleil se couche. C'est pourquoi nous ne sommes pas habitués à la lumière du jour, ici dans votre monde. Ça nous brûle facilement la peau. Même lorsque nous sommes vêtus de la tête au pied.

— Donc les démons sont comme les vampires ?

— Nous venons d'une race de vampires évolués. Nous n'avons pas besoin de sucer le sang des humains pour survivre. Notre clan est noble et non bestial.

Je hoche encore la tête. « Non bestial » ? Ce n'est pas le cas de Mikael en tout cas.

— Mais comment faisait Adrien pour sortir le jour, parfois ? Ou bien il n'était pas un démon, lui ?

— Il prenait des pilules du jour, fabriquées par le comité scientifique de notre royaume. Ces pilules permettent de durer une heure maximum sous le soleil.

Je hoche la tête. J'ai toujours du mal à réaliser tout ce que je viens d'apprendre. J'ai donc épousé un démon (Mikael) ?

CHAPITRE 8

Georges

Ana et moi avons longuement conversé. Cette femme est très curieuse avec un esprit en alerte, j'aime bien. Elle s'est endormie. Elle a l'air si épuisé. Elle a eu une journée difficile, frôlant à chaque fois, la mort.

Je l'observe et repense aux mésaventures qu'elle a dû vivre auprès de Mikael.

Ana, je n'oserai pas te demander pardon pour toutes les souffrances que Mikael t'a infligées. J'ignore si un jour, tu pourras pardonner à mon alter égo.

Néanmoins, pardonne-moi de t'impliquer dans ma vie… Puisque Mikael fait partie de moi.

J'ai une insomnie. Je pars m'installer au balcon, avec ma bouteille de champagne.

Je pense à mon bras droit et ami d'enfance, Adrien, que Mikael est allé tuer. Je n'en reviens toujours pas. J'en ai les larmes aux yeux. Adrien me manque. Je n'ai même pas eu droit à un au revoir…

Bien que j'aie créé Mikael et qu'il soit ma deuxième personnalité, chacun de nous deux a des amnésies à chaque fois que l'on s'absente et que l'autre personnalité prend place.

Personne ne se souvient de ce que l'autre personnalité a fait. C'est pourquoi, depuis mes neuf ans, année où Mikael est né en moi, je souffre de ma double personnalité car je ne contrôle pas l'esprit de Mikael. Je n'ai encore jamais pu le contrôler. Il vient et fait ce qu'il veut.

CHAPITRE 9

Ana

Le lendemain matin, Georges et moi prenons le petit déjeuner ensemble, dans le salon privé.

Contrairement à Mikael, Georges préfère quand le jaune d'œuf est très cuit, pour ses œufs au plat. Encore une différence en terme de goût entre ces deux personnalités. Décidément, Georges et Mikael n'ont pas beaucoup de point commun. Je me rends compte que j'ai deux personnes bien distinctes.

Georges donne d'abord à manger au perroquet, dans sa cage.

— Bonjour. Bonjour. Ana. Mika. Comment allez-vous ? lance le perroquet.

— Pourquoi tu ne lui dis pas que c'est Georges et non Mikael ? En plus, il nous tympanise, dis-je à Georges.

— Tu commences à prendre les habitudes de ton époux, me répond-t-il.

— Comment ça ?

— Mikael a des sens très développés. Il a horreur du bruit, surtout en matinée. Toi également ? Ou bien tu as toujours été ainsi ?

— Euh…

Je ne sais pas quoi répondre. Je ne veux pas du tout adopter le comportement de ce monstre de Mikael. Je ne dis rien et je me contente de manger. Georges me taquine. Comme je disais, il est très à l'aise avec moi. Il me regarde en souriant.

Lorsque nous finissons de manger, Georges me dit :

— Il est temps de te faire part de ma proposition.

Je le regarde et l'écoute.

— Je suis amené à remplacer mon père, mais je dois d'abord avoir un esprit stable avant de prendre le trône. De ce fait, deviens ma psychologue et mon épouse. Je te libérerai uniquement quand tu parviendras à me faire retourner dans la vie normale, en d'autres termes, à me guérir. C'est aussi simple que cela.

Je cligne des yeux.

— Ana, ça va ?

— Devenir ta psy ? Pourquoi pas, *lui rétorqué-je, en souriant.* Par contre, suis-je obligée d'être aussi ton épouse ? demandé-je, en rougissant.

Georges me dévore des yeux. Je crois qu'il adore me voir rougir, cet homme n'est pas du tout si innocent qu'il en donne l'air.

— Le seul moyen de te sauver est que tu deviennes mon épouse en même temps que tu seras ma thérapeute. C'est la meilleure position que tu peux avoir pour que je puisse te protéger des gens venus me prendre et de qui que ce soit d'autre, me dit-il.

— Mais... as-tu le droit de « m'épouser » ? Je veux dire tu es un prince, héritier en plus et...

— Tu réfléchis trop. En plus, c'est un faux mariage, évidemment. Donc, rassure-toi.

Je hoche la tête.

— Je crois que tu l'ignores mais dans notre monde, les humains sont tous des esclaves. C'est une race considérée comme inférieure.

— Et ça ne te dérange pas, cette injustice ? lui demandé-je.

— Je suis né dans cet univers. Comment voudrais-tu que cela me dérange qu'il y ait des esclaves et d'autres considérés comme leurs maitres, qu'il y ait des nobles et d'autres de basse classe.

Je soupire. Donc, l'esclavage est bien d'actualité dans d'autres contrées du monde ?

Je ne vais pas polémiquer là-dessus sinon je risque de passer la journée à débattre avec Georges.

— Ana. Rassure-toi. Tout se passera dans ton monde. Je ne t'amènerai pas au royaume, c'est trop risqué. A la fin de la thérapie, je te rendrai ta liberté et je retournerai d'où je viens. On sera quittes.

Je l'espère.

— Le problème de Mikael est très profond, voire incurable, sans vouloir être pessimiste. Même si j'ai fait des études en psychologie, je suis réaliste quant à mes compétences et mon influence sur le genre de personnes qu'est Mikael... lui dis-je

— Je crois en toi. Mikael t'apprécie. Les séances pourront se faire de temps en temps, au moins.

— Mikael m'apprécie ?

— Mikael a un faible pour toi.

Je suis surprise de l'entendre dire cela. Vraiment ? Ou plutôt Mikael n'est intéressé que par mes fesses ?

Je veux faire quelque chose bien sûr, je veux aider Georges, je veux stopper les crimes de Mikael mais ne suis-je pas limitée ?

Quoi qu'il en soit, « soigner » le mental d'un être surnaturel ? Waouh, quelle future première expérience.

— Sinon, pourquoi tu ne viens pas au moment où Mikael s'apprête à aller découper ces cadavres ou encore au moment où il s'amuse à dépuceler des femmes ?

— Mikael a pris le dessus sur moi... Mais il est allé trop loin dans ses actes criminels... J'aurais aimé pouvoir faire quelque chose et apparaitre à ces moments importants comme tu dis.

— Si même toi qui as créé Mikael comme deuxième personnalité, tu es incapable de le contrôler, comment penses-tu que je pourrai faire une thérapie à cet aliéné ?

— Car tu lui donnes Espoir.

— Comment ça ?

— Ta présence apaise son mal être.

— Si tu le dis. C'est toi ou c'est Mikael qui est venu s'installer ici ?

— Mikael. C'est lui qui a pris complètement possession de mon esprit et de mon corps. Je viens rarement.

— Ta rancœur a totalement pris le dessus, je dirai...

— Pour être honnête, j'ignore d'où provient cette rancœur dont tu parles.

— A quand remontent tes plus lointains souvenirs ?

— J'ai un trou de mémoire, concernant la période de ma vie entre mes cinq à neuf ans.

Je note toutes ces informations sur un carnet, pour la future thérapie de Mikael.

C'est vraiment hallucinant. De ses cinq à neuf ans pile, Georges n'a plus aucun souvenir des évènements de sa vie ? Je sais que d'habitude, nous ne nous souvenons pas en détails de notre enfance. Mais avec Georges, il se souvient vaguement de son enfance, sauf de la période entre ses cinq à neuf ans.

Se pourrait-il qu'il ait vécu un traumatisme et qu'il ait été incapable de le garder dans sa mémoire, ce qui l'aurait poussé à créer une seconde personnalité Mikael qui, non seulement garde tous les souvenirs négatifs, mais en plus, détient donc toute la rage qui devait être en Georges ?

Georges rédige un contrat, à la main, comme Mikael. J'imagine ça doit être la façon de faire dans leur royaume. Je n'en suis plus choquée. Ensuite, il prend mon pouce et le mord, je serre les lèvres pour résister à la douleur. Il appose mon pouce sur le contrat.

— Au fait, puisque vous êtes dans le monde des humains, n'êtes-vous pas censés signer comme nous autres, humains ? Avec un stylo tout simplement ?

— C'est un réflexe, une habitude je crois. Et puis, signer avec son sang en plus de son empreinte digitale est beaucoup plus forte et symbolique qu'un simple stylo, tu ne trouves pas ?

Cet homme est sérieux ? Lui comme Mikael ne savent-ils pas qu'à chaque fois, j'ai mal au doigt ? Ils me blessent littéralement ouais. Ou bien tous les démons sont-ils si insensibles à la douleur des autres ?

En fin de matinée, Georges rédige une lettre à Mikael.

Ma journée avec Georges se passe plutôt bien. Elle a été calme et sans tracas.

En réalité, depuis ma venue au château, j'ai rarement eu ce genre de journée. Avec un mari comme Mikael, je devrai même dire que c'était inimaginable et impossible. Je me suis reposée aujourd'hui et cela fait tellement de bien.

Mais je sais que tout cela ne va pas durer bien longtemps...

Depuis que j'ai rencontré Mikael, ce ne sont plus les situations problématiques qui me font peur, mais plutôt le calme car à tout moment, je me dis que ce calme n'est que temporaire. Ou alors qu'il y a anguille sous roche.

De ce fait, je ne vais pas jubiler intérieurement. Je vais garder les pieds sur Terre et me rappeler que Mikael peut revenir à tout moment et semer à nouveau, le trouble, partout où il passe.

CHAPITRE 10

Ana

C'est la deuxième nuit, depuis que Georges est revenu.

Je suis allée me coucher avec lui, sur le même lit.

Hier, il s'est endormi sur le canapé dans le balcon de la chambre, donc nous ne nous sommes pas allongés côte à côte. Mais aujourd'hui, c'est différent.

Quand est-ce que ce monstre de Mikael viendra ou bien, cette fois-ci, va-t-il rester longtemps sans venir ?

Je me demande ce qui a causé ce retrait de Mikael. Je me souviens qu'à chaque fois, c'était quand il devait me tuer, que Georges essayait d'intervenir en venant à la place et Mikael refusait cela.

Ou bien, serait-ce Mikael qui était incapable de me tuer ? Mais comment ? Je veux dire, la première fois qu'il voulait me tirer dessus, je ne pense pas qu'il avait déjà eu une certaine attache envers moi.

Egalement, pourquoi cette fois-ci, Georges est resté si longtemps sans qu'il n'y ait eu changement de personnalité ?

CHAPITRE 11

Georges

Je me demande ce qui a causé ce long retrait de Mikael. Cela fait maintenant deux jours qu'il n'a pas échangé avec moi.

Je sais qu'il souffre de la trahison d'Ana avec Adrien. Serait-ce dû à cela ?

Il préférerait fuir la dure réalité en s'évadant, d'où son retrait ?

J'espère qu'il ne se passera aucun accident cette nuit, sur ce lit, auprès d'Ana. Ce n'est pas facile pour un homme de passer la nuit à côté d'une jeune et belle femme comme Ana, sans rien tenter.

Je devrai contrôler au maximum mes envies et pulsions. Ana a dû assez souffrir de la perversité et du sadisme de Mikael.

Pour commencer, je ne me retournerai pas du côté d'Ana, pour rien au monde. Heureusement que j'ai songé à placer un bâton au milieu du lit pour le séparer en deux afin que chacun connaisse la place à ne pas franchir durant la nuit.

CHAPITRE 12

Ana

Comment fait Georges pour dormir côte à côte avec moi ? Bien sûr, il prend ses distances, il s'est retourné de l'autre côté, sans compter le bâton qui nous sépare et les couvertures pour chacun aussi.

Seulement, il est tellement différent de Mikael.

Mikael serait incapable de rester couché à côté d'une femme et de ne rien tenter de pervers. J'en suis sûre.

Ou bien est-ce moi qui ne suis pas assez désirable ? Ce qui explique la froideur de Georges ? Pourquoi je voudrais que Georges soit moins indifférent à moi ? Je ne devrai pas. Je dois arrêter.

Mais je me dis que n'importe quelle femme voudrait se sentir désirable et attirante. Georges est comme un mur, une pierre. Moi, qui me plaignais souvent de Mikael.

Mikael est quelqu'un de passionné derrière sa cruauté. C'est ce qui est tellement contradictoire.

D'après ce que je vois, Georges est tout simplement... glacial. Quand je pense que l'élément de sa famille royale est le feu, quel paradoxe avec sa manière d'être.

Après avoir passé la moitié de la nuit à faire des comparaisons entre Mikael et Georges, j'ai fini par m'endormir.

CHAPITRE 13

Mikael

Je viens de me réveiller. Je suis encore au lit. Et qu'est-ce que je vois ? Mon épouse, qui n'est pas morte, finalement.

Et c'est quoi ce bâton ? Ne me dites pas que c'est ce connard de Georges qui est allé mettre ce bâton sur le lit pour séparer mon côté de celui d'Ana ? Ce mec est d'un tel ennui.

Mes yeux s'attardent sur ma ravissante épouse. Hmmm, Ana, Ana. J'ai l'impression que cela fait des années que je n'ai pas touché ton corps. De ce fait, je vais te réveiller, d'une manière extraordinaire.

Déjà, je commence par balancer ce bâton. Ensuite, je retire la couverture d'Ana.

Oh, quelle belle robe de nuit. Je vois qu'elle s'est habituée maintenant à être sexy à tout moment. En même temps, a-t-elle le choix ? Elle ne peut porter que les vêtements que j'ai mis à sa disposition.

Mon dressage n'a pas été vain. J'en suis tant comblé.

Je soulève la robe. Et c'est encore mieux. Je dévore des yeux le cul de mon épouse. Elle n'a pas porté de culotte.

Oh, là, là. Je sens déjà ma queue qui se durcit. Je ne perds pas de temps, je caresse, avec douceur et lenteur, le clitoris d'Ana. Elle se met à bouger légèrement, en gémissant. Déjà ?

Ana est si réactive. J'adore.

J'enfonce deux doigts dans sa chatte, qui se « liquéfie ». Elle sursaute et se réveille.

Je vais jouer à Georges pour voir si elle saura me différencier de ce crétin de Georges.

Dès qu'elle sursaute, je fais comme si de rien n'était. Je descends du lit. Elle se lève, tout doucement et elle me regarde.

— Bonjour, Georges. Que… Pourquoi tout à l'heure… Euh

— Bonjour, Ana.

J'essaie de jouer à Georges mais j'ignore si j'y parviendrai. Cet homme est tellement fastidieux.

— Qui a fait tomber le bâton ? me demande Ana, en rougissant.

Ose-t-elle rougir à cause d'un autre homme que moi ?

Bon, déjà, il va falloir que je me calme un peu, sinon elle devinera très vite que c'est son majestueux époux qui est en face d'elle.

CHAPITRE 14

Ana

Je suis assise sur le lit, encore sous le choc à cause du comportement déplacé de Georges, pendant que je dormais. Lui qui disait qu'il ne me toucherait pas. Quel menteur.

Quelqu'un frappe à la porte.

— Bonjour votre altesse, c'est le lieutenant. Comment vous sentez-vous ?

— Le lieutenant ? Du maudit royaume ? Eh bien, figurez-vous, trop d'attentions tuent l'attention. Je n'ai point besoin d'être materné. Je vais bien. De plus, ma belle épouse prend soin de moi.

Pause. Ça, c'est Mikael.

— Du balai, maintenant.

Je ne me trompe pas. Il vient de sortir son expression préférée pour foutre les gens dehors. Mikael, serait-il de retour ? Depuis quand ? Donc tout à l'heure, au lit, ce n'était pas Georges mais Mikael ? Ou bien ? Non, ça devait être Mikael. Il n'y a que lui pour oser ce genre de choses si indécentes, sans aucun remord.

Mikael vient vers moi et me soulève de force du lit. Il me tire vers lui. J'atterris dans ses bras. Il balade ses mains sur mes cuisses en remontant à mes fesses qu'il caresse, avant de les tapoter fort. Je sursaute légèrement.

— Un, tu m'as manqué. Deux, pourquoi t'es pas morte ? Trois, tu as rencontré ce crétin de Georges ?

Drôle de manière d'accueillir la femme qu'il dit « aimer ». Ce sale égoïste.

Il se met à sentir mes cheveux, puis il m'embrasse langoureusement au cou. Et mon corps bouge seule, en se frottant à son pénis, que je sens très dur, derrière moi.

Pourtant, je dois résister. Je ne dois pas refaire la même erreur de succomber au désir que j'éprouve pour Mikael.

— Ton odeur m'avait tant manqué, dit-il en mordillant le lobe de mon oreille droite.

J'ai envie de lui. Mais je vais lutter. Je tente de me retirer de son emprise, il place son coude autour de mon cou, pour me retenir prisonnière dans ses bras.

— Ta chatte m'appelle, j'en suis sûr, dit-il, en insérant son doigt dans mon vagin, il fait des rotations à l'intérieur. Et je me mets à bouger de tout mon corps, sous l'effet de l'excitation qui monte à tel point que je vais bientôt « exploser » de désir pour ce monstre.

Il souffle dans mon oreille :

— N'oublie jamais à qui tu appartiens.

Quelqu'un tape à la porte. Je suis sauvée. Sinon Mikael et moi allions encore baiser puis j'allais regretter, à la suite de mon orgasme.

— Qui c'est ? Je m'en fous. Un seul conseil : n'essaie même pas d'entrer, si tu ne veux pas ta mort, immédiate, dit Mikael à l'inconnu qui frappe à la porte.

Le pire ? Il continue à me doigter, il me tire brutalement les cheveux, j'émets un léger cri. Il me donne des bisous chauds au cou.

— Votre Altesse, tout va bien ? C'est Hubert.

— Hubert ? Ce satané docteur ennuyeux ? dit Mikael.

Je suis choquée. Donc, il n'a même aucune considération envers ses vrais proches : les démons ?

— Votre Altesse, est ce que tout va bien ?

— Où ce Georges de merde a-t-il déposé mon arme ?

— Ton arme ? Ne fais rien ! lui dis-je aussitôt.

Il retire ses bras autour de moi et je me retourne face à lui :

— Tu oses tuer ton propre médecin ? Sans raison valable ?

— Franchement Ana, tu poses des questions d'une telle idiotie. Ne m'as-tu pas côtoyé assez longtemps pour savoir de quoi je suis capable ?

— Votre Altesse, je m'inquiète. Comme je n'entends rien, je vais devoir entrer.

Au même moment, Mikael part chercher son pistolet, partout dans la chambre.

Quant à moi, je pars vite pour fermer la porte à clé. C'est tellement plus simple.

Le médecin ouvre la porte pour entrer, oh non c'est trop tard. En plus, Mikael vient de retrouver son pistolet. Il sourit. Ce malade.

Le médecin se dirige vers Mikael, qui est debout, en train de charger son pistolet. Le médecin est-il juste bête ? Ou aveugle ? J'accoure me placer devant le médecin pour qu'il ne fasse pas un pas de plus.

— Encore vous ? Hors de ma vue !

Je vois Mikael hausser du sourcil.

— Hubert ? Non seulement tu gâches ma matinée qui s'annonçait sensuelle et sexuelle, mais en plus, tu te permets de parler mal à mon épouse ! Je suis le seul habilité à lui parler mal. Je ne le permettrai à personne d'autres ! dit Mikael en pointant son arme vers Hubert.

Je suis devant le médecin donc Mikael ne tirera pas, au risque de me blesser, n'est-ce pas ?

— Votre Altesse, je suis...

— Ferme-la !! *s'écrie Mikael en s'approchant de nous.* Ne m'appelle plus jamais votre Altesse !

— Mikael, calme-toi stp, lui dis-je.

— Si tu veux que je me calme, viens tout de suite me faire une fellation.

Ce mec est sérieux ?

— Rapplique ! me dit-il.

Je me dirige vers lui.

— Mets-toi à quatre pattes, ma queue a hâte de se retrouver dans ta bouche si exquise. Fais vite.

Je me baisse et j'enlève son pantalon, je le regarde.

— Votre Altesse, que fait cette humaine ? demande le médecin, choqué.

— Mikael, tu vas le faire sortir au moins ?

Mikael sourit. Son sourire démoniaque, comme d'habitude.

— Le faire sortir ? Il va assister au spectacle, oui. Ce ne sera que plus excitant encore.

— Votre Alt..

Mikael tire sur le médecin. Je suis surprise et choquée.

Le médecin tombe.

— Que vous arrive-t-il ? Seriez-vous en train de faire une dépression ? Je ne vous reconnais plus, dit le médecin, qui parle avec difficulté, sur le point de perdre conscience.

— Ana. Qu'attends-tu pour commencer ?

Je me mets à sucer la verge de Mikael.

Le cauchemar est de retour. Le monstre est revenu. Pour combien de temps encore ?

Jusqu'à quand tout ceci va durer ? Georges me demande de devenir sa thérapeute. Oui, je peux exercer ce rôle pour lui, mais le pourrai-je pour cet exécrable de Mikael ?

— Humm Ana. J'aimerais ne jamais faire sortir ma bite de ta bouche, me dit-il en me caressant les cheveux, cet obsédé sexuel, qui va de pire en pire.

C'est ce qui m'inquiète le plus concernant Mikael. Car la plupart des gens tentent de s'améliorer dans leur vie et d'évoluer au fil des années qui passent. Mais j'ai l'impression que cet homme ne se remet jamais en question et qu'au lieu d'évoluer, il régresse.

A ce rythme et le connaissant parfaitement, il risque de tuer tous les hommes venus de son royaume. Après tout, il tue sans aucun état d'âme. Tirer une balle, c'est comme s'amuser pour lui.

Comment vais-je pouvoir gérer Mikael ?

Et que me réserve encore l'avenir, à ses côtés ?

CHAPITRE 15

Mikael

J'ai pris une douche avec ma chipie d'Ana. C'était sensationnel puisque cela s'est terminé par une pénétration anale, hors du commun. Je me sens euphorique. J'imagine qu'elle doit se sentir aussi bien. Après tout, je sais donner de l'orgasme aux femelles qui accueillent ma queue. Femmes, femmes je voulais dire.

Ana et moi sommes partis prendre notre petit déjeuner au salon privé. Nous nous installons. Ce que je remarque en premier ? Des bouteilles de champagne sur la table. Quelle foutaise.

— Où est mon whisky ?!!

La servante vip à la porte accoure vers moi.

— Je m'excuse, Monseigneur. C'est vous qui aviez demandé uniquement du champagne.

— Ah bon ? Pourquoi je ne m'en souviens pas ?

— Tu avais besoin de crier comme ça ? me lance mon épouse, qui devient un peu trop culottée dernièrement.

— Monseigneur, je ramène tout de suite ces bouteilles et je vous apporte du whisky.

— Tu as deux minutes si tu ne veux pas te faire exécuter ! lui dis-je.

Elle récupère les bouteilles et court avec. La pauvre. Que c'est divertissant, en ce début de journée.

Je vois Ana qui me fixe avec mépris. Elle me déteste ? Ce n'est pas nouveau.

Je suis habitué maintenant. Entre elle et moi, c'est de la passion, de la folie et de la haine, en zigzag continuel.

Je prends mon assiette et que vois-je encore ? Des œufs au plat préparés de manière pourrie et merdique. Le jaune est très cuit or je ne supporte pas cela.

Ne me dites pas que c'est Georges qui est allé changer les règles de mon manoir.

— Où est passée la putain de gouvernante de ma demeure ? crié-je

— Tu peux arrêter de te comporter comme un gamin ? me dit Ana.

— Et toi, pourrais-tu arrêter de te prendre pour une moralisatrice ? Tu m'agaces. Sors d'ici, d'ailleurs. Du balai.

Elle me regarde d'un air étonné. Qu'attend-t-elle pour déguerpir d'ici ?

— Mikael. Tu veux vraiment que je sorte ?

— Au plus vite. Mes gardes t'attendent dehors bien sûr. Tu n'iras nulle part ailleurs. Ma belle prisonnière et épouse chiante.

Elle se lève, me lance un dernier regard rempli de haine puis elle s'en va.

Je l'observe s'éloigner de moi. Soudain, je me sens triste. Pourquoi je traite ainsi Ana ? C'est elle qui me pousse à bout. Pourtant, je la veux à mes côtés. Constamment.

— Mon épouse ?

Elle s'arrête et se retourne vers moi.

— Quand je m'exprime, contente-toi de la fermer. Tu n'as droit à la parole que lorsque je t'en donne l'autorisation, d'accord ?

— Tu as fini ? Je peux partir ?

— Ana. Tu me cherches ?

— Ne viens-tu pas de me foutre dehors ?

— En plus tu oses te mettre en colère ?

Au même moment, cette idiote de gouvernante et meilleure copine de mon épouse, entre en furie.

— Monseigneur, je vous présente toute mes excuses. Voici vos œufs au plat, tout comme vous les aimez, me dit-elle, en déposant l'assiette.

Je balance l'assiette qui tombe et se casse, devant Nadia qui se permet de sursauter en plus.

J'attrape ses cheveux que je tire brutalement, elle hurle de douleur.

— Mikael !!! crie Ana, en accourant vers moi.

Je sors mon pistolet et je le plaque sur la tête de Nadia.

— Tu interfères, je tire, dis-je à Ana.

Effrayée, elle s'arrête en chemin.

— Mikael. Dis-moi tout ce que tu veux, je le ferai, me dit Ana.

Pff. Je n'arrive toujours pas à comprendre pourquoi elle s'attache autant à ses « amis », et pas à moi, son époux. Pourquoi j'ai l'impression qu'elle aime tout le monde sauf moi. Elle a même tenté de me tuer.

Ah, c'est vrai. Je lui ai arraché sa petite sœur. Mais ça date maintenant. Ne sait-elle pas pardonner et donner une seconde chance ? Ne voit-elle jamais les efforts que je déploie pour elle ?

Elle s'est déjà faite une idée de moi et ne veut plus s'en défaire apparemment. Et puisqu'elle me voit comme un être odieux, autant ne plus tenter de jouer au gars gentil et sympa. Que je reste moi-même et authentique, est la meilleure chose à faire. Et je m'y sens mieux à l'aise, de surcroît.

— Tout ce que je veux ? Une seule chose, Ana : ton amour. Tu voudrais savoir comment me prouver que tu m'aimes ? Commence par cesser de remettre en question mes actes et ma façon de faire. Accepte moi comme je suis, c'est ça l'amour, le plus pur et le plus vrai. Dis à ton putain de cervelle d'effacer le mot « mal » qu'il affiche à chaque fois que j'apparais.

— Je ferai tout ça. Relâche-la maintenant, stp.

— Et tu veux que je te croie ? Si facilement ?

Nadia tremble de tout son corps. Je n'ai point pitié d'elle. Ana la porte dans son cœur alors que moi je n'y ai aucune place. Ana me garde dans la zone « haine » de son cœur et Nadia dans la zone « amour-amitié ». Or je ne supporte pas de partager la vedette, avec quiconque. Surtout qu'Ana doit me déplacer de la zone « haine » pour m'amener dans la zone « Amour » de son cœur.

Je continue de tirer les cheveux de ma gouvernante.

— Nadia. Sais-tu que tu es la gouvernante la plus naze que je n'aie jamais eue ? D'ailleurs, ça ne m'étonnerait pas que le mot « naze » soit dérivé de ton prénom. Au fait, serais-tu encore vierge ?

— Mikael, qu'est-ce que tu fais ?!! crie encore mon énervante épouse.

Finalement, la chambre noire est le meilleur endroit où je peux la garder car cette femme commence à me montrer son vrai visage de garce. Elle veut m'apprendre comment faire ? Comment gérer mon manoir et comment vivre ? Qu'elle est pathétique. Je m'occuperai bien d'elle. Après que j'en aie fini avec cette pitoyable gouvernante.

— La prochaine fois que ton service me coupe l'appétit si tôt le matin, tu pourras dire adieu à ta terne existence, dis-je à Nadia, en la balançant avec force par terre.

Elle atterrit sur les carreaux avec sa tête qui fait un choc et elle s'évanouit. Je vois du sang qui coule. Si exaltant. Cette femelle est tellement faible.

Je vois Ana qui accoure vers Nadia en criant son nom. Elle se baisse au niveau de sa meilleure copine. Je sens la colère et la rage qui montent en elle. Et alors ? C'est le cadet de mes soucis. Elle se redresse et me fixe, d'un regard glacial. Heureusement que je suis peu sensible.

— Mikael, ça se voit vraiment que tu t'ennuies dans ta vie et que tu n'as rien à faire de tes journées !!! Ne m'arrête surtout pas ! Je l'amène tout de suite à l'infirmerie !

Elle appelle mes gardes pour qu'ils viennent prendre Nadia. Sa survie n'est plus qu'une question de temps. Pour être honnête, je souhaite que Nadia meure. Et qu'Ana n'ait plus personne sur qui compter dans ce manoir, personne à part moi, son mari.

Ana suit mes deux gardes qui amènent Nadia. Je me dirige vers mon épouse, et je la tire vers moi. Elle refuse de venir à moi et tente de me donner un coup de poing, j'esquive évidemment. Pense-t-elle pouvoir me combattre ?

Surtout qu'elle mérite une punition mémorable, encore meilleure que la dernière qu'elle avait eue.

CHAPITRE 16

Ana

Je ne suis ni surprise ni choquée car je m'y attendais. Je savais que tôt ou tard, Mikael tenterait de tuer Nadia.

Même s'il se retient, c'est plus fort que lui et pour me faire douter de sa véritable intention, il va me dire : « je ne lui ai pas tiré dessus. Je l'ai tout simplement fait tomber. Ce n'est pas de ma faute si ta copine est une faiblarde ».

Je connais tellement par cœur ce monstre. Tant qu'il n'aura pas éloigné toutes les personnes qui me sont précieuses, il ne s'arrêtera pas. Si aujourd'hui, je venais à nouer de nouveaux liens avec d'autres gens dans le manoir, il les éliminerait également. Je me trouve en face d'un homme maladivement possessif. Ses comportements relèvent de la pathologie. On rencontre rarement des individus qui sont comme Mikael.

Parfois et le plus souvent d'ailleurs, j'ai juste envie de le tuer. Depuis le début, c'est la même chose. Cette haine qui ne disparaît pas. Mais aujourd'hui, une unique chose me retient : Georges.

Tuer Mikael, c'est tuer Georges qui ne m'a rien fait, comparé à son alter ego satanique. Ce n'est pas parce que je veux me venger que je dois le faire irrationnellement, en blessant des gens qui n'y sont pour rien. Si je ne connaissais pas le « trouble dissociatif de la personnalité » dont souffre Georges, je ne serais pas restée une seconde de plus dans ce château. Et je me serais enfuie avec Nadia.

Mais à présent, il ne me reste plus qu'un seul moyen de me venger : faire fusionner l'esprit de Mikael et celui de Georges dans le même corps afin que Georges reprenne le contrôle total sur sa personne, sur ses actes et agissements.

Cependant, la difficulté se trouve au niveau de Mikael.

Comment parvenir à lui faire accepter de suivre une psychothérapie ?

Toujours dans le salon privé, je suis debout en face de lui et ma colère est montée à cause de sa « méchanceté gratuite ». Je me demande comment un individu peut-il autant aimer faire du mal sans aucune raison apparente ?

Comme d'habitude, en essayant de comprendre la cause du comportement de Mikael, je finis toujours avec des maux de tête. Sa personnalité me donne du fil à retordre mais s'il pense qu'il va détruire toute ma volonté, il se trompe. Tant que je vivrai, je ferai tout pour fusionner son esprit avec celui de Georges, aussi longtemps que cela me prendra, je suis prête.

— Ma révoltée d'épouse ? Il est temps que tu paies de tes erreurs, me dit-il en souriant.

Il veut m'enfermer à nouveau dans la chambre noire ? Si seulement je savais comment déclencher la venue de Georges, je l'aurais amené tout de suite afin de mettre fin à cette situation.

Il prend une corde et m'attache les poignets, pendant qu'on se regarde avec haine. Il se penche et m'embrasse, à la bouche, avec force et passion. Puis, il me sourit.

— Pourquoi luttes-tu ? Je sais que tu me désires autant que je te désire.

— Tu avais dit que tu arrêterais de maltraiter tes employés !

— Si tu m'obéissais, il faut préciser. Et ce n'est pas ce que tu as fait !

Après avoir attaché mes mains, il m'attrape brutalement par le cou et me fait avancer avec lui. Nous sortons de la pièce et marchons dans le couloir.

Je me rends compte qu'il n'a pas pris la direction des escaliers pour sortir du Palais et aller rejoindre le bâtiment de la chambre noire. Qu'est-ce que cet aliéné irrécupérable va faire cette fois-ci ? Comment compte-t-il me « punir » ?

Pendant que nous avançons, il me dit :

— Ana. Connais-tu la définition du vrai amour ?

— Non. Tu la connais ? ai-je répondu, en me forçant car au fond je suis enragée par ce qu'il vient de faire à Nadia.

— Bien sûr. J'ai la définition parfaite et exacte. Ecoute bien et retiens ceci : quand on aime vraiment l'autre, on ne cherche pas à le changer. On cherche à l'accepter tel qu'il est. Par conséquent, le jour où tu m'aimeras tel que je suis, qui sait, peut-être bien que je voudrais un peu changer, pour toi.

N'importe quoi. C'est tout ce que mon cerveau me dit.

— Qu'en penses-tu, Ana ?

— Tu es très philosophe, lui dis-je, en souriant.

Comprenez, je dois jouer ce rôle avec ce monstre. Et ne pas le provoquer encore plus. Après tout, dans cet endroit, c'est lui qui a le pouvoir et c'est nous autres, malheureusement, qui devons nous soumettre et subir...

Mais, toute chose a une fin. Et il le saura, un jour.

Nous arrivons dans notre chambre à coucher. Mikael ne perd pas de temps. Il me soulève et me pose sur une chaise. Il place mes poignets au dos et attache mes chevilles à l'aide d'une corde. Je n'essaie pas de me débattre car je sais que plus je lutte, plus il va loin dans son sadisme. Et au lieu de s'en prendre directement à moi, il va préférer se défouler sur ses employés, juste pour me faire souffrir. Donc, je ne montre pas de résistance et je reste silencieuse aussi.

— Ana. Je me suis demandé... Pourquoi t'amener dans la chambre noire ? Reste enfermée ici. Et deviens ma poupée-épouse, soumise. C'est mieux, non ? Au moins, tu es dans notre chambre à coucher. Ne suis-je pas plus avenant qu'avant ?

Et le revoilà en train de tenter de jouer au « gentil ». Ce qui ne lui va pas du tout, surtout après ce qu'il vient de faire à Nadia.

— Oui, tu l'es, rétorqué-je, en sortant un faux sourire.

— Bien. Il reste une toute dernière chose pour que ta punition soit nickel.

Mikael me scotche la bouche. En gros, en plus d'être limitée dans mes mouvements, je n'ai plus droit à la parole.

— Ma chère Ana. Désormais, tu resteras attachée jusqu'à nouvel ordre. Je te donnerai à manger, je te ferai prendre tes bains, je t'habillerai. Ta survie ne dépendra plus que de moi, ainsi que tes actes et mouvements. En plus, je n'entendrai plus tes paroles de merde qui m'exaspèrent au plus haut point. Ma belle et tendre épouse, Ana de Sade. Dorénavant, tu vivras comme une poupée bien sage, devant vénérer et servir ton seul et unique maître : Mikael de Sade. En retour, crois-moi tu seras la plus heureuse au monde. Tant que je te possède et que tu restes obéissante, j'ose croire que mes nerfs vont peu à peu s'adoucir. Et qui sait ? Peut-être que je terroriserai moins les êtres qui peuplent mon château.

Je hoche la tête, toujours pour jouer le jeu et l'énerver moins.

— À présent, il est temps d'aller foutre dehors ces satanés démons venus m'amener. Comme si j'allais retourner dans ce foutu royaume.

J'ai vraiment envie de connaître la raison qui a fait fuir Mikael de chez lui. Cette rage qu'il contient, serait-elle liée à sa famille ?

— Ana. Je m'en vais. Reste bien sage, dit-il, en me sortant son sourire diabolique mais qui ne le rend pas moins sexy.

Je me déteste pour être autant attirée par Mikael.

Surtout quand je me rends compte qu'il n'existe aucune logique pour tenter de comprendre la psyché de cet homme. Il est habité par le mal. Il ne fait que ça. Tout le reste l'ennuie.

C'est uniquement en parvenant à se combiner avec Georges que son comportement pourrait être plus équilibré. Il ne fera plus d'actes vils pour le plaisir d'en faire mais seulement quand ce sera nécessaire et là, Georges Mikael pourrait même devenir un grand roi car savoir quand il faut être doux et quand il faut être dur sera une qualité indispensable pour gouverner son royaume, dont je ne connais rien, à part que je suis devenue « l'épouse » ou plutôt la fausse épouse du prince héritier. Enfin, si Mikael montre notre contrat de mariage là-bas, en toute logique je suis son épouse. Sauf que je ne suis pas de son royaume, je suis une humaine et je vis ici donc nos chemins vont bientôt se séparer ?

Qu'est-ce que ça peut me faire ? Cet homme me fait plus souffrir qu'autre chose...

CHAPITRE 17

Mikael

Après avoir bien gardé sagement ma chipie d'épouse dans la chambre afin qu'elle n'intervienne plus dans mes affaires, qu'elle ne me fasse plus la morale et qu'elle me serve uniquement de source de plaisir et d'apaisement, je me dirige au salon public, où se trouvent les salopards de démons venus du royaume.

La prochaine fois que les gardes de mon château leur ouvrent la porte, ils seront tous exécutés. Pour aujourd'hui, je ne souhaiterais pas me faire haïr plus par Ana. Donc, je contrôlerai mes pulsions de violence.

J'entre dans le salon et le lieutenant se lève pour venir à moi. Cinq autres gardes le suivent.

Je pars m'installer sur mon fauteuil, en me servant du whisky. Le lieutenant et les gardes se mettent debout, face à moi.

— Votre Altesse, comment va votre blessure ? Avez-vous bien dormi ? me dit le lieutenant.

— Déjà, je t'interdis de m'appeler par « votre altesse » sinon je te décapite tout de suite la tête.

Le lieutenant et les gardes se regardent. Ils ignorent qu'ils ne se trouvent pas en face de leur Georges de merde.

— Je ne vous appellerai plus ainsi, me répond le lieutenant.

— Bien. Maintenant qu'attendez-vous pour déguerpir de ma demeure ?

— Euh... votre alt--, je voulais dire : est-ce-que tout va bien ?

Je ne lui réponds pas et prends mon verre d'alcool pour boire.

— Vous rappelez vous ? Votre père est très souffrant et...

— Qu'il aille au diable, lui dis-je, en lui coupant la parole.

— J'ignore quelle rancune vous gardez envers votre père, depuis ce jour où vous êtes parti de plein gré du château royal, mais il est de mon devoir de vous ramener chez vous, sous ordre du roi.

Je perds patience. Ce lieutenant m'emmerde vraiment. Je sors mon pistolet et tire direct sur un garde derrière lui. Ils sont tous surpris. Je n'ai pas d'autre moyen que de leur faire comprendre la fermeté de ma parole.

— Nous vous présentons toutes nos excuses si nous vous avons offensé, me lance le lieutenant.

Je soupire et il risque d'être le prochain à être visé. Seulement, je ne dois pas le tuer. Il doit rentrer sain et sauf au royaume afin de rapporter ce qu'il aura vu ici et que cet égoïste de roi et sa sorcière de reine comprennent qu'ils ne me reverront plus jamais de leur vie. Ils n'ont qu'à refaire un autre enfant pour préserver leur lignée royale des démons de notre race. Ah, j'oubliais, ce n'est point possible. Une reine ne peut avoir qu'un seul enfant pour éviter les batailles pour le pouvoir entre frères. Mais je m'en contrebalance. Ils n'ont qu'à briser cette règle et refaire un autre enfant, point.

— Mon cher lieutenant si dévoué à son devoir, je vais te donner un ordre également : retournez d'où vous venez.

— J'aimerais tant comprendre ce qui se passe... Et ce qui vous empêche de revenir.

— J'ai déjà tué un de tes hommes, sous tes yeux. Veux-tu les voir tous mourir ? Car après ceux-là, j'irai vers les autres qui traînent encore dans mon château et je m'assurerai qu'ils meurent également. N'oublie pas qu'en étant dans le monde des humains, vous êtes aussi vulnérables que ces faiblards d'humains.

Le lieutenant hésite. Il ne parle plus. J'imagine qu'il est en pleine réflexion sur ce qu'il doit faire. Je vais lui faciliter la tâche en lui disant comment gérer tout cela.

— Rentrez tranquillement et dites à votre roi de merde que jamais je ne retournerai au royaume et qu'il enlève donc cette idée de son esprit.

Le lieutenant et les gardes derrière sont choqués par mes propos. Je peux les comprendre, je viens d'insulter leur roi qui est mon propre père.

Le lieutenant baisse la tête et serre les poings. Oh ? Voudrait-il se rebeller ? Il n'a qu'à se calmer s'il ne veut pas que je les massacre tous.

— Merci pour votre accueil et votre écoute. Nous rentrerons comme vous l'avez demandé. Prenez bien soin de vous et nous vous souhaitons un prompt rétablissement. Vous devez être surmené. Nous vous prions de bien vouloir vous reposer convenablement.

Enfin, il s'en va, avec ses hommes.

A peine sortis, un garde de mon manoir tape à la porte. Je lui demande d'entrer. Il vient vers moi et me tend une lettre.

— Qu'est-ce que c'est ?

— Monseigneur, cette lettre est destinée à vous. Elle a été trouvée dans la boîte aux lettres.

— Et alors ? Ça doit sûrement être ces fans qui veulent la sortie de mon prochain roman, jetez-la comme d'habitude. Je n'ai point le temps de toutes les lire, vous le savez non ?

— Je m'excuse de vous avoir offensé. Il se trouve juste que cette lettre semble différente de celle de vos fans.

— Comment ça ? lui demandé-je.

— Il est mentionné dessus : « À Mikael de Sade (de Lucifer) ».

Je suis surpris. Le public ne connaît pas mon vrai nom de famille, c'est-à-dire celui de Georges. Alors qui a écrit cette lettre ? Je la prends finalement et demande au garde de disposer.

Quand je lis l'écriture de mon nom, je reconnais la calligraphie. C'est... mon putain d'alter égo : Georges.

J'ouvre la lettre et je lis :

Cher Mikael, je t'écris cette lettre pour te parler de mon intention de suivre une thérapie auprès d'Ana. J'ose croire que tu coopéreras avec moi, afin que nous puissions mieux vivre dans l'harmonie, même si je doute fort que mes mots te convainquent.

Ainsi, j'ai signé un contrat avec Ana. Elle sera ma psychologue ou notre psy je devrai dire et notre épouse en même temps.

C'est pour te dire que j'ai déjà pris ma décision et il est temps que je reprenne contrôle sur moi et sur ma vie que tu as assez détruite comme ça.

Cordialement.

Georges de Lucifer.

Furieux, je déchire aussitôt cette lettre puis je sors de mon salon pour aller voir Ana, qui joue à un jeu que je ne vais pas supporter pour longtemps.

Alors comme ça, Georges veut se faire « soigner » auprès de mon épouse ?

Mais se soigner de quoi ? Je ne suis point malade, Dieu merci. Même si je ne crois toujours pas en son existence.

Et je suis encore moins fou comme peuvent le penser les autres. Comme disait Einstein : « Une question parfois me laisse perplexe, est-ce moi, ou les autres qui sont fous ? ».

Georges veut parvenir à me contrôler ? Et de ce fait, me faire disparaître ? Il peut bien rêver, ça n'arrivera jamais. Je suis beaucoup plus fort, mentalement, que lui.

Mais le pire dans tout cela ? Mon épouse veut que je la partage ? Qu'est-ce qu'elle est culottée celle-là et pourquoi aime-t-elle creuser sa tombe ?

Je retrouve Ana dans notre chambre à coucher, comme je l'avais laissée : assise sur une chaise, les chevilles et poignets attachés, la bouche scotchée.

Elle regarde de l'autre côté. Je m'en fous de ce qu'elle peut bien ressentir actuellement. En plus, je fais tout cela pour son bien. Ne sait-elle pas que je risque de la tuer si elle continue de se rebeller à mes côtés ? Au moins, en restant immobile et muette ici, elle ne me tapera pas sur les nerfs et ne me poussera pas à la tuer inutilement.

— Je peux savoir ce qui s'est passé avec Georges ? Vous avez même eu le temps de discuter et de signer un contrat ? De mariage de surcroît ? Ana, n'apprendrais-tu jamais de tes erreurs ? Ah, comment ai-je pu oublier ? Tu ne peux pas t'exprimer avec la gueule scotchée.

Je retire le scotch afin qu'elle parle. J'ai besoin d'explications.

— Accouche. Je t'écoute.

— Il ne s'est rien passé avec Georges. On a simplement signé ensemble un contrat.

— Pour devenir son épouse ?

— Qu'est-ce que ça fait ? Vous partagez le même corps non ? En plus, contrairement à toi, notre « mariage » ne sera pas consommé.

Je souris car derrière ses airs de « guerrière », Ana est si naïve parfois.

— Georges t'a fait croire qu'il ne coucherait jamais avec toi ?

— Qu'est-ce qu'il y a ? Ça t'étonne ? Tout le monde n'est pas comme toi, Mikael.

— Évidemment. Je suis trop spécial pour ressembler à qui que ce soit.

— Je vais aussi devenir ta psy.

— Haha. Laisse-moi rire. Retire tout de suite cette idée de ta cervelle. J'ai toujours été allergique aux psys et à leurs séances de merde, sans aucune valeur ajoutée.

Ana soupire. Ne serait-ce pas plutôt à moi de soupirer ?

— Je te préviens. Ne tente même pas de jouer à ma thérapeute ici, dans mon château. Contente toi de rester ma poupée épouse, soumise et bonne à baiser, comme toujours, lui dis-je, en souriant.

Je lui donne un doux baiser sur la bouche puis je la regarde encore en lui souriant. Elle est toute rouge. J'adore savoir que je lui fais tant d'effet, malgré la haine qu'elle me voue.

Je lui recolle un scotch à la bouche puis je m'en vais.

CHAPITRE 18

Mikael

La nuit tombée, je me pose dans le balcon de mon salon privé et je bois mon whisky. Je me sens si seul. Ana est enfermée dans la chambre pour désobéissance et nuisance à mon autorité. Qu'est ce qui lui empêche d'être totalement soumise ?

Après tout ce que je lui ai fait subir dans le passé, où puise-t-elle cette force pour continuer à résister et à me tenir tête ?

Après Ana, je pense à Adrien.

Mon meilleur élément et ami d'enfance...

Je n'arrive pas à croire que je t'ai tué, sur le coup de la jalousie.

Il ne fallait pas toucher à ce qui m'appartient.

Et voilà maintenant, ta présence me manque, ton absence me pèse.

Je me sentais bien avec toi, même si tu m'énervais la plupart du temps de par ton formalisme excessif. Au moins, tu étais toujours à mes côtés, attentif et obéissant.

Hélas, je t'avais trop fait confiance. Ça ne m'arrivera plus jamais.

Je me rends compte que je n'ai toujours pas digéré cette trahison subie par mon ami et mon épouse.

Je m'en remettrai bien un jour. Le temps finit par effacer toutes les peines et cicatriser toutes les blessures.

A présent, il est temps pour moi, d'aller exercer mon activité nocturne préférée : découper les cadavres de ces faiblardes de femelles.

CHAPITRE 19

Ana

Le lendemain matin.

Je viens de me réveiller.

Je me suis endormie sur la chaise, en étant attachée. Je sens de la lourdeur au niveau de mes jambes et j'ai l'impression que ma circulation sanguine s'est estompée. Mikael revient quand ? Ne doit-il pas serrer moins sur sa manière d'attacher les cordes ? Je risque encore de finir avec de nouvelles cicatrices et qui sait, avec des thromboses peut être ?

Sur cette chaise, je me sens si impuissante. Je n'ai même pas essayé de me défaire des cordes de Mikael car je n'ai nulle part où m'enfuir dans ce château. Et réveiller la colère de mon monstre de mari ne sert à rien non plus. Bien au contraire, je dois trouver comment le convaincre de suivre la thérapie que je veux lui faire.

La porte s'ouvre.

J'ouvre bien mes yeux pour entrevoir c'est qui. Mais bon, ça ne peut être que Mikael. Après tout, nous sommes dans la chambre à coucher. Mikael se dirige vers moi.

— Ma chère et tendre épouse. As-tu bien dormi cette nuit ? Je n'espère pas, puisque je n'étais pas à tes côtés.

Je sais d'où il vient. Il continue de faire les mêmes activités criminelles et dégoutantes chaque nuit. Rien que le fait d'y penser, je me dis que la situation est tellement urgente. En même temps, je me demande si un jour Mikael pourra vraiment être « soigné ».

Je veux dire, il existe des cas de psychopathie dont on n'a aucune issue à part l'internat. Tout ce qu'on peut faire, c'est enfermer ces êtres souffrant du trouble de la personnalité antisociale, quelque part, parfois à vie. En espérant bien sûr qu'avec le temps, leur comportement s'améliore.

Concernant Mikael, je ne suis pas pessimiste mais réaliste.

Par contre, je ne décourage pas très vite. Donc, je ne me prononcerai pas là-dessus tant que je n'aurai pas donné tout de moi, tant que je n'aurai pas utilisé toutes mes connaissances et toutes mes émotions pour me connecter à lui et parvenir à toucher le fond de son mal-être.

Mikael s'approche de moi et enlève le scotch sur ma bouche ainsi que les cordes avec lesquelles il avait attaché mes poignets et mes chevilles.

Ça fait tellement du bien. Je me mets à toucher mes poignets et chevilles. J'y vois des traits et des marques rouges. Je sais que ces marques vont durer, surtout si Mikael compte m'attacher chaque jour, de la même sorte.

Mikael me soulève et me tire par la taille. Il plonge son regard dans le mien.

— Ana. Tu m'as manqué.

Je ne sais même pas quoi dire à ce cinglé. J'en ai assez de lui et de sa « multipolarité ». (Selon moi, Mikael ne serait pas bipolaire mais « multipolaire », une nouvelle maladie mentale dont il est la première victime découverte, dans le monde).

A force de le côtoyer, je risque de finir folle, dans le vrai sens du terme.

Il se met à humer tout mon corps, en commençant par le haut, il me caresse le visage. Puis il me déshabille et se met à mordre mes tétons qui pointent. Il les lèche, les suce, les mordille. Il me caresse en même temps mon clitoris. J'émets de légers gémissements. Je suis toute excitée à l'idée de refaire l'amour avec lui.

J'en culpabilise encore. Mais sur le moment, le désir est tellement fort et brûlant que je ne peux pas y résister. Je le déshabille. Je vois son gros pénis qui bande dur. Je le caresse délicatement pendant qu'il lèche tout mon corps. Il me soulève et me met à quatre pattes sur le bord du lit. Il me donne une fessée. Je me suis habituée à sa manière de « baiser ». J'adore les fessées. A chaque fois qu'il m'en donne maintenant, tout mon corps en vibre. Je n'en ai plus peur, comme avant. Au contraire, je rêve qu'il m'en donne à chaque fois. Il plonge sa tête dans mes fesses.

— Humm Ana. Tes fesses, ma meilleure drogue douce, me font tellement du bien. Ton cul m'apaise comme pas possible.

Mikael commence à lécher mon vagin, c'est tellement bon que je sors du liquide en abondance. Je me mets à remuer mes fesses et il ne tarde pas à insérer son pénis dans ma chatte humide. Il fait des vas et viens vifs et rapides. Je suis le mouvement avec lui. Nos corps sont tellement en symbiose. Il me tire les cheveux pendant que ses mouvements se font de plus en plus violents (mais passionnés). Je sens que tout mon corps va bientôt vivre un orgasme intense. Je ne saurai décrire cela. Mais c'est si sensationnel.

Pourquoi le sexe avec ce monstre est-il si addictif ?

Pourquoi je désire autant Mikael ?

Il retire sa verge et éjacule sur mon dos.

Ensuite, il monte sur le lit et me tire près de lui. Je me couche à côté de lui. Il met la couverture sur nous deux.

— Ana. Ne me mens pas. Comment te sens-tu ?

— C'est quoi cette question ?

— Ana. N'es-tu pas fatiguée de me mentir et de te mentir ?

— De quoi tu parles ?

— Je parle de ton désir brûlant, pour moi. Je parle de la passion, cette passion amoureuse que chacun de nous ressent l'un pour l'autre.

« Amoureuse » ? Qu'est-ce que ce mot vient faire là-dedans ?

— Que tu le veuilles ou non, je suis déjà dans ton cœur. Je ne sais pas quand tu t'en rendras compte, ajoute-t-il.

— C'est ce que tu souhaites, tu veux dire ?

— Tu joues à la dure, jusqu'à quand vas-tu continuer ?

Il me fixe. J'adore les yeux de Mikael. J'adore ses lèvres. J'adore son visage. Son corps. Je suis arrivée à un point où j'adore tout de lui : son toucher, sa présence, même sa possessivité.

Je me trouve tellement anormale.

Il n'existe aucune logique sur ce qui m'arrive actuellement, avec Mikael.

Serait-ce parce que je suis restée trop longtemps enfermée dans son manoir ? Et surtout, à ses côtés ?

Il me serre fort contre lui. Ainsi, nous nous endormons.

CHAPITRE 20

Ana

Il est midi.

Je me réveille nue dans les bras de Mikael qui m'enlace vigoureusement, en train de dormir. Il est nu également. Nous sommes blottis dans la couverture. J'observe le visage de mon mari. Mikael est tellement beau quand il dort. J'ai juste envie de l'embrasser. Mais comme d'habitude, je suis obligée de me retenir. Au lieu de me lever, je me mets à contempler son visage. Il faut dire que c'est rare, les moments où cet homme ne m'énerve pas.

Je décide ensuite de me lever afin de profiter un peu de ma liberté corporelle. Je pourrai marcher tranquillement, utiliser mes membres et bouger, le temps qu'il se réveille et qu'il m'attache à nouveau pour m'emprisonner dans la chambre. Un vrai fou.

Maintenant que j'y pense, je devrai lui faire boire du somnifère afin qu'il dorme la journée entière et que je sois libérée de son emprise.

Je retire délicatement son bras serré autour de moi mais son bras ne décolle pas. Ferait-il exprès ? Ne dormirait-il pas alors ? Je force pour soulever son bras mais Mikael résiste et m'enlace encore plus fortement.

— Tu ne vas nulle part, sans moi, me dit-il, avec les yeux fermés.

Je n'arrive pas à y croire.

— Je veux me lever et aller prendre une douche.

— On prendra ensemble notre douche, me répond-t-il.

— Je veux me lever et m'étirer un peu. J'ai des crampes.

— On fera ensemble des exercices. Je t'aiderai à faire disparaître tes crampes.

— Mikael. Les crampes ne peuvent pas attendre.

— Mais moi, je le peux.

— Qu'est-ce que tu racontes ?

— Ana. Je sais pertinemment que tu veux rester quelques minutes loin de moi. Moi, je ne le veux pas. Et c'est moi qui décide.

— J'ai une demande.

— Vas-y.

— Pourrais-je savoir comment va Nadia ? Pourrais-tu me laisser lui rendre visite ?

— Quelle question. Non, bien sûr. Tu ne sors pas d'ici. Quand vas-tu le comprendre ?

Je ne dis plus rien. Je me demande juste si Georges va bientôt revenir pour me sauver de ce nouveau cauchemar, naissant.

— Nadia se rétablit. Pas besoin de t'inquiéter pour elle. Soucie-toi plutôt de moi, ton époux.

Je roule des yeux. Me soucier de lui ? Comme s'il en avait besoin.

Peu de temps après, Mikael et moi avons pris ensemble notre bain. Vous imaginez déjà comment ça s'est terminé : avec du sexe, dans la baignoire. Comme d'habitude, avec cet homme qui a une libido phénoménale. J'ai oublié de demander à Georges si les démons avaient une libido plus forte que celle des humains car on dirait bien que c'est le cas.

Au sortir de la douche, Mikael ne me laisse pas m'habiller.

— Je te préfère nue. A chaque fois que j'entrerai dans la chambre, je prendrai plaisir à contempler ton magnifique corps, me dit-il en souriant.

Plus rien ne peut me choquer venant de lui.

En restant nue, il m'attache encore les mains et les pieds, en me déposant sur la chaise.

Il sort puis revient en m'apportant mon petit déjeuner.

— J'avais pensé à te donner à manger mais c'est un geste trop romantique qui me rebute. Mieux vaut que tu t'alimentes toute seule.

Il me détache les mains et me remet un plateau où se trouvent des omelettes, du fromage, des tranches de pain, du lait, des fruits et de l'eau.

Alors, je « déguste » mon petit déjeuner. Ensuite, il m'attache à nouveau.

Et c'est ainsi de suite. Pendant des jours et des jours, c'est le même calvaire que je vis. Mikael a trouvé le bon mot : je suis devenue une poupée soumise. Je lui appartiens complètement.

Jusqu'à ce que Georges revienne, enfin.

CHAPITRE 21

Georges

Quand j'ai échangé d'esprit avec Mikael, j'ai trouvé Ana enfermée et attachée dans notre chambre à coucher. Décidément, mon alter égo empire dans ses actes démesurés.

J'ai immédiatement détaché Ana. J'ai attendu jusqu'à la nuit tombée pour me promener avec elle, au bord du lac, afin de discuter stratégie pour débuter la thérapie avec Mikael. D'autant plus que je dois faire vite pour échanger sur le plan à adopter car Mikael pourrait revenir à tout moment.

— Pour le convaincre plus vite, passe ton temps à faire des éloges sur moi, dis-je à Ana.

— Faire des éloges sur toi ?

— Par exemple, j'ai débuté les séances avec Georges, tout s'est bien passé, quel homme agréable et merveilleux, tu vois le genre ?

Ana cligne des yeux en me regardant. Je lui souris.

— Y aurait-il un problème ?

— En gros, je n'ai qu'à passer mon temps à te complimenter ?

— Exactement.

— Non ça ne marchera pas. Mikael me tuerait tout simplement. Je le connais.

— Te tuer ? Il parle juste mais il ne le ferait jamais. Je t'ai déjà dit qu'il tient à toi.

— « Tenir à moi » est trop fort. Il ne garde personne dans son cœur puisqu'il ne possède pas cet organe comme nous autres.

— Ana. Mikael serait incapable de te tuer. A plusieurs reprises, il aurait pu le faire et il ne l'a pas fait.

— Comment ça ?

— Tu verras par toi-même. Pour l'instant, maintenons ce plan.

— C'est un jaloux maladif. Il va me brutaliser...

Je me rends compte que ma seconde personnalité a vraiment terrifié et traumatisé Ana. La pauvre.

Pourtant, je suis persuadé que Mikael tombera dans le piège, pas au début mais à la longue. Après tout, c'est mon alter ego et une partie de moi. Je le connais un peu mieux qu'Ana.

Mikael ne révèle que son être extérieur à Ana car il ne sait pas comment aimer cette humaine. Il est même persuadé qu'Ana ne le mérite pas à cause de sa « cruauté naturelle ». Il est maladroit dans l'expression de ses sentiments et je le comprends. Mikael et moi n'avons jamais aimé véritablement. D'autant plus qu'il s'agit d'une humaine, la race considérée comme inférieure, dans notre royaume et dans le monde des démons.

CHAPITRE 22

Ana

Étant actuellement libre, j'en ai profité pour aller rendre visite à Nadia. Elle est sortie de la salle d'hospitalisation. Elle se repose dans sa chambre (de gouvernante) et se rétablit peu à peu, de son accident cérébral, causé par mon monstre de mari.

En parlant de lui, il est revenu.

Et j'ai décidé d'exécuter le plan proposé par Georges. J'ai un peu peur de la réaction future de Mikael. Mais je n'ai pas le choix.

Mikael et moi dînons à table. Pour le moment, il ne m'a pas ramenée dans la chambre pour m'y enfermer. J'ignore pourquoi. Il est tellement difficile de comprendre cet homme. Si on cherche de la logique ou de la cohérence dans ses actes, on s'y perd.

Donc, maintenant je réfléchis moins sur son cas et je me contente de m'attendre au pire.

Nous dégustons des calamars grillés et marinés avec des crevettes sautées et plein de légumes de toutes les couleurs, dans une ambiance tranquille, pour l'instant.

— Ana, aimes-tu le plat ?

Tais-toi, Mikael. Pas besoin de jouer à l'attentionné avec moi.

— Ana, à quoi penses-tu ? Quelque chose te tracasse ?

C'est le moment de lui dire.

— Oui, je suis préoccupée par toi, qui refuses de débuter les séances de thérapie avec moi... lui dis-je, d'un air triste.

— Tu risques de rester triste pour longtemps alors puisque je ne ferai point de thérapie et consort, avec toi et avec qui que ce soit d'autre.

— Heureusement que j'ai démarré avec Georges et ça se passe bien. Je suis étonnée par la bienveillance et la considération de mon époux, Georges. De plus, Dieu merci, il n'est pas têtu.

Mikael dépose avec force sa fourchette sur la table. Je sursaute et le regarde. Je sens sa colère monter.

Voilà ce que j'avais dit à Georges. Mikael risque de faire preuve de violence.

— Tu as fait quoi d'autre avec Georges ? me demande-t-il, même si je ne comprends pas le but de la question ni comment je devrai répondre pour vite faire baisser la tension.

J'ai très chaud tout d'un coup et je commence à transpirer. Ne me dites pas que c'est la simple colère de Mikael que je sens jusqu'ici, dans tout mon corps ?

Et à ma grande surprise, Mikael ne me laisse même pas répondre à sa question. Il se lève de sa chaise et vient me soulever en me tirant brutalement les cheveux. Je crie de douleur. Ça ne lui fait ni chaud ni froid. Il se dirige vers la porte en continuant à me tirer par les cheveux. Il est très furieux.

Que va-t-il me faire ? Dois-je me défendre et fuir pour me cacher quelque part, le temps que sa colère disparaisse ?

Je tente de me débattre en m'éloignant de lui. Je m'arrête. Il se retourne vers moi.

— Qu'est-ce que tu fais ?! Tu avais dit que tu ne me traiterais plus ainsi en tant que ton épouse !

Il sourit. Mais j'aperçois de la tristesse derrière ce sourire diabolique, c'est si paradoxal.

— Épouse ? De qui ? Moi ou Georges ?

— Comment tu peux être jaloux de toi-même ?

— Je ne suis pas Georges !! s'écrie-t-il, en me soulevant et en me portant sur son épaule, ma tête à l'envers. Je tente de m'échapper de ses bras mais Mikael continue d'avancer, à la hâte.

— Fais-moi descendre ! crié-je, en le frappant au dos mais rien n'y fait. Il m'ignore et continue son chemin. Il longe tout le couloir, il descend les escaliers. Il poursuit jusqu'à descendre les trois étages. Où compte-t-il m'amener encore ?

CHAPITRE 23

Mikael

Alors que je prends du temps à me remettre de la trahison de ma femme lorsqu'elle m'a trompé avec Adrien, voilà qu'elle en rajoute encore. Voilà qu'elle fait des éloges sur mon alter égo.

Ne me trouvez pas « bête » d'être jaloux de ce dernier puisque je ne suis pas Georges. D'accord, il m'a créé et nous partageons le même corps mais c'est tout.

Ce n'est pas lui qu'Ana a épousé, c'est moi, Mikael de Sade qu'elle a épousé et c'est moi qu'elle doit aimer et non ce Georges de merde.

Un jour, je trouverai comment ne plus jamais le voir réapparaître afin de prendre le dessus total sur lui.

Je suis tellement fou de jalousie et rempli de rage que je vais vraiment mettre fin à la vie d'Ana, ce soir.

Je ne peux plus supporter de ressentir ces violents sentiments qui me rongent à l'intérieur.

Ana pense que je suis incapable de ressentir des émotions ? Elle se trompe sur toute la ligne. Je peux ressentir de l'amour, de la haine, de la colère, de la joie et surtout, de la jalousie intense.

Mais comme d'habitude, elle s'est faite une image de moi qu'elle ne veut pas défaire. Tant mieux. Elle n'a pas besoin de me voir comme étant un homme bien puisque ce que je vais lui faire subir dans un instant, va lui faire voir ma vraie nature, finalement.

Avant sa mort, pour les dernières secondes de son existence, Ana gardera un souvenir amer de moi.

Je la porte pour l'amener dans une pièce détachée et isolée des bâtiments du château.

Je la dépose sur une chaise au milieu de la pièce et j'attache ses membres.

— Mikael, tu n'es pas fatigué de tout ça ? me dit-elle, d'une voix affaiblie.

Je n'ai point pitié d'une traîtresse et d'une femme déloyale comme elle. Et ce n'est pas parce qu'elle ne se débat plus qu'elle parviendra à me faire ressentir de la compassion à son égard. Je vois dans son jeu, que croit-elle ?

Elle veut utiliser les sentiments amoureux que j'éprouve pour elle pour tenter de me manipuler ? Décidément, elle semble toujours me méconnaître.

Je pars prendre un bidon d'essence et j'en verse un peu partout dans la pièce.

— Qu'est-ce que tu fais ?! crie-t-elle.

Je l'ignore et me contente de sourire.

Je prends un briquet et je l'ouvre en le balançant par terre. Et c'est parti. Ana va être brûlée, vive, ici, à jamais. Elle est immobile, elle ne peut pas bouger d'ici et même si elle criait de toutes ses forces, personne ne l'entendrait.

Je reste debout face à elle et la regarde une dernière fois. Je contemple son visage et je me rends compte qu'Ana va beaucoup me manquer.

Hélas, je n'ai d'autre choix que de la tuer, pour pouvoir garder le contrôle total sur son être, son cœur et son corps.

Elle n'a pas de souci à se faire. Je l'enterrerai dans mon château. Sa tombe se trouvera dans ma chambre à coucher. Même si son corps sera cramé, au moins elle restera toujours près de moi.

Bientôt, tout le bâtiment sera en feu et il n'en restera plus rien. Je devrai m'en aller, à présent. Je me dirige vers la porte pour sortir. Je l'ouvre et Ana m'interpelle.

— Mikael... Pourquoi ?

Je m'arrête et je me retourne vers elle. Son visage exprime de la déception. Je m'en fous de la décevoir. Pense-t-elle un seul moment à mes sentiments ? Si elle me blesse ou pas ?

— Pourquoi quoi Ana ? Pourquoi je te déçois encore ? Pourquoi je suis si cruel ? Ce sont tes jugements et non la vérité. Mais ce que tu penses de moi, m'importe peu puisque tu vas mourir dans un instant. Adieu. Ana. De Sade, lui dis-je, en refermant la porte.

J'en ai terminé avec elle. Je ne ressentirai plus cette jalousie qui me pique de partout et cette sensation d'avoir un couteau qui me transperce le cœur.

Je m'en vais, rejoindre mon Palais pour me préparer à sortir. C'est l'heure de mon activité nocturne passionnante.

CHAPITRE 24

Ana

J'aurais tout imaginé sauf cette situation.

Je n'aurais jamais cru que je mourrais un jour, d'un crime passionnel. J'ai souvent vu dans les informations des histoires de couples qui se sont entretués par jalousie, des gens qui ont tué uniquement par jalousie. Je me suis toujours dit que cela n'avait aucun sens et que ces meurtriers n'ont jamais aimé leur conjoint ou conjointe.

La plupart du temps, c'est des hommes qui tuent leurs compagnes, par jalousie.

Je me rends compte à quel point la jalousie est un sentiment négatif, néfaste, destructeur mais surtout, irrationnel.

Mikael n'a même pas de preuve sur tout ce que je lui ai dit mais il n'a pas hésité à vouloir mettre fin à ma vie. Pourquoi ? Pour apaiser sa douleur ? Pour se venger ? Qu'est-ce que c'est insensé, tout cela.

J'avais dit à Georges que ça terminerait ainsi. Mikael a déjà tenté de me tuer par jalousie, il n'y a pas longtemps. Sa réaction d'aujourd'hui était donc prévisible mais j'ai été idiote en persistant dans mes propos. Jamais cet homme ne pourra faire une thérapie. C'est peine perdue. Et je ne...

Je me mets à tousser, ne pouvant plus continuer mes phrases. J'ai du mal à respirer. Je commence à étouffer. Je tente de me détacher des cordes que Mikael a attachées autour de mes poignets, pour pouvoir fuir d'ici avant qu'il ne soit trop tard.

Un plafond s'écrase déjà au sol. Le bâtiment commence à s'effondrer. C'est si rapide. Et mon cœur, qui bat vite, va bientôt lâcher. Je crois que je mourrais d'arrêt cardiaque avant d'être atteinte par le feu ou par la fumée qui envahit de plus en plus mes narines. J'ai urgemment besoin d'air.

— Mikael... Fais-moi sortir d'ici ! lancé-je, d'une voix désespérée, comme s'il allait m'entendre ou comme s'il était toujours là.

Mes yeux se ferment seuls. Ma tête tourne. Je suis au bord de la suffocation, pendant que le feu détruit tout à l'intérieur, y compris moi, pour bientôt...

CHAPITRE 25

Mikael

Je suis dans ma voiture, conduite par le chauffeur et accompagné de mes deux gardes du corps. Nous nous dirigeons vers mon usine pour déchiqueter mes cadavres de femelle qui m'y attendent. Cela me fera énormément du bien, après ce que je viens de vivre avec ma traîtresse d'épouse.

Et Georges n'a qu'à bien se tenir. Je ne le laisserai pas venir pour sauver Ana.

Ana. Ne vais-je vraiment plus te revoir ? Était-ce la dernière fois que je t'avais à mes côtés, vivante ?

Pourquoi je me sens si triste tout d'un coup ?

Pendant que la voiture avance, je sens mon cœur serré et je me retrouve dans un état d'inconfort. Je ne tiens plus en place. Je commence à lutter, entre l'envie de continuer d'avancer pour arriver à l'usine et l'envie de faire demi-tour pour aller sortir Ana du feu, avant qu'il ne soit trop tard et que je la perde à jamais, tout comme j'ai perdu mon seul ami, Adrien.

Je dois me décider. Que m'arrive-t-il ? J'ai toujours été très rapide en prise de décision. Dans cette situation précise, je me rends compte que dans les deux cas, je souffrirai.

Si je la laisse mourir, elle me manquera comme pas possible et si je la laisse vivre, elle continuera à me faire ressentir cette pénible douleur au cœur car je la veux pour moi toute seule. Je trouve que c'est ce qu'il y a de plus normal lorsqu'on aime, non ?

Ce n'est pas le moment de me prêter à des réflexions, je dois vite agir. J'ai pris ma décision : je retourne sauver Ana. Elle est trop importante pour moi, pour me permettre de la perdre à jamais.

Je demande à mon chauffeur de faire demi-tour et de se diriger en vitesse, au château.

CHAPITRE 26

Mikael

Lorsque j'arrive au château, je fais venir des gardes avec moi, afin qu'ils éteignent le feu.

Je cours de toutes mes forces pour aller prendre Ana.

Hélas, il est trop tard. Le feu a presque tout détruit et j'ai retrouvé Ana inconsciente.

Je l'ai immédiatement amenée à l'infirmerie. Etalée en salle d'hospitalisation, Ana est en réanimation. Elle ne veut plus se réveiller. Son cœur a cessé de battre.

Un des médecins, une femme de la quarantaine, m'affirme qu'Ana est dans le coma.

Que ma belle et douce Ana soit entre la vie et la mort, il ne pouvait lui arriver pire. A tout moment, elle peut donc basculer de l'autre côté et mourir, pour de bon ? Je suis si inquiet.

Comment ai-je pu lui faire une chose pareille ? Pourquoi ai-je agi de la sorte ? Georges, sale homme ennuyeux, pourquoi tu n'es pas venu à temps, juste avant que je ne mette le feu ?

Ainsi, je passe la nuit dans la chambre d'hospitalisation, auprès d'Ana. Près de son lit, je suis assis sur une chaise, inconfortable. Je vais devoir changer plein de choses dans ce bâtiment de mon château et renouveler le mobilier.

Mais en ce moment, tout cela m'importe peu. La seule chose importante à mes yeux demeure Ana. Qu'elle survive.

Au fil des jours, c'est la même routine. Je suis auprès d'Ana, plongée dans son long sommeil.

Je deviens mélancolique et déjà nostalgique. Elle me manque tant.

Je n'ai plus d'appétit. Je me contente uniquement de boire mon whisky et de l'eau.

Je suis de mauvaise humeur et je ne supporte de voir personne, même pas mes gardes ou autres employés.

Je veux que tout le monde me foute la paix et me laisse seul, avec Ana.

Sa copine Nadia s'est rétablie. Elle vient lui rendre visite de temps à temps. C'est la seule à qui je permets d'entrer ici. Et je le fais uniquement car Ana tenait vraiment à cette idiote de gouvernante.

Les jours passent et rien ne change. Ana est toujours dans le coma et moi, encore à ses côtés.

Pour ne pas sombrer dans la dépression, j'entame des conversations avec Ana. Qui sait ? Peut-être m'entendra-t-elle et finira-t-elle par sortir de son état d'inconscience ?

— Ana. Je vais t'amener revoir ta mère. Alors réveille-toi, d'accord ?

***

— Ana ? Je ne vais plus t'enfermer dans une pièce, d'accord ? N'aie pas peur de revenir à la vie, je ne te ferai plus aucun mal. Je te le promets.

***

— Ana ? Devrai-je te chanter une berceuse joyeuse pour te faire revenir à la vie ?

***

— Ana ? Je vais te traiter beaucoup mieux dorénavant et je ne te ferai plus de crise de jalousie excessive. Donc, tu peux être tranquille et revenir à la vie, d'accord ? lui dis-je, en serrant fort sa main.

***

— Anaaaa, lui dis-je, d'un air désespéré, en secouant son corps étalé au lit.

***

— Ana ? Pourquoi tu m'ignores tous ces jours-ci, lorsque je te parle ? Sais-tu que je suis resté à tes côtés rien que pour revoir tes yeux s'ouvrir et m'y plonger pendant longtemps ?

CHAPITRE 27

Mikael

Cela fait deux semaines qu'Ana est couchée sur ce lit, refusant de se réveiller.

— Ton pire défaut, c'est ton côté rancunier, n'est-ce pas ? En t'ayant côtoyée, je le sais. Et mon pire défaut à moi ? Ne le connais-tu toujours pas, Ana ? Mon côté jaloux. Ne touche pas ce point sensible en moi. Je n'ai jamais voulu te faire du mal. Ce sont mes sentiments pour toi qui sont excessifs et qui prennent toujours le dessus. N'essaie pas de jouer avec le feu. Ne me fais jamais douter quant à ton appartenance. Tu es à moi. Je ne te partage pas. Avec quiconque. Pour rien au monde. Et si quelqu'un d'autre devait t'avoir, je préférerai plutôt que tu meures, je te l'ai toujours dit. De plus, n'oublie pas qui tu es, Ana. Tu n'es plus n'importe qui. Tu es mon épouse, Madame de Sade. Tu dois me respecter en tant que ton mari.

La journée a été si longue. Je suis resté dans cette salle, à attendre désespérément, le réveil de mon épouse. Elle ne fait toujours aucun signe de vie. Je m'inquiète. Je veux la revoir. Je veux entendre encore sa voix. Je veux passer mes nuits à ses côtés. Ana... Pourquoi tu me fais ça ?

Je prends ma bouteille de whisky et je bois, sans arrêt.

Je sombre.

Dans la solitude.

Qui y aurait cru ?

Et pourquoi suis-je dans cet état ?

N'est-ce pas moi qui ai voulu mettre fin à sa vie ?

Les émotions submergent tout mon être. Je suis incapable de détourner mon regard sur Ana. La voir allongée sur ce lit, me rappelle qu'elle n'est qu'une simple humaine, fragile et qui peut mourir à tout moment...

J'ai joué avec son corps, son cœur, son esprit et sa vie.

Mais elle également, elle l'ignore. Pourtant, elle a joué avec mon cœur, même si elle pense que je n'en détiens pas, elle m'a rendu accro à sa personnalité si vive et à son corps.

Depuis que je l'ai épousée, j'ai été prêt à passer ma vie entière auprès d'elle. Mais tout cela, elle ne le saura jamais.

Elle ne voit que le monstre qui vit en moi. Elle ne veut rien voir d'autres. Ou bien, serait-ce moi qui ne peux rien montrer d'autres que mon côté obscur ?

Je sais qu'elle ne me comprendra jamais.

Qu'elle ne saura jamais pourquoi autant je l'aime autant je la veux morte, des fois.

Ces moments où je sens que je peux la perdre et qu'elle peut m'échapper, je n'ai qu'une seule envie : la tuer.

Et l'enterrer auprès de moi.

Car en la tuant, en étant morte et enterrée auprès de moi, au moins je garderais le contrôle total sur son être et sur son corps.

Alors qu'en restant en vie, Ana peut facilement me filer du doigt et se languir dans les bras d'un autre homme.

Je pourrai la perdre, à jamais. Et je ne supporterai jamais cela.

CHAPITRE 28

Ana

Couchée dans une salle d'hospitalisation, avec plein de machines et branchements, j'ouvre peu à peu mes yeux. Je sens l'odeur corporelle (que j'aimais tant, malgré moi) de cet homme détestable, dont je n'ai même pas envie de prononcer le nom. Que ce soit Georges ou Mikael, je ne pourrai jamais regarder Georges sans voir le diable Mikael qui l'habite constamment.

Je tourne ma tête et je vois Mikael assis sur une chaise en ayant déposé sa tête sur mon lit, il est en train de dormir.

Dites-moi que je rêve ? A quoi il joue ? Il ne va quand même pas me faire croire qu'il est resté à mes côtés pendant tout ce temps ? Et puis, même si c'était le cas, et alors ? C'est sûrement le sexe qui lui a manqué. Il aime tellement le sexe qu'il en devient ridicule. Je me demande si un jour, ma haine pour cet homme va disparaître. Ça ne diminue même pas.

Je tente de retirer sa tête du lit, qu'il s'éloigne du mieux qu'il peut de moi. Malgré mon absence de force, je soulève sa tête. Il se réveille en même temps. Il me voit et il est surpris.

— Ana ? Tu vas bien ? me dit-il en souriant.

Je l'ignore et ne le regarde pas.

— Si tu veux vraiment que j'aille bien, sors stp.

Il se lève et m'observe.

— Tu es réveillée depuis quand ? Ana...

— Ne prononce pas mon nom !! De grâce, sors d'ici. Je suis déjà assez épuisée comme ça...

— Je ne sais pas ce qui m'a pris d'avoir agi de la sorte, en essayent de te brûler...

— Ce qui t'a pris ? Tu veux me faire croire que tu abrites une troisième personnalité en toi et qui est sortie ce jour-là ?

— Une troisième personnalité, non. Mais des émotions trop difficiles à gérer, oui.

— Des émotions ? Ah, tu sais ressentir des émotions toi ?

— Ana. Je vais rester auprès de toi jusqu'à ta sortie, ensuite on discutera c'est mieux.

— Pas besoin. Je te veux juste hors de ma vue ! Comment oses-tu te pointer ici après m'avoir causé tous ces malheurs ?! Tu es quel genre de personne, Mikael ? Tu n'en as pas marre de me faire souffrir ?! Jusqu'où veux-tu me détruire ?! Jusqu'à quand comptes-tu continuer ?!

Sous l'émotion et la fatigue, autant mentale que physique, j'ai les larmes aux yeux et les mots sortent sans que je ne puisse les retenir. Je me mets à crier dans toute la pièce, alors que je n'ai même pas assez d'énergie.

— Ana, ne te mets pas dans cet état stp.

— Mikael soooors !!! Sors !! Reste loin de moi !! crié-je, en commençant à pleurer.

J'ai l'impression que je m'approche de la folie. Je deviens de plus en plus hystérique auprès de cet homme. Aucun individu ne peut rester longtemps aux côtés de Mikael sans finir avec des séquelles, sur le plan mental. Pendant que lui, comme un bloc, rien ne l'atteint.

— D'accord, je vais rester dehors et t'attendre là-bas. Mais avant cela, tu dois savoir une chose : certes, c'est Georges qui m'a créé mais ce n'est plus Georges qui me contrôle. Aujourd'hui, c'est moi qui ai le dessus sur lui. C'est moi qui ai mis le feu pour te faire disparaître mais c'est également moi qui suis revenu pour te sauver, Ana.

— C'est faux !! Je sais pertinemment que c'est Georges !! Toi, sauver quelqu'un ?

— Ana, tes mots me brisent le cœur.

— Le cœur ? Comme si tu en avais.

— Mes actes peuvent te paraître contradictoires, mais creuse et tu y trouveras la plus grande logique. Tout peut se résumer en un seul mot : l'Amour.

— Va parler d'amour auprès d'autres individus mais pas auprès de moi, ton épouse qui t'a assez côtoyé pour savoir si tu es vraiment capable de ressentir ce sentiment complexe qu'est l'amour ou pas.

— Pourquoi n'en serai-je pas capable ? C'est parce que je suis amoureux non, que je réagis de la sorte ?

— Ce n'est pas de l'amour, Mikael. C'est de la folie, de la cruauté, du sadisme, de l'égoïsme et de l'obsession. Ah j'oubliais, et du désir bien sûr.

— Tout ce que tu viens d'évoquer peut rentrer dans le mot « Amour ». Puisque l'amour peut être fou, cruel, sadique, égoïste et obsessionnel. Il existe plusieurs formes d'amour et plusieurs façons d'aimer.

— Ce qui est sûr, je n'ai jamais rencontré un homme amoureux qui a voulu mettre fin à la vie de sa bien-aimée

— C'est parce qu'ils sont rares les individus, capables d'aimer aussi profondément, passionnément et intensément que moi.

— Peux-tu arrêter de cacher ta cruauté derrière « l'amour » ?

— C'est vraiment dommage que tu ne m'accordes pas le bénéfice du doute.

— Je t'en ai assez accordé. J'ai assez espéré. J'ai assez cru que ça s'améliorerait. Mais il n'en est rien. Chaque jour que Dieu fait, tu me surprends un peu plus, et toujours dans le mauvais sens du terme.

— J'espère te surprendre un jour alors, dans le bon sens du terme... me dit-il, puis il se retourne et s'en va.

Je ne vais plus me laisser amadouer par ses manipulations émotionnelles. Il joue au triste et à l'innocent pour que je lui pardonne ?

Il ne sait pas qu'il empire la situation ?

L'après-midi, le médecin (une femme vers la quarantaine) entre pour me consulter.

— Monseigneur ne vous a jamais quittée durant toute votre période de coma.

Je ne dis rien. C'est sûrement Mikael qui a envoyé cette doctoresse afin qu'elle sorte ces phrases pour m'amadouer.

— Il a même eu des hallucinations en croyant que vous aviez fait signe de vie, tellement il avait peur de vous perdre. J'étais très étonné. Je ne l'avais jamais vu dans cet état.

— Dans quel état ?

— Eh bien, depuis plus de dix ans que je travaille ici, je n'ai jamais vu Monseigneur se soucier de qui que ce soit.

Si elle savait que c'est son Monseigneur qui m'a mise dans cet état, elle ne resterait pas là à faire autant d'éloges sur ce monstre irrécupérable.

CHAPITRE 29

Mikael

Je suis assis dans le couloir de l'infirmerie et j'attends avec impatience la sortie de mon épouse.

Je sais que je viens de creuser un fossé, encore plus profond, entre elle et moi.

Je dois tout faire pour me rattraper.

Et Ana doit finir un jour par m'aimer.

Sinon, je ne le supporterai pas.

Actuellement, j'ai un seul moyen pour me faire pardonner : accepter de suivre la thérapie, de manière régulière, afin de transformer la haine de mon épouse en amour.

Je ne perds jamais. Et je ne m'avoue jamais vaincu.

Un jour, ton cœur m'appartiendra à jamais, Ana.

Et tu seras tellement folle de moi, que tu en souffriras.

CHAPITRE 30

Ana

Une semaine plus tard, je suis sortie de l'infirmerie du château.

Devinez quoi ?

Mikael m'attache à nouveau les membres et me pose sur une chaise, dans notre chambre à coucher.

— J'ai une information importante à te donner, Ana, me dit-il en souriant.

— C'est de la sorte que tu veux m'informer ? A peine sortie de l'hôpital, tu recommences déjà ?

— Je l'ai fait afin que tu m'écoutes attentivement, c'est tout. Je te détache dès que je finis de parler.

Cet homme a même dépassé le niveau de la « folie » mentale. Je ne comprends rien à ses actes et à sa manière de faire. Et je me demande qui peut vraiment le comprendre et trouver une certaine logique dans tout ce qu'il fait ?

— Ana. J'ai une bonne nouvelle pour toi : je vais suivre la thérapie.

Je suis surprise. Il est sérieux ? Donc, Georges avait raison quand il disait que ce plan marcherait ? Après que j'aie failli y perdre la vie, tout de même. Ce Georges ne doit pas être loin de l'insensibilité de Mikael pour avoir osé me proposer ce plan alors que lui également connaissait d'avance la réaction de Mikael.

Je suis en train de côtoyer deux individus aussi bizarres l'un que l'autre et qui partagent le même corps. Tout ce que je souhaite à Dieu est de sortir de ce château avec un esprit sain et stable.

— Pourquoi tu ne dis rien ? me demande Mikael.

Je lui souris.

— C'est une bonne chose, alors.

— Y aurait-il quelque chose d'autre que tu voudrais, venant de moi ? me demande-t-il.

Et le revoilà en train de jouer au gentil.

— Pourrais-tu ne plus m'attacher de la sorte ? J'ai des marques au niveau des poignets et aux pieds qui prendront du temps à disparaître. En plus, c'est dangereux car ça bloque ma circulation sanguine. Aussi, j'ai des crampes chaque jour. Je...

Avant de finir ma phrase, Mikael vient m'embrasser sur la bouche. Un baiser long, mouillé, passionné et sensuel, en m'attrapant les joues. Bien que je haïsse cet homme, j'adore ses baisers.

— Tout ce que tu voudras, Ana, me dit-il, en me fixant avec des yeux remplis de désir.

Il se met à me détacher en dénouant les cordes.

— Je pensais que c'était la meilleure manière pour te parler sinon tu ne m'écouterais pas puisque tu ne voulais même plus m'adresser la parole, mais j'ai dû me tromper dans la façon de m'y prendre, me dit-il.

Et moi je me dis « n'importe quoi ». Mikael doit manquer d'un élément important dans son cerveau.

Il me soulève. Je me retrouve debout face à lui. Il prend mes mains et regarde les marques rouges autour de mes poignets. Il les caresse délicatement.

— Ça fait mal ?

Trop.

— Un peu...

Il dépose des doux baisers tour à tour sur mes deux poignets. Je cligne des yeux. Les actes de Mikael ont (encore) viré à trois cent soixante degrés. Décidément, cet homme ne finira jamais de m'étonner.

Mais j'ai encore peur de me laisser attendrir pour finir à nouveau déçue ou pire, dépressive.

— Mikael...

— Oui, mon épouse ? Que puis-je faire d'autre pour toi ? me dit-il, en me fixant tendrement. Et quels beaux yeux envoûtants.

Quoique... Cet homme est toujours extrême dans sa façon d'être. Quand il est exécrable, il l'est démesurément. Et quand il joue à l'adorable, il l'est vraiment.

— J'ai besoin de comprendre... lui dis-je.

— Quoi ça ?

— Cette nuit-là... Pourquoi tu as agi de la sorte ? Comment on peut prétendre tenir à quelqu'un puis vouloir sa mort la seconde qui suit ? Et pas n'importe quelle mort en plus, mais la plus douloureuse...

— Ana. Tu me poses une question dont moi-même, je ne détiens pas la réponse exacte.

— Je n'ai pas besoin d'une réponse « exacte » mais uniquement du pourquoi, selon tes ressentis, tes intentions. J'essaie d'y trouver une logique mais je n'y parviens pas.

— Tu es trop attachée à la « logique », voilà ton problème. La logique n'existe pas partout et ne peut pas tout expliquer. Certaines choses échappent à cette logique, Ana, tout comme les sentiments.

— Je serai incapable de faire autant de mal à une personne à qui je tiens…

— Ça, c'est toi. Pas moi. Nous sommes différents. Chacun réagit différemment face aux aléas de la vie.

— Si tu le dis… lui répliqué-je, en hochant légèrement la tête.

— Ana. Tu as besoin de comprendre une seule chose : l'amour peut faire sortir le plus beau côté de l'homme, mais également son côté le plus obscur. Et cette nuit-là, mon amour pour toi a sorti mon côté le plus obscur. Tu m'as blessé et j'ai eu mal de t'aimer. Pour apaiser cette douleur, je n'avais pas d'autre choix que de supprimer la cause de ce mal : toi. Encore une fois, je te le dis mais tu ne me crois jamais, tous mes comportements envers toi, que tu juges « illogiques et irrationnels » ne sont le fait que d'un seul sentiment : l'amour.

Je me demande ce que Mikael appelle « amour » et si lui et moi avons alors la même définition de l'amour.

PARTIE 2

CHAPITRE 31

Ana

Aujourd'hui, je vais débuter les entretiens thérapeutiques selon celui qui viendra entre Mikael ou Georges. Dernièrement, les deux personnalités s'échangent plus souvent qu'auparavant.

Mais au moins, je parviens à les différencier par leurs apparences : leurs regards et leurs postures.

En termes d'attitude, il suffit que l'un d'entre eux s'exprime pour que je reconnaisse déjà à qui j'ai affaire.

Première séance

J'attends Mikael dans la salle de consultation, aménagée uniquement pour ces séances. Mais comme vous devez déjà vous en douter, c'est une salle sombre, où la lumière du soleil n'entre pas. C'est éclairé par des bougies, comme dans toutes les autres pièces du château.

Mikael arrive et s'installe autour de la table ronde, en face de moi. Je lui souris.

— Comment ça va aujourd'hui, Mikael ?

— Déjà, commence par ranger ce faux sourire niais que tu me sors.

Je ne sais pas si j'aurai la patience avec cet homme. Pourquoi Georges ne vient-il pas tout simplement ?

Et comme si ça ne suffisait pas, Mikael me prend de force et me pose sur lui, en mettant son coude autour de mon cou, il me palpe les seins. Je me débats pour me lever et m'éloigner de ce monstre. Mais rien n'y fait.

— Ana. Les séances se déroulent comme je le veux ! J'ai toujours été allergique aux psys. Estime-toi heureuse que je te supporte, pour le moment.

— Pour le moment ? Mais on vient tout juste de commencer. En plus, ce n'est pas toi qui as décidé de faire ces séances ?

— Oui, raison de plus pour qu'on les fasse à ma manière et selon mes goûts, me dit-il, en faisant entrer ses mains dans mon soutien-gorge pour me tripoter les seins.

— Mikael… Peut-on…

Il me coupe la parole en insérant son doigt dans ma bouche.

— J'ai envie de toi, tout de suite, dit-il.

Il fait entrer sa main dans mon pantalon et me doigte ardemment. Et moi, comme une désespérée, je réagis à ses stimulations en gémissant de plaisir. Puis il me tire les cheveux en me mordant délicatement au cou, j'adore la sensation que cela me fait. Il se lève avec moi. Il me porte et me dépose, assise sur la table.

— Mets-toi toute nue, me dit-il, en allant prendre une bougie allumée. Que compte-t-il faire avec ça ? Mikael a tout le temps des idées tordues.

Je descends de la table et je me déshabille complètement. Mikael revient vers moi.

— Ana. Déshabille-moi, j'aime sentir tes douces mains sur tout mon corps, me dit-il, en me lançant un regard rempli de désir et qui me fait fondre.

Je fais comme il dit, je déboutonne sa chemise, pendant qu'il ne peut pas garder ses mains sur place : il pétrit mes fesses de toutes ses forces. Il les pince à tous les niveaux, c'est douloureux, et bon en même temps.

Quand je retire sa chemise, je lui caresse son torse en descendant jusqu'au ventre, avec ses magnifiques tablettes de chocolat. Moi aussi, j'aime toucher le corps de mon enfoiré de mari. Rien que ce petit acte éveille toute la bestialité qui est en moi et que j'ignorais, avant d'avoir rencontré ce monstre. Je lui caresse son pénis qui sort du liquide d'excitation, j'adore quand ça arrive aussi. Il gémit doucement.

Puis, il me soulève et me redépose sur la table. Il m'allonge sur le ventre. Il adore avoir mes fesses exposées. Ce pervers. Il prend la bougie. Je suis un peu stressée car la bougie est allumée. Et je ne sais pas ce qu'il veut me faire subir encore.

— Ana. Relaxe. Crois-moi, tu vas adorer. Ça fera mal. Enfin, un peu seulement.

Il me donne une violente fessée. Il sourit en frottant son pénis sur mes fesses. Il verse des gouttes de cire sur mon dos, en commençant du haut, il descend en traçant une ligne verticale qui suit le tracé de ma colonne vertébrale. Je sursaute un peu en réagissant aux légères sensations de brûlure, qui ne durent pas. Je croyais que j'allais ressentir de graves brûlures mais finalement, ça donne un effet de vive piqûre qui disparait aussitôt. C'est comme l'effet de ressentir une douleur physique qui fait mal au début, ensuite bizarrement on en redemande pour vivre encore la même sensation.

Mikael continue de mettre de la cire en descendant jusqu'à mes fesses. Waouh, c'est encore mieux à ce niveau. Je dois avouer que je ne m'attendais pas à apprécier les effets ressentis sur ma peau. Cet homme fait tout pour me rendre accro au sexe avec lui, selon ses goûts.

— Lève-toi et viens à moi. Ma queue ne peut plus attendre pour se tremper dans ta chatte.

Je me lève et je m'assieds au bord de la table en montrant face à Mikael, qui reste debout. Il me tire par la taille. Il met de la salive sur sa main puis me frotte le vagin, avant de me pincer le clitoris. Je hurle aussitôt. Il insère son pénis dans mon vagin hyper mouillé et fait des vas et viens en déposant sa main au niveau de mes fesses, sur la table pour assurer une pénétration profonde et forte qui se fait violente. Je gémis de plus en plus fort. C'est tellement bon que je n'ai pas envie qu'il fasse ressortir sa verge de ma chatte.

Après avoir baisé deux fois de suite et m'avoir donné à chaque fois des orgasmes sensationnels, mon patient Alias Monsieur Libidineux et moi, décidons de continuer la séance de thérapie. Il m'exige de rester nue. Donc, je ne me suis pas rhabillée. Mais lui, il s'est rhabillé, le sale égoïste, comme d'habitude.

Comme au début, nous sommes assis face à face, autour de la table ronde.

— On peut à présent poursuivre la séance, me dit-il, en tendant son bras pour me pincer les tétons, sans aucune douceur.

La libido de Mikael est sans limites et inépuisable. Du jamais vu. Veut-il encore m'exciter pour un troisième « round » ? Je mords sa main et il la retire sur le coup en me regardant avec surprise.

— Mikael, est-ce qu'on peut être un peu sérieux ? lui dis-je, fermement, même s'il s'en fiche lorsque j'essaie de montrer un peu de caractère avec lui.

— Tu n'aimes pas passer des moments charnels avec ton propre mari ? me demande-t-il.

— Là n'est pas la question. Cette salle est faite pour les consultations.

— Et toi, tu es faite pour moi, me répond-t-il, en souriant.

Je rougis et regarde de l'autre côté, tellement je suis dépassée par ce mec. Tous les moyens sont bons pour sexualiser nos conversations et nos activités. C'est à croire qu'il ne pense qu'au sexe, matin, midi et soir.

Oui, j'adore faire l'amour avec lui. J'y ai totalement pris goût maintenant. Sauf que Mikael ne pense qu'à ça, quand il s'agit de moi.

J'aurais aimé lui servir à autre chose. Par exemple, en plus d'être son amante, devenir sa confidente, ou son amie. N'importe quoi d'autre, du moment que ce n'est pas orienté « sexe ».

— Je vais rester sage et poursuivre la séance avec toi, puisque j'ai eu une petite dose de ton corps que j'adore. Ana, sais-tu que ce crétin de Georges a toujours eu des psys, hélas qui lui ont finalement servi à rien à part l'affaiblir encore plus ? Je hais les psys. Ils donnent l'impression de comprendre leurs patients, en se basant sur des choses qu'ils ont apprises à l'école, comme si leurs patients étaient des robots et qu'ils se ressemblaient tous. Je finis toujours par mettre fin à la vie des psys qui se mettent en travers de mon chemin. Gare à toi si jamais tu tentes de jouer ce rôle ! Finalement, je me barre.

Il se lève et s'en va. Je soupire et je reste sans voix.

Ce n'est rien. Ce n'est que le premier jour. Je m'attendais déjà à ce genre de réactions venant de la part de Mikael. Je ne me laisserai pas abattre.

CHAPITRE 32

Ana

Séance suivante, le lendemain.

— Alors, comment te sens-tu aujourd'hui ? demandé-je à mon détestable patient.

— Bien, comme toujours, Ana. Quelle question !

— De quoi souhaiterais-tu parler ? Toute mon attention n'est portée que sur toi.

— Quelle bonne nouvelle.

— Alors ? lui dis-je, en souriant.

— Alors quoi ? me demande-t-il.

Cet homme m'énerve.

— Ressens-tu de l'insatisfaction dans ta vie ? Une souffrance ? Ou encore un vide ?

— Non, Ana. Rien de tout cela. Toutes ces choses que tu viens d'énumérer ne peuvent pas m'atteindre, voyons.

Je soupire.

— Ah, je viens de me rappeler. J'ai bien un tracas, me dit-il.

Enfin, il va me parler un peu. J'en suis si excitée.

— Je t'écoute, Mikael, dis-je avec le sourire.

— Je ne supporte pas de te partager avec Georges.

Je n'y crois pas. C'était ça sa confidence ?

— En tant que psy, vas-tu m'aider à régler ce problème ?

— Quel problème, Mikael ? demandé-je, sous l'exaspération.

— Eh bien, ne plus ressentir de la jalousie. Ou bien tuer mon alter égo, voilà la solution.

Je soupire.

— Peux-tu arrêter de considérer les meurtres comme solutions ultimes à tous tes problèmes ?

— Ana, je t'ai toujours dit : tuer est aussi excitant que baiser.

— Justement. Venons-en aux faits. Que ressens-tu quand tu tues ou quand tu en as l'intention ?

Il sort son sourire machiavélique. Parfois, Mikael est vraiment effrayant.

— Du bien-être. C'est aussi simple que ça, me répond-t-il.

— Quand tu tues, tu te sens mieux ?

— Me sentir mieux ? Trop faible comme expression. Disons… Je suis en extase.

Je note sur mon carnet et j'enchaine sur d'autres questions.

— Quelle a été la première fois que tu as ressenti l'envie de tuer ? Tu t'en souviens ?

L'expression de Mikael change tout d'un coup. Il adopte un regard mélancolique et se perd dans ses pensées. Justement, j'ai besoin qu'il puise dans ses souvenirs les plus enfouis et qu'il me les dévoile.

Un long silence se fait.

Je patiente assez longtemps, avant de briser le silence.

— Mikael ?

Il me regarde comme s'il me haïssait. Serait-ce ma question qui le mettrait mal à l'aise ? Cela veut dire que c'est une bonne question.

Hélas, Mikael se lève subitement.

— Qu'est-ce que tu fais ?

— Ana. N'essaie pas de chercher des choses qui n'existent pas en moi. Je t'ai déjà dit que les psychologues et consorts m'insupportaient.

— D'accord. On va parler d'autres choses. Rassieds-toi, stp.

— Je mets fin à la séance, pour toute la semaine ! me dit-il, avant de se retourner et de s'en aller.

Je reste plantée sur ma chaise, en me demandant ce que j'ai fait au bon Dieu pour être tombée sur un être comme Mikael.

Je tente de me motiver. « Les choses s'arrangeront », je me répète cette phrase dans ma tête, pour garder le cap avec ce patient insolent, imprévisible et impénétrable.

CHAPITRE 33

Ana

Une semaine plus tard, nous avons une nouvelle séance de thérapie.

Depuis plus d'une heure, je suis dans la salle, en train d'attendre Mikael.

Je perds patience. Seulement, que puis-je faire ?

Personne ne peut rien contre ce monstre. Il fait toujours ce qu'il veut et comme il le veut. Je n'ai jamais rencontré d'individu aussi insupportable que Mikael de Sade.

Ah, le voilà enfin.

Il vient s'assoir autour de la table. Je lui souris bienveillamment, il garde son visage fermé. Il se lève, je ne comprends pas ce qu'il veut faire. Il me scrute de haut en bas. Il prend un air choqué.

— Ana, tu es sérieuse ?

— A propos de quoi ?

— Où sont passés les vêtements que j'ai mis à ta disposition ?

C'est incroyable. Aujourd'hui, j'ai porté un ensemble jogging, pour être un peu décontractée, de temps en temps au moins. Je suis dans une maison et non en boîte de nuit, tout de même.

Mais Mikael me fait constamment porter des tenues légères, très suggestives en m'imposant même des talons ! Bien sûr, ça ne doit pas m'étonner. C'est ce qu'il exige à ses employées, sauf qu'avec moi, c'est encore pire.

— Ana, de grâce, change tes vêtements si pudiques, afin de me donner au moins l'envie de me poser et de te regarder, pour pouvoir discuter.

Je sais que ce ne sont pas tous les hommes qui veulent des femmes qui s'habillent tout le temps « sexy » et « provocatrices ».

Malheureusement pour moi, il semblerait que je sois tombé sur un homme tellement dominateur qu'il se complait même à transformer à son image, toutes les femmes autour de lui. Son épouse, la première victime.

— Un jour, tu me remercieras de t'avoir aidée à exprimer toute la féminité et toute la sensualité qui émanent en toi. De toute ta vie, tu ne rencontreras aucun homme qui, comme moi, sera parvenu à faire de toi la meilleure version féminine de ta personne.

Je roule des yeux. Ouais, c'est ça. Avoue que tu es juste un pervers aguerri.

Apparemment, Mikael n'a qu'une seule définition de la « féminité ». Un vrai macho, cet homme. Et un vrai sexiste.

— On a déjà perdu assez de temps comme ça. Pouvons-nous débuter ? lui répliqué-je.

— Tu fais exprès ? J'ne vais pas répéter. Je ne suivrai pas la séance en te voyant habillée de la sorte !

Je soupire.

Cet homme m'exaspère. Je me lève pour aller me changer.

Il n'y a aucun souci. Je saurai jouer le jeu jusqu'au bout, si c'est pour réussir la thérapie avec ce monstre.

Je reviens, en ayant porté une courte robe rouge, avec des talons. Pendant que je marche pour aller m'installer à table, Mikael me dévore des yeux, en souriant. Sur le point de me poser sur la chaise, Mikael me donne une fessée puis me palpe les fesses. Je retire de toutes mes forces sa main puis je m'installe face à lui.

— Ma bite a envie de ta chatte, tout de suite.

— C'est incroyable. Tout ce que tu aimes c'est… baiser avec moi.

— Aimer baiser avec une personne est un autre moyen d'aimer, selon moi. Ne le sais-tu toujours pas ? me répond-t-il.

— Non et je ne veux pas le savoir. Tu peux le garder pour toi. Je me souviens de tes activités artistiques. D'ailleurs, je voudrais jeter un coup d'œil à tes romans, prochainement.

— Ana. Viens près de moi.

— Mikael, stp ne commence pas.

— Viens poser ton cul sur moi sinon je me casse à la seconde qui suit.

Vous devez vous demander comment je fais pour supporter ce mec, n'est-ce pas ?

Ce qui m'aide un peu est mon amour pour la psychologie. Et je suis en train de faire ma première psychothérapie, je veux vraiment la réussir.

Aussi, la psyché et la personnalité de Mikael sont un vrai défi pour moi. Je sens beaucoup de profondeur et de souffrance derrière l'attitude fermée et désagréable de mon mari.

Je me lève et je viens m'assoir sur les jambes de Mikael, qui fait entrer ses deux mains dans ma robe pour me tripoter les seins.

— Qu'est-ce que tu fais ? lui demandé-je.

— Rien. Je préfère garder mes mains bien au chaud sur tes nichons. Vas-y, poursuis, je suis tout à toi.

— Je disais...

Mikael me donne des baisers au cou. J'en frissonne. Et je sens déjà son érection.

A ce rythme, on va refaire l'amour pendant la moitié de la séance. Pourquoi suis-je si faible face à cet homme ? Ou bien serais-je trop dure avec moi, en refusant d'accepter mon désir pour lui, sans jugement moral ?

Quoi qu'il en soit, durant les séances, nous devons rester disciplinés et nous tenir à l'ordre du jour. Après, nous pourrons faire des galipettes comme bon nous semblera.

— Mikael. Je disais, qu'est ce qui t'a poussé à écrire des romans ? Et à faire de la peinture ? Et si tu me parlais un peu de tes débuts ?

— Humm, c'est quoi cette question ?

— Elle est très claire, pourtant.

— Humm Ana, Ana. J'ai perdu la notion de la réflexion. Actuellement, seuls mes sens fonctionnent.

— Alors je vais me lever, lui dis-je.

Il me retient de force.

— Tu ne vas nulle part.

Je soupire.

— Stp, peux-tu me répondre ?

— Ce qui m'a poussé à commencer à écrire ? Qu'est-ce que j'en sais, me dit-il, avec nonchalance.

— Ou bien tu ne veux juste pas en parler ?

Il ne dit plus rien.

— Puis-je aller découvrir le contenu de tes romans « Best-seller » ? lui demandé-je, puisqu'il ne me parle pas.

Je peux aller « étudier » les sujets qui le tracassaient dès son plus jeune âge. Ne dit-on pas qu'écrire est une forme de thérapie ? De plus, il n'existe pas de hasard en termes d'écriture. Même si la plupart des gens en doutent, parfois il existe un lien entre la vie de l'écrivain et son roman. Cela peut se jouer au niveau du subconscient. L'écrivain n'en n'est pas forcément conscient.

— Aller voir mes romans ? Si c'est pour avoir des réponses à tes questions me concernant, non. Si c'est parce que tu t'intéresses vraiment à moi, oui. Et comme je sais déjà que c'est la première option, alors, non, me répond-t-il catégoriquement.

— Qui est cette jolie femme dont tu as fait le portrait sur tous tes tableaux ?

Mikael me soulève, me regarde avec mépris puis il s'en va. Comme ça. Sans rien dire de plus. Et sans même que je ne comprenne ce que j'ai dit de mal.

CHAPITRE 34

Ana

La séance d'aujourd'hui se déroule avec Georges.

Nous sommes installés dans la salle de consultation.

— Pourquoi tu es habillée de la sorte ? me demande Georges.

Oh non, ne me dites pas que même en termes de goût vestimentaire chez leurs « épouses », Mikael et Georges sont diamétralement opposés ?

— Haha, rien du tout, ça te dérange ?

— C'est Mikael qui t'a imposé ces vêtements, c'est ça ?

— Comment tu as fait pour connaitre si parfaitement ton alter égo, alors que vous ne vous rencontrez jamais ?

Georges sourit.

— Même si on ne se rencontre jamais, un : il fait partie de moi. Deux : à chaque fois que j'apparais, je vois les changements qu'il opère dans mon environnement. Donc, j'ai fini par connaitre ses goûts et préférences en toutes choses.

Je hoche la tête, en prenant note dans mon carnet.

CHAPITRE 35

Georges

Ana est vraiment sexy dans cette robe noire décolletée.

Je me rends compte que je désire ardemment cette femme.

Ma queue s'est subitement levée, à force de regarder Ana. J'ai envie d'elle mais je me retiens, je me contrôle et je calme mes pulsions.

Certes, je ne lui imposerai pas de se changer mais je lui proposerai des tenues moins suggestives pour la prochaine fois qu'elle aura une séance avec moi.

Sinon, je risque de lui sauter dessus or je n'ai pas envie de faire des choses perverses avec mon épouse de convenance.

Bien que… ça me tente de plus en plus.

— Aujourd'hui, je souhaiterais qu'on parle de ton amnésie traumatique (la perte des souvenirs d'une partie de son enfance), me dit Ana.

— Que souhaiterais-tu savoir ? J'ne sais pas si je te serai d'une utilité. Comme je t'avais dit tantôt, je ne me rappelle plus de rien de cette période creuse entre mes cinq à neuf ans.

— Il ne t'arrive pas d'avoir des flash-back, parfois ? Des images qui te viennent en petits morceaux, sans savoir de quoi il s'agit ?

— Maintenant que tu le dis, il m'arrive de voir des images quand j'étais petit, où je crie de peur jusqu'à pleurer, mais c'est souvent dans le noir, c'est flou et bref.

Ana prend note dans son carnet.

— Tu vois ou tu entends quoi d'autres ? me demande-t-elle.

— Rien d'autres, malheureusement…

— Ce n'est pas grave, me dit-elle, en souriant. Au fil du temps, j'ai espoir que tu te rappelleras de tout.

Je hoche la tête en souriant. J'apprécie énormément la bienveillance qui émane de cette jeune femme.

CHAPITRE 36

Ana

Les jours passent, je continue d'effectuer la psychothérapie avec Georges/Mikael. Mais, les séances avancent lentement, voire pas du tout.

Par exemple, avec Mikael, j'ignore comment vont évoluer nos échanges mais je constate que c'est quelqu'un de trop fermé et suspicieux de nature. Ce qui le rend méfiant. Il s'ouvre difficilement aux gens. Même avec moi, ce n'est pas évident.

Je sais que c'est lui qui garde la mémoire oubliée de Georges qui concerne son enfance de cinq à neuf ans. C'est Mikael qui détient les souvenirs de ces quatre années. Et je ne pense pas qu'il les ait oubliés.

J'aimerais tellement qu'il s'ouvre à moi et se confie, en toute sécurité.

Encore une fois, je me dis qu'il ne m'aime pas. Tout ce qu'il aime, c'est le sexe avec moi. Rien d'autres.

Cette nuit, Mikael est sorti. Pas besoin de lui demander où il va puisqu'il n'a qu'une seule destination chaque nuit : l'usine, pour découper les organes des cadavres de jeunes femmes. Depuis que j'ai découvert la nature de ses activités nocturnes, j'y pense chaque jour et je prie désespérément que cela prenne fin.

Tant que Mikael n'est pas « soigné », il n'arrêtera pas de « détruire » les femmes qu'il rencontre et de se complaire dans ses crimes abominables.

CHAPITRE 37

Ana

Le passe-temps préféré de Georges est l'équitation. Pas mal. Je n'en ai jamais fait. Ce soir, il a décidé de faire une promenade avec moi.

J'apprécie énormément les efforts que Georges fait pour me divertir et me changer un peu les idées.

En réalité, pendant que je fais une thérapie à Mikael, je me rends compte que Georges s'attèle à me faire une thérapie, à sa manière. Et je suis touchée par son geste.

Je reconnais que j'ai besoin d'une thérapie autant que ce monstre de Mikael.

J'ai trop subi dernièrement et Mikael n'arrange pas les choses avec sa violence et sa méchanceté gratuite.

Parfois, il m'arrive de me rappeler de cette horrible nuit où il a tenté de me brûler, vive…

Je lutte chaque jour, pour ne pas sombrer dans la dépression.

Après avoir dîné ensemble, Georges et moi, nous promenons à cheval, dans la grande cour du Palais. Je suis assise devant lui. Et j'avoue que j'aime bien cette sensation de corps collés entre lui et moi. Je suis dans ses bras et je m'y plais bien. Normal. Georges est Mikael, non ? Physiquement parlant. Non, entièrement. C'est comme si l'esprit de Georges s'était juste divisé en deux : d'une part, lui-même (Georges) et d'autre part, c'est Mikael.

Donc, en toute logique, je ne suis pas en train de « tromper » mon monstre de mari quand je ressens de l'attirance envers Georges puisque c'est la même personne. A force de raisonner, je risque de ne pas profiter du moment présent et de devenir folle.

Autant vivre le moment présent. En plus, je parle comme si Mikael était mon mari « officiel ». Dans ce château, oui c'est mon mari. Mais dès que je serais parvenue à fusionner l'esprit de Mikael avec celui de Georges, normalement j'en aurais terminé avec ce prince héritier démon. Je serai à nouveau libre.

Après nous être promenés à cheval (c'était magnifique), nous regagnons l'intérieur du château.

Dans le couloir interminable, Georges me tient la main pendant que nous marchons. En plus, je me laisse faire.

Il caresse la paume de ma main. Je sens de l'électricité entre nous deux. Mais lui et moi, nous retenons beaucoup pour maintenir cette fameuse clause du contrat stipulant : « point de relation sexuelle. Uniquement un mariage de convenance, qui prendra fin lors de la guérison de Georges de Lucifer ».

Or, oui, il est évident que Georges me donne envie.

Avec Mikael, je n'ai même pas le temps de souffrir longtemps de mon désir car cet homme ne sait pas se contrôler. Il me saute dessus à chaque fois que l'envie lui prend, comme une bête sauvage, sans réfléchir, sans attendre ni hésiter.

Et avec Georges, c'est différent. C'est un peu comme avec un homme plus respectueux et galant. Le genre classique.

D'ailleurs, je me demande comment sera la nouvelle personnalité de Georges quand l'esprit de Mikael aura fusionné avec lui.

Georges s'arrête de marcher. Je ne comprends pas pourquoi. Je m'arrête aussi et le regarde. Il se place face à moi et me caresse les lèvres. Waouh, qu'est ce qui se passe ? J'ai Georges ou Mikael en face de moi ?

— J'aime beaucoup tes lèvres, Ana, me dit-il avec un regard brûlant de désir.

Je rougis comme une idiote.

— Et je meurs d'envie de les goûter, ajoute-t-il.

Il me tient par la taille, se penche vers moi et m'embrasse, comme s'il voulait me manger. Je réagis au baiser en y mettant autant de passion.

Il continue de m'embrasser pendant qu'il avance pour se diriger vers notre chambre.

Il arrive devant la porte, il l'ouvre par le biais d'une main et nous entrons dans la chambre, en continuant à nous embrasser. Quel long et sensuel baiser. Il me fait doucement tomber sur le lit, sans détacher sa langue de la mienne. Il commence à me caresser sauvagement les seins. Moi, je lui caresse le dos. Il est sur moi. Nous mettons fin au baiser et nous nous dévorons des yeux.

— Ce soir, tu ne pourras pas dormir. Je me suis assez contrôlé tous ces temps-ci. J'ai accumulé trop de tension sexuelle, orientée que vers toi.

Je sens beaucoup de liquide qui coule de ma chatte. Je suis excitée comme pas possible. J'ai juste envie qu'il me pénètre tout de suite, sans ne plus attendre.

Chacun de nous déshabille l'autre et nous gardons nos peaux collées l'une à l'autre. C'est si sensuel et apaisant. Je suis couchée sur le dos, je montre face au plafond. Georges me donne des baisers au cou.

Ensuite, du bout de sa langue, il lèche tout mon corps, en commençant par mes seins qu'il suce. Je gémis de plaisir. Il caresse mon ventre du bout de sa langue. Il continue jusqu'à arriver à mon clitoris. Il m'y pince légèrement. Je bouge dans tous les sens, sous la sensation de plaisir intense. Il lèche ma chatte. Je pose ma main sur sa tête, comme pour lui implorer de ne jamais s'arrêter. Je gémis fort.

Il insère son pénis dans mon vagin et commence les vas et viens. Nos visages étant face à face, il m'embrasse à nouveau en me caressant les seins.

Georges ne blaguait pas car au lieu de dormir, nous avons passé la nuit à faire l'amour, comme deux obsédés sexuels.

De toute façon, je suis une habituée maintenant. Avec Mikael, malgré le temps qui passe, il nous arrive toujours de baiser deux à trois fois durant la nuit, sans compter le sexe dans la journée, toujours initié par lui. Mikael a fini par me contaminer. Je suis devenue une obsédée sexuelle. J'aime le sexe. Ça relaxe, ça apaise, ça détend. En plus, c'est sain et c'est du sport mélangé à du plaisir.

Quand je me suis endormie cette nuit, je ne sentais plus mon corps tellement toute mon énergie a été vidée. Je n'imagine pas comment Georges doit se sentir également.

Mais au réveil le matin, je sais déjà que je me sentirai en pleine forme.

Je ne devrai pas m'attacher à Georges. Nos chemins vont bientôt se séparer. En plus, nous ne venons pas du même monde : c'est un être surnaturel et moi une humaine.

C'est pareil avec Mikael, je ne dois avoir aucun lien fort avec lui. Sauf que ma relation avec lui est beaucoup plus complexe.

Je ne peux toujours pas dire ce que je ressens exactement pour Mikael car plein de sentiments se mélangent, entre la haine, la fascination, l'attirance, la répulsion, parfois de l'affection (quand il parvient à me toucher par ses actes, lorsqu'il joue à l'adorable).

Je dois avouer que ma conscience me bloque et ne me permet pas d'être expansive et expressive avec Mikael.

CHAPITRE 38

Ana

Après avoir pris le petit-déjeuner ave Georges, Mikael est revenu.

Je l'ai senti froid et distant toute la matinée, comme si je lui avais fait quelque chose, sans le savoir.

Nous démarrons notre séance et voilà qu'il ne me laisse pas placer un mot. Il commence avec ses critiques :

— Epargne-moi de tes salutations pires que formelles et de ton sourire faux et niais.

— Je peux savoir quel est ton problème avec mon sourire ?

— Il sonne faux ! Tu le sors uniquement pour mettre de la bonne ambiance, et non parce que tu ressens vraiment l'envie de sourire.

Je ne dis rien de plus. Cet homme frôle la paranoïa.

— Hier nuit, je n'étais pas avec toi. C'est Georges qui est venu, me dit-il.

— Oui, et ?

— Comment évolue votre relation ? Que s'est il passé entre vous deux ?

— C'est quoi cette question ?

— Ne joue pas à l'idiote, Ana. Tu as couché avec lui ?

Je viens de comprendre pourquoi il est resté silencieux et distant avec moi, depuis tout ce temps.

— Arrête avec Georges. Vous partagez le même corps, lui répliqué-je, en souriant.

— Il n'y a qu'un seul qui puisse vivre entre Georges et moi ! En me soignant, tu choisis de me faire disparaître !

— Qu'est-ce que tu racontes ?

— Tu sais bien de quoi je parle !

— Mikael. Combien de fois t'ai-je dit que toi et Georges formez la seule et même personne ?

— Quoi qu'il en soit, fais gaffe à toi. Si je dois disparaitre, je ne te laisserai jamais avec Georges ni avec quiconque. Je t'amènerai en enfer, avec moi. Ton infidélité grandissante me déçoit. Je mets fin à la séance ! me dit-il, en se levant, pour partir.

Je suis pensive : « A quand pour une vraie séance enrichissante, avec Mikael ? ».

Durant plus d'une semaine, Mikael a refusé de continuer nos entretiens.

Aujourd'hui, j'effectue une nouvelle séance avec mon patient agaçant.

— Ana, j'ignore ce que tu cherches ou ce que tu veux soigner chez moi car je vais parfaitement bien. C'est toi qui ne vas pas bien et je vais te le prouver

— Pourquoi penses-tu aller bien ? Qu'est ce qui te le prouve ?

— Ne change pas de sujet. Aujourd'hui, la séance portera sur toi.

— Mikael.

— Je sais déjà ce que tu vas me dire. « Mikael, peux-tu être un peu plus sérieux stp ? » me dit-il en imitant ma voix, il n'y parvient pas du tout.

Il me fait plutôt rire. Bien que je n'aie pas envie de rire. Il m'observe en souriant.

— Ana. Quelle est ta plus grande peur dans la vie ?

— Réponds pour toi d'abord. Ensuite, je te dirai.

— Je ne marche pas à ces gamineries.

Pourtant, si tu savais combien tu fais gamin parfois.

— Je t'écoute, ajoute-t-il.

— Mikael, pourquoi aimes-tu me fatiguer et me pousser à bout ?

— Parce que je t'aime, c'est logique non ?

— Oui c'est logique, pour toi. Et cesse de jouer avec le mot « aimer ».

— Ana, ta plus grande peur ? J'attends.

Je note une pause, avant de lui avouer :

— Perdre ma mère...

— Tu tiens beaucoup à ta mère, dis donc.

— Ça te surprend ? Ça te choque que quelqu'un tienne beaucoup à sa mère ? Je veux dire, si on grandit auprès d'une femme qui nous a éduqué et qui a pris soin de nous durant toute notre enfance, n'est-ce pas un sentiment normal de s'attacher à cette femme ?

Mikael ne dit plus rien et reste songeur. Je me demande ce qui se passe et surtout à quoi il pense. Si seulement je pouvais lire dans ses pensées.

— Toi, ne tiens-tu pas à ta mère ? lui demandé-je.

— Ma mère ? Bien sûr que je tiens à elle, me répond-t-il, en souriant.

Je sens qu'il ment. Je ne saurai expliquer comment. Je me demande toujours quel genre de relation Mikael a eu avec sa mère.

Je continue mes questions :

— Elle est toujours en vie ?

— Ana, pouvons-nous changer de sujet ? me demande-t-il avec un air gêné.

C'est très rare de voir Mikael adopter cette expression du visage, c'est comme si tout à coup, il avait honte de quelque chose.

Le Mikael que je connais ne ressent jamais de la honte. Enfin, d'après ce qu'il m'a toujours montré.

Je dépose ma main sur la sienne pour essayer de le mettre à l'aise afin qu'il s'ouvre un peu plus à moi.

— Mikael. Tu peux me parler. Je suis là pour ça.

Il retire brusquement ma main et se lève. Son regard change et s'assombrit.

— Cesse de forcer les choses, me dit-il, avant de s'en aller, encore.

Comme d'habitude, toutes nos séances se terminent de la même sorte : c'est toujours Mikael qui y met fin, subitement.

Mais au moins, je prends note à chaque fois. Et au fil des jours, j'ai constaté deux choses qui mettent mal à l'aise mon patient : l'évocation de son enfance et le sujet sur sa mère.

Dès que Mikael a quitté la séance, il s'est dirigé dans la salle « Paradis sur Terre ».

Dernièrement, il s'est remis à son passe-temps sexuel préféré : violer et dépuceler des femmes vierges, pour ensuite les emprisonner, les affamer, les tuer, enfin découper leurs cadavres.

Et le pire dans tout cela ? Personne dans ce château ne peut l'arrêter.

Quant à moi, à chaque fois que je tente d'intervenir, il devient violent, me punit et me brutalise.

Je sens que c'est une course contre la montre que j'effectue. Je n'en peux plus de voir cet homme faire ces actes atroces. Je me dis que la vraie place de Mikael ne se trouve qu'en prison, à vie, à l'instar de tous ces individus souffrant du « trouble de la personnalité antisociale » (psychopathie).

Pour ne pas faire d'amalgames, tous les psychopathes ne sont pas des criminels. Ils vivent leur vie comme nous autres. Et tous les criminels ne sont pas forcément des psychopathes.

De ce fait, Mikael ferait peut-être partie du niveau plus grave de ce trouble. J'évoque une probabilité car je n'ai effectué aucun diagnostic à Mikael pour confirmer qu'il souffre de ce trouble de la personnalité.

Mais à force de le côtoyer, j'ai remarqué plein de traits de caractère associés à ce trouble, qui reviennent.

Cependant, même si je ne suis pas sûre qu'une simple thérapie puisse faire arrêter à Mikael ses crimes, au moins, je devrai tenter le coup et aller jusqu'au bout de ce mode de traitement, pour voir les résultats que cela donnera.

Je ne veux pas paraître pessimiste, mais pour le moment, je ne sens aucune évolution dans mes séances avec Mikael. Avec Georges, tout se passe bien.

Seulement, c'est la seconde personnalité de Georges, à savoir, Mikael, qui est le plus torturé et qui a besoin d'une « thérapie ».

CHAPITRE 39

Ana

C'est reparti pour une nouvelle séance de thérapie, en espérant qu'il y ait avancement, aujourd'hui.

Déjà, ça commence mal. Mikael amène une bouteille de whisky et dépose deux verres sur la table. Il se sert à boire puis il verse de l'alcool dans l'autre verre.

— Buvons ensemble. Ce n'est qu'une petite tasse de rien du tout, me lance-t-il.

— C'est gentil mais je ne peux pas boire actuellement. On est en séance.

— Alors, je mets fin à la séance, dit-il, en se levant pour partir.

Je n'en peux plus de cet homme. Je me lève pour le rattraper.

— Mikael !! Ça suffit ! J'en peux plus de tes gamineries !!

— Ça tombe bien ! Moi non plus, je n'en peux plus de tes séances de merde !!

— Je te rappelle que c'est toi qui avais pris la décision d'en faire !

— Parce que c'était le seul moyen pour que tu changes l'image que tu avais de moi !

— Ah ouais ? Cette image s'assombrit de plus en plus.

— Ça m'est complètement égal ! Je ne t'ai pas épousée pour que tu joues à ma psy. Encore une fois, je ne suis pas fou ni anormal ! Je vais très bien et mon esprit fonctionne correctement ! Si tu continues de m'emmerder à ce point, je risque de construire une pièce spéciale dédiée à toi et je t'y enfermerai !

— Voilà ce que je disais… Tu ne tiens jamais tes paroles. Tes résolutions, n'en parlons pas.

— Ana, j'en ai marre de cette foutue thérapie. Je ne veux pas être ton patient mais ton amoureux, comprends-moi.

— Moi aussi, j'en ai marre d'être uniquement ton amante ! Je veux être plus que ça.

Mikael est étonné. Il m'a fait sortir des choses que j'aurais préférées garder en moi. Maintenant, il va croire que je veux construire une relation sérieuse avec lui, alors que parfois, il me dégoûte, car il baise plein d'autres jeunes femmes. Même si je suis consciente qu'il ne les désire pas toutes forcément et que c'est surtout pathologique. N'empêche, cela me fend le cœur à chaque fois.

— Tu veux être plus que mon amante ? Peux-tu argumenter ? me demande-t-il.

— Oublie, lui dis-je, en me retournant pour m'en aller.

Mikael m'attrape le bras, je m'arrête en chemin.

— Ana. Ne serait-ce pas toi qui as plutôt besoin d'une thérapie ?

— C'est bon, Mikael. Je suis épuisée. Tu as gagné. Laisse-moi partir.

— Je n'aime pas entendre le verbe « partir » sortir de ta bouche. Tu vas où ?

— Où que ce soit, du moment que tu n'y seras pas.

— Impossible. Je serai partout où tu seras.

Je soupire.

— Ça te rendra heureuse que je réponde avec plus de détails à tes questions durant nos entretiens ? me demande-t-il.

— Quelle question. Bien sûr !

— D'accord, Ana. La prochaine séance, je n'y manquerai pas.

— C'est ce que tu dis à chaque fois. Arrête avec les promesses, stp.

Il se rapproche de moi et m'enlace de derrière, en déposant sa tête sur mon épaule.

— Je le ferai. Je ferai tout ce que tu voudras. Tant que tu resteras ma poupée épouse, soumise et obéissante.

— Depuis que je suis devenue ta femme, je l'ai toujours été.

— Non, tu te rebelles parfois. Et je ne le supporte pas.

— Ce n'est pas de la rébellion mais une réponse à tes comportements égoïstes.

— Ana, mes punitions te manquent ? *me demande-t-il, en frottant son pénis (en érection) sur mes fesses.* En faisant l'amour, tu vas te sentir en forme et tu vas renaître. Si tu veux me voir à la prochaine séance, viens en portant un legging en cuir avec des talons rouges bien pointus. D'ailleurs, ton cul me manque, allons-nous amuser tout de suite, me dit-il en me portant sur lui (sur son ventre).

Etant sur lui et face à face, il m'embrasse passionnément sur la bouche, pendant que nous avançons. Je l'embrasse en retour avec autant d'élan. Dommage pour moi que cet homme me passionne autant qu'il m'énerve.

Finalement, Mikael n'attend pas d'arriver dans notre chambre. Dans le couloir même, il me déshabille rapidement, me plaque contre le mur, je lui montre dos. Il enlève son pantalon, soulève mes bras qu'il appose au mur. Puis, il me pénètre par derrière, en enchainant de violentes fessées.

— Ana, je sais que tu m'en veux à chaque fois que je reviens de la salle « Paradis sur Terre », mais n'oublie pas une chose : je baise ces femelles qu'une seule fois, alors que toi, je te baise un million de fois. Mon désir pour toi ne diminue pas au fil du temps mais se maintient. Ne devrais-tu pas être heureuse d'entendre cela ?

Cet homme est vraiment malade. Et qu'est-ce qu'il veut que je lui réponde ?

CHAPITRE 40

Ana

Suite à mes disputes incessantes avec Mikael et mon moral qui est au plus bas, Georges tente de me consoler, à chaque fois qu'il réapparait.

Par conséquent, j'ai une grande annonce à vous faire : aujourd'hui, pour la première fois, depuis mon « emprisonnement » dans le château de Mikael, je vais enfin sortir.

Je parle de sortir du quartier, m'éloigner complètement de cette zone.

Cela va faire bientôt un an que je suis enfermée dans le manoir. Et bien sûr, c'est grâce à Georges que je pourrai profiter un peu de ma liberté. Si ce n'était que Mikael, Dieu seul sait quand j'aurais pu avoir cette opportunité.

Ainsi, je vais rendre visite à ma mère, à Bruxelles.

En voiture, la durée du trajet est pour trois heures de temps. Donc, Georges et moi sommes sortis dès le coucher du soleil à dix-sept heures trente.

J'ai déjà appelé ma mère pour lui dire que nous arrivions et que nous risquions d'être un peu en retard pour le dîner.

Elle était tellement contente de la nouvelle, même si ça a dû la surprendre.

Enfin, je vais revoir ma mère. Je n'y crois toujours pas.

Mais avant de jubiler, prions que Mikael n'apparaisse pas et ne gâche ma soirée. Je veux que Georges soit avec moi jusqu'au lendemain au moins, pour me reposer un peu du sale caractère désagréable de mon premier mari.

Nous sommes arrivés. Quand je suis descendue de la voiture et que j'ai vu en face de moi l'immeuble, je me suis pincée. Non, je ne rêve pas. J'ai trop hâte d'aller prendre ma mère dans ses bras.

Ma mère a les cheveux roux, comme moi, avant que ce dictateur de Mikael m'ait forcée à changer la couleur.

Ma mère vit dans un petit appartement, tout mignon.

Georges et moi sommes debout devant la porte. Ma mère nous accueille et automatiquement, je saute dans ses bras, avant même qu'elle ne puisse parler. Je reste longtemps à la câliner. Elle sourit.

— Tu ne me laisses pas au moins accueillir ton ami ?

Ah, c'est vrai. Je suis venue avec Georges. Je me retire des bras de ma mère, même si je n'ai toujours pas assez d'elle.

Elle nous amène autour de la table à manger.

— Maman, il s'appelle Georges, c'est mon premier patient.

Georges me regarde avec de gros yeux. En même temps, à quoi il s'attendait ? Franchement, comment devais-je le présenter ?

J'ai fait ces rapides présentations avant qu'elle ne se fasse de fausses idées en pensant que Georges est mon petit ami.

— Ah, enchantée, Georges.

— Enchanté, madame Duval, répond-t-il en souriant.

Nous nous installons à table.

Tout est déjà prêt. Je vais goûter aux plats de ma mère. Cela faisait si longtemps. Ma mère est la meilleure en cuisine. Oui, ma mère est une femme presque parfaite. Et le « presque », c'est juste parce que seul Dieu est parfait.

Nous commençons à nous servir pour manger.

— Où sont tonton Jean et Marie (sa fille de dix ans) ?

— Ton oncle est parti à Besançon pour un petit moment.

— Ah, d'accord. Du coup, tu restes seule la plupart du temps ?

— Ce n'est rien, rassure-toi, me dit-elle en souriant.

Cette phrase : « ce n'est rien, rassure-toi », j'ai dû prendre ça de ma mère. Elle a une attitude de « tout va bien, il existe pire ailleurs ». Et comme je suis sa fille, je lui ressemble sur ce point.

— Ana, pourrais-je te voir quelques secondes ? me demande-t-elle.

Je comprends qu'elle veut me poser plein de questions et qu'elle attend des réponses. Je me lève et je dis à Georges que j'arrive.

Je retrouve ma mère dans la cuisine.

— Referme la porte.

Je fais comme elle dit et je pars auprès d'elle.

— Pourquoi tu as changé de look ? Tu n'aimais plus tes cheveux roux ? En plus, je vois que tu as coupé tes cheveux, remarque ma mère.

— Oh, j'avais juste envie d'un petit changement. De toute façon, à force de repousser, mes cheveux redeviendront roux de manière naturelle puisque c'est la vraie couleur de mes racines.

— Ana. Tu me dois beaucoup d'explications. Et tu comptes vraiment rentrer cette nuit ? A Rouen ?

— Ce n'est pas si loin que ça, t'en fais pas, lui répliqué-je, en souriant.

En réalité, je dois rentrer avec Georges, avant le lever du soleil vu que le corps de leur race de démon ne supporte pas la lumière du soleil.

— Qui est cet homme que tu m'as apporté ?

Je ne te l'ai jamais apporté, maman. C'est lui-même qui m'a proposé de passer te voir puis qui m'a suivie de force. Je n'y pouvais rien. Ce n'est pas de ma faute si le destin m'a mise entre les mains de deux hommes possessifs. Georges l'est juste un peu moins que Mikael qui l'est dans l'excès.

— Cet homme... Comme je t'ai dit, c'est mon patient. Mon premier patient, lui rétorqué-je, d'un air enjoué.

— Pourquoi l'avoir amené ici alors ? Je ne comprends pas.

— Eh bien... euh... haha je le surveille constamment. Pour dire vrai, il est devenu dépendant de moi et j'en souffre.

— Comment ça ?

— Il ne me lâche plus. Il me suit partout.

Je culpabilise de mentir à ma mère. Elle ne mérite pas cela, venant de moi. Malheureusement, je n'ai pas le choix. En plus, elle ne me croirait jamais si je lui disais que cet homme est en réalité un démon, qui souffre du « trouble dissociatif de l'identité ».

Je trouve ce mensonge moins grave que la vraie identité de cet homme venu m'accompagner ce soir. Car si Georges n'était qu'un être surnaturel, ça passerait, mais il est le meurtrier de Carla, la défunte fille de ma mère. Vous me direz que c'est Mikael le meurtrier et non Georges. Oui, je suis d'accord. Mais il ne faut pas oublier que Mikael reste la part sombre et refoulée de Georges.

— Et la secte secrète dont tu me parlais ?

— Maman, chuuuut. J'ai oublié de te dire que Georges fait partie de cette secte secrète.

— Tu vas arrêter, oui. Je refuse que tu retournes dans un endroit où tu es privée de liberté, où tu n'as même pas moyen de communiquer avec l'extérieur. Trouve-toi du travail ailleurs !

— Mon contrat de travail prend bientôt fin.

— Tu me dis ça depuis combien de temps ?

— Maman, stp. Je risque d'être sévèrement sanctionnée si je ne remplis par mes engagements.

Ma mère soupire.

— Georges n'est vraiment que ton patient ?

— Qu'est-ce que tu crois ? A quoi tu penses ? Quelque chose te tracasse ?

— Je ne sais pas, Ana. Tu es devenue très bizarre dernièrement, me dit-elle, d'un air triste et préoccupé.

J'avance pour la serrer dans mes bras. Elle me serre aussi fort.

— Quand même, ton patient est très beau. Une beauté hypnotique. J'espère que tu ne l'as pas choisi en fonction de son physique d'Apollon ?

Je suis sans voix. Je me retire des bras de ma mère et je la regarde en plissant des yeux.

— Non, pas du tout, lui rétorqué-je, en souriant.

Et j'espère ne pas rougir ici, avant qu'elle ne soupçonne que je suis irrésistiblement attirée par mon patient, justement.

Nous retournons au salon, rejoindre Georges que nous avons dû laisser seul pendant un moment. Ma mère entame la discussion avec lui. Et je suis un peu stressée, sans savoir pourquoi.

— Alors, tu es de Rouen ? demande-t-il à Georges, qui ne sort jamais de son château.

— Oui, exactement, répond-t-il en souriant.

Il sourit souvent comparé à Mikael.

— Je suis allée deux fois là-bas. C'est une belle ville. J'aime bien l'architecture de certains bâtiments, qui ont préservé leur élégance, dit-elle.

— Oui, j'avoue, répond Georges, qui j'imagine, doit être autant stressé que moi, avec ses réponses si robotiques.

— Du coup, tu travailles ?

Oh non, maman, ne pose pas ce genre de questions. En quoi cela peut t'intéresser ? Ou bien, elle ne me croit toujours pas quand je lui dis que Georges n'est pas mon amoureux ? En plus, qu'est-ce qu'il va bien pouvoir répondre ? « Non, je suis un prince héritier. Je n'ai jamais travaillé de ma vie. Laissons ça aux autres » ?

— Oui, je suis consultant, répond Georges.

Quelle agréable surprise. Je respire un bon coup de soulagement. Heureusement que Georges n'est pas bête et qu'il sait improviser.

— Consultant ? En quoi ?

De grâce maman, arrête avec tes questions.

— En gestion de projet.

Waouh. Quel bon menteur, ce Georges. J'ai même envie de l'applaudir.

— Ah, d'accord. Ça a l'air passionnant, répond ma mère en souriant. Et comment se passent ta thérapie avec ma fille ? Sens-tu de l'avancement dans vos échanges ?

Georges me regarde et sourit. Je rougis et souhaite aller me cacher quelque part, avant que ma mère ne remarque qu'il existe quelque chose ente Georges/Mikael et moi. Je me baisse sur mon plat, sans me redresser.

— Avec votre fille, oui, un grand avancement, je dirai. Elle est douce, adorable et bienveillante.

Ma mère sourit puis elle me regarde. Elle est interrogative.

— Ana. Ça va ?

Je hoche la tête sans me redresser, je me contente de manger.

En l'occurrence, tout se passe bien. Nous dînons tranquillement, discutons agréablement avec Georges si éloquent et charmant, qui s'en sort toujours avec les questions interminables de ma mère.

Bref, une bonne ambiance joyeuse s'est instaurée autour de la table. Jusqu'à ce qu'un imprévu vienne tout chambouler.

CHAPITRE 41

Ana

— Je suis où comme ça ? dit Georges.

Je le regarde aussitôt et je me rends compte que non, ce n'est pas Georges mais bien mon monstre de mari, Mikael !

— Ana. Peux-tu m'expliquer ce qu'on fait ici ? demande Mikael, d'un air arrogant.

Je panique en ne sachant pas quoi faire sur le moment.

— Euh, tout va bien, Georges ? demande ma mère.

Mikael la regarde un long moment avant de dire :

— Qui êtes-vous ? Ah, laissez-moi deviner : la mère d'Ana. Vous lui ressemblez comme deux gouttes d'eau.

Ma mère a des cheveux roux. Que va faire Mikael ? Je dois vite le prendre et m'en aller d'ici, sans ne plus attendre.

— Je suis très heureux aujourd'hui, de rencontrer ma belle-mère. Le seul hic ? La couleur de vos cheveux, madame Duval.

— Ta belle-mère ? demande ma mère.

Je me lève et je pose ma main sur la bouche de Mikael afin qu'il ne sorte plus aucun mot.

— Rentrons, lui dis-je.

Il retire violemment ma main et se lève aussi.

— Avant de rentrer, j'ai besoin de faire quelque chose d'abord, dit-il en prenant un couteau sur la table.

Je suis tellement effrayée que j'ai accouru auprès de ma mère, je l'ai prise et je l'ai amenée dans sa chambre.

— Ana. Que se passe-t-il ?

— Maman, stp. N'essaie pas de sortir d'ici, d'accord ? Je vais t'enfermer, mais ce n'est rien de grave. Mon patient est en train de faire une crise et je vais devoir le calmer. N'oublie pas, quoi qu'il arrive, n'essaie pas de briser la porte pour sortir, lui dis-je, sous le coup de la peur.

— Ana, attends... me dit-elle.

Mais je ne peux pas me retourner et l'écouter. C'est sa vie qui est en jeu et Mikael serait capable de la tuer tout de suite. Il ne supporte pas de voir des cheveux roux. Cela le met toujours hors de lui.

Je prends la clé et je sors de la chambre en la refermant vite, à clé. Puis, j'accoure aux toilettes.

— Ana, donne-moi cette clé ! hurle Mikael qui me poursuit.

J'entre dans les toilettes et je jette la clé dans la chaise anglaise, je tire rapidement la chasse d'eau qui emporte tout.

Mikael me regarde avec mépris puis il se dirige vers la chambre de ma mère.

— Mikael ! Reprends tes esprits, stp ! Rentrons ! Rentre avec moi, lui dis-je, en attrapant son bras.

Il me pousse brusquement, je tombe.

Il prend une chaise et se met à la frapper contre la porte de la chambre. Mikael est méconnaissable. Il est comme possédé et obsédé par son désir de « tuer ». J'ai les larmes aux yeux. Mais je ferai tout pour protéger ma mère.

Je me relève et tente de tirer Mikael avec moi pour qu'on s'en aille. Il me pousse encore.

Mes larmes commencent à couler toutes seules car je me sens si impuissante.

— Georges !! Georges !! Reviens stp. Georges !!! Tu m'entends ? pleuré-je, de toutes mes forces, sous le désespoir total, n'ayant plus aucune issue et sachant que mes cris seraient sans vain. Car comment une personnalité pourrait venir rien qu'en l'appelant ?

Mais idiote que je suis, j'ai continué à crier le nom de Georges en lui demandant de l'aide et de venir à mon secours.

Tout à coup, je vois Mikael qui délaisse la chaise et attrape sa tête, comme s'il faisait un malaise.

Mon appel fonctionnerait-il ?

— Georges, est-ce toi ?

Je vois Georges/Mikael en train de trembler et d'hésiter dans ses gestes. Il se retourne vers moi et me regarde. L'homme que je vois devant moi, je ne sais pas qui c'est entre les deux, mais il a les larmes aux yeux et il reste immobile.

— Ana, ça va ? J'entends ma mère.

— Oui, reste là-bas stp.

Je profite du calme temporaire de Mikael et j'accoure lui tirer le bras.

— Maman, je t'appellerai un de ces jours. Merci pour le dîner. Je t'aime, lui dis-je, en pleurant.

Je me mets à tirer de toutes mes forces Georges/Mikael avec moi, pour sortir au plus vite de cet appartement. Je tâcherai d'appeler un menuisier pour venir débloquer la porte de la chambre de ma mère.

Je tiens la main de Mikael et nous prenons l'ascenseur pour descendre. Je crois que Georges est en train de lutter avec Mikael, car je dis « Mikael » mais pour la première fois, j'ignore à qui j'ai vraiment affaire, actuellement.

Je sais qu'au début de la soirée, j'étais avec Georges. Et qu'ensuite, Mikael est apparu. Mais tout de suite, qui c'est ?

Ça n'a pas d'importance. Ma mère est saine et sauve, même si je ne suis pas totalement rassurée tant qu'on n'aura pas quitté cet immeuble pour rentrer.

Lorsque nous descendons de l'immeuble, Georges/Mikael et moi regagnons la voiture.

Je demande au chauffeur de démarrer.

Je ne comprends plus rien car durant tout le trajet, Georges/Mikael s'est endormi.

La haine que Mikael voue à la couleur de cheveux roux est une pathologie (maladie) liée à son ou ses traumatismes qu'il dissimule et garde avec lui.

La psychologue que je suis, le sait. Mais mon cœur d'être humain est blessé.

Présentement, je ne veux rien comprendre. J'ai d'abord besoin de digérer la situation terrorisante à laquelle je viens d'assister. J'ai failli perdre ma mère...

CHAPITRE 42

Ana

De retour au château, je fais face à Mikael. J'aurais préféré que Georges vienne. Au moins, j'aurais eu un peu de réconfort et de douceur.

— Alors comme ça, tu fais même des sorties avec Georges, maintenant ? Tu es mon épouse ou l'épouse de Georges ?!! crie mon malade de mari.

Je l'ignore et regarde de l'autre côté. Je suis assez sous le choc comme ça, pour qu'il vienne en rajouter.

— Parle !!

A chaque fois que Mikael devient jaloux, sa colère devient incontrôlable. Seulement, je me demande qui doit être en colère aujourd'hui. Lui ou plutôt moi, après qu'il ait tenté de tuer ma mère.

— Je te signale que tu étais à deux doigts de tuer ma mère et tu me dis quoi ?! lui répliqué-je.

— Ah oui ? Ce ne serait jamais arrivé si tu n'étais pas sortie avec ce Georges de merde !!

— Tu vas arrêter avec Georges !! Tu n'existerais jamais sans lui !! Tu n'es qu'un esprit avec une vie temporaire !!

— Ana. Penses-tu vraiment ce que tu es en train de me dire ?

— Carrément ! Je ne veux plus rien d'ici !! Même la thérapie, je l'arrête !! Tu as gagné ! Tu dois être content ! Je ne peux rien contre toi ! Je ne peux rien contre ta cruauté naturelle !!

Je suis tellement sous pression que j'explose de colère et je me mets à sortir des phrases que je ne pense pas forcément.

— Ana. Tu as fini de me crier dessus ? Bien. Prépare-toi pour la suite.

Mikael menotte mes mains aux siennes. En gros, je reste liée à lui par des menottes. Partout où il ira, je serai obligée de le suivre.

Sur le lit, prêts à nous coucher, nous sommes assis côte à côte.

— Je sais déjà que tu voudras tenter de t'enfuir d'ici. Sauf que tu ne t'éloigneras jamais de moi. Je t'aime trop, pour te laisser partir, me dit-il.

Je reste silencieuse et garde mon regard fixé devant moi.

— Ana ? Tu m'ignores ?

Je ne dis aucun mot et le laisse parler seul. Même si Mikael est l'homme le plus beau et le plus sexy au monde (à mes yeux), ce n'est pas pour autant que je vais me laisser aveugler par son apparence si extraordinaire.

D'ailleurs, j'évite de le regarder, c'est plus simple de ne pas succomber à son charme. Car il m'arrive souvent de lui pardonner ses frasques.

— Ana. Peut-on oublier tout ce qui s'est passé plus tôt ? J'ai envie de toi. Je n'ai pas goûté à ton cul, aujourd'hui.

En étant assis et si collés l'un à l'autre, bien sûr qu'on aura envie de baiser. Depuis le début, au simple contact de Mikael, je frissonne de désir. Je suis trop réactive à son toucher, très sensuel et électrique, malgré le côté dur de sa personnalité.

De ce fait, après chaque dispute, c'est la même chose : on se déchaîne dans du sexe violent et brutal, où il a envie de me punir sauvagement et où moi, j'ai envie de le blesser. Un cycle infernal et malsain.

Le matin, je me réveille, blottie dans les bras de Mikael, en train de dormir. Ou peut-être qu'il fait juste semblant de dormir. Je sais qu'il a un sommeil très léger et qu'il attend souvent que je me réveille pour se lever aussi.

Je regarde mes mains menottées aux siennes. Je n'en reviens toujours pas, d'avoir rencontré un homme aussi indéfinissable que Mikael.

Le pire ? Il justifie tous ses actes envers moi, en me faisant croire que c'est de « l'amour ». Parfois, je veux bien le croire, mais ce n'est pas facile car selon moi, lorsqu'on aime, on ne cherche pas à faire du mal à l'autre mais plutôt à lui éviter toute douleur et souffrance.

Il m'a déjà conditionnée à apprécier le sexe avec lui, qui me procure autant de douleur que de plaisir. C'est paradoxal mais c'est bien possible.

Cependant, en dehors du sexe, Mikael adopte la même attitude de connard, qui, en plus, se met à souffler constamment le chaud et le froid.

Pense-t-il que je peux apprécier ses brusques changements d'humeur et surtout, son sadisme en dehors du lit ?

Nous prenons notre bain, en étant menottés.

Nous dégustons notre petit-déjeuner, en étant menottés.

Toute la journée, nous restons menottés, lui et moi.

Un véritable enfer, malgré le désir que je continue d'éprouver pour lui. Surtout, en restant à proximité de lui et qu'il ne cesse de me souffler des mots doux à l'oreille. Son côté chaud et froid, dont je parlais tantôt.

Le soir tombé, Mikael reçoit une visite. Cela m'étonne beaucoup car Mikael n'a aucun ami pour qu'un individu passe le voir, dans le manoir.

Comme je suis collée à lui à cause des menottes, nous partons nous installer au salon public, le temps d'attendre la venue du visiteur.

Un bel homme, la trentaine, blond aux yeux bleus, vêtu en tout noir, arrive à la porte.

— Votre Altesse, bonsoir, dit-il.

Serait-ce un démon, venu du royaume de Mikael ?

— Tu fous quoi ici ? répond Mikael.

Il n'a du respect pour personne, c'est hallucinant.

— Votre Altesse, que se passe-t-il ? Qu'est-il arrivé à votre main ? Pourquoi c'est menotté ? Et qui est cette humaine, près de vous ?

— Qui te dit que c'est une humaine ?

— Pardonnez-moi de vous avoir offensé. Vous savez que nous démons, avons le flair pour reconnaitre les humains, de par leur odeur, différente de la nôtre.

Ah bon ? Georges ne m'avait pas dit ça.

— Ok, et si c'est une humaine ? Quel est le problème ? Qu'est-ce-qui t'amène ici ? Fais court, répond Mikael.

— J'ai été envoyé par votre père, qui réclame votre présence définitive, au royaume.

— Comment va mon père ?

— Il est toujours souffrant.

— Tant mieux. Maintenant, du balai.

Je suis choquée par la réaction très bizarre de Mikael. Comment peut-on rester si indifférent face à un parent souffrant ?

— Puis-je me présenter à cette belle demoiselle ? dit le visiteur, en souriant.

— Éric. Cette belle demoiselle que tu vois, m'appartient. Elle s'appelle Ana et c'est mon épouse, depuis des lustres maintenant. Donc, ne tente rien, si tu ne veux pas mourir tôt. Tu es encore si jeune.

— Il a juste dit qu'il allait se présenter et tu veux en faire tout un plat ? dis-je à Mikael.

— Je ne t'ai pas sonné, Ana.

Je le piétine avec ma chaussure en talon. Mikael hurle de douleur. Bien fait pour lui.

— Éric, tu peux te présenter, dit-il, finalement.

Je retire mon talon. Mikael me regarde en souriant.

— Tu prends beaucoup sur moi, dis donc. J'ai soudain une folle envie de te baiser, tout de suite.

Je rougis et frissonne de partout.

— Mikael. On est devant un visiteur, stp, lui dis-je, à basse voix.

Mikael me soulève et me pose sur ses jambes

— J'ai mal avec la menotte dans cette position, lui fais-je remarquer.

Mikael enlève la menotte. Ouf et enfin !

Hélas, j'ai parlé trop tôt. Il a seulement changé de main à menotter, pour une position plus confortable, en restant assise sur lui.

— Ana, je sens la chair de tes fesses sur moi. J'ai envie de te faire une sodomie, tout de suite, me souffle-t-il à l'oreille.

Moi aussi, j'ai une pressante envie de me faire baiser par lui.

Mikael commence à me mordre délicatement le cou, devant le visiteur en plus.

— Euh... Votre Altesse ? dit le visiteur, d'un air gêné.

— J'ai soudain envie de sortir mon flingue, dit Mikael, sous l'exaspération.

— Mikael, laisse-le d'abord se présenter, ça suffit. Après on aura notre petit moment d'intimité, lui dis-je.

— Pourquoi ne pas baiser devant lui ?

Qu'est-ce qu'il vient de dire ?

— Non ! Je ne suis pas prête, rétorqué-je, aussitôt.

Mikael soupire.

— Éric, vas-y, présente-toi à mon épouse. Tu as trente secondes, ensuite tu déguerpis de cette salle.

— Je suis Éric, le cousin direct du prince héritier. Mais aussi le meilleur scientifique, renommé dans notre royaume Lucifer.

— Oh, que c'est intéressant. Enchantée, Éric. Moi, c'est Ana, lui répliqué-je, en souriant.

Mikael me regarde en ouvrant gros ses yeux.

— Ana. Ne me pousse pas à détruire l'atmosphère calme qui règne ici, me dit-il.

Je me contente de me taire et je range mon sourire, avant de déclencher la jalousie maladive de ce monstre à mes côtés. Une jalousie qui vire dans le ridicule, à la longue.

Je suis sûre que même si j'avais un animal de compagnie, Mikael en serait jaloux.

Il veut que ma vie se résume uniquement à lui et que tout tourne autour de lui.

CHAPITRE 43

Georges

Après le dîner, je suis venu à la place de Mikael et j'ai vu que ma main était menottée à celle d'Ana. Je n'ai rien compris puis je me suis rappelé que cela ne pouvait être que le fait de mon alter égo.

Je me suis empressé d'enlever les menottes pour permettre à Ana de souffler un peu.

Elle est partie voir sa meilleure copine Nadia, pendant que je passe du temps avec mon cousin Éric.

Nous sommes dans le balcon et buvons du champagne.

— Votre Altesse, que se passe-t-il avec cette humaine, Ana ? C'est du sérieux ? me demande Éric.

J'imagine qu'Éric a dû voir Mikael « s'aimer » avec Ana, plus tôt. C'est la raison pour laquelle, il me pose cette question. Mais, je vais lui répondre sincèrement.

— Oui, il semblerait que quelque chose de sérieux soit en train de se créer entre elle et moi…

— En tant que l'un de vos futurs conseillers, je me permets de vous demander de modérer votre passion pour cette femme.

— Nous, les démons, n'avons qu'une seule manière d'aimer, tu le sais, lui répliqué-je.

— Sauf que c'est une humaine. Son énergie vitale ne peut pas supporter tous ces sentiments violents et ce désir de possession, propres à notre race.

— Tu veux dire quoi par-là ?

— Dans le passé, à chaque fois qu'un démon a essayé « d'aimer » une humaine, cela s'est mal terminé. L'humaine a perdu sa vie. C'est un oracle qui existe depuis la nuit des temps et qui se répète à chaque fois, sans faute, m'informe-t-il.

— Peut-on vraiment contrôler ses sentiments ? me suis-je demandé, à haute voix.

— Svp, vous ne devez surtout pas vous attacher à cette humaine. Vous devez la laisser s'en aller et songer à rentrer au royaume, votre Altesse.

Je bois mon champagne, sans ne rien dire de plus.

Pourtant, mon contrat avec Ana est très clair : dès la fin de la thérapie, chacun retourne d'où il vient.

Toutefois, plus je passe du temps avec Ana, plus je m'attache et deviens amoureux de cette femme, si simple, joviale, brave et intelligente, sans compter tout le calvaire qu'elle vit auprès de mon alter égo.

Ana est la seule personne, qui soit capable de supporter Mikael et de vivre à ses côtés, pendant si longtemps. Quant à Mikael, Ana est la seule femme, qu'il parvient encore à supporter à ses côtés, pour un temps si long.

Quoi qu'il en soit, j'ai vraiment envie de rendre Ana heureuse. J'aurais aimé, en tout cas.

CHAPITRE 44

Mikael

A chaque fois que Georges vient à ma place et passe la nuit avec Ana, je le supporte mal. Je veux que Georges ne vienne plus, tout court. Partager mon épouse ? Cela me brise le cœur.

Il est temps pour moi, de séduire Ana et de gagner définitivement son cœur. C'est ma personnalité qu'elle doit aimer et non celle de ce Georges de merde. Je veux faire plein de sorties avec Ana et la conquérir, surtout que j'ai un rival maintenant : Georges.

Éric, mon cousin scientifique est chez moi. Il doit bien servir à quelque chose. Et gare à lui s'il ose poser ses yeux sur ma possession : Ana.

En temps normal, c'est lui qui fabrique à notre famille royale les médicaments pour résister (temporairement) à la lumière du soleil.

Je suis dans mon salon privé avec Éric.

— Je veux des pilules du jour. Je dois sortir avec mon épouse, lui dis-je.

— Je peux bien vous en fabriquer. Seulement, vous ne pourrez rester dehors que pendant deux heures maximum car la lumière du soleil du monde des humains est beaucoup trop forte. Vous avez dû le remarquer.

— Éric, je veux des pilules du jour qui durent plus longtemps que deux heures de temps !

— Votre Altesse, c'est-à-dire que... En fait... Nous ne sommes pas encore parvenus à créer ce genre de--

Sans attendre, je lui coupe la parole en l'étranglant. Il est effrayé.

— Trouve un moyen d'en créer sinon comment pourrais-je sortir avec mon épouse dans la journée ?! J'en ai grandement besoin et j'en veux plusieurs !

Au même moment, Ana entre et nous voit. Surprise et choquée, elle vient auprès de nous.

— Comment tu peux traiter de la sorte ton propre cousin ?! Tu ne vas donc jamais arrêter de défouler ta violence sur les gens ?!

Il fallait qu'elle se pointe au mauvais moment. Elle va me haïr encore plus, en pensant que je suis violent avec tout le monde. Non, je ne le suis pas. Ce sont les circonstances, Ana.

Moi, qui voudrais montrer à Ana de bons côtés de ma personne, ça commence déjà mal.

Je relâche Éric. Il se met à tousser. Je n'ai point pitié de lui. Il n'a qu'à vite se bouger s'il ne veut pas souffrir.

— Éric, ça va ? demande Ana, en déposant sa main sur l'épaule de mon cousin, comme signe de soutien.

Sauf que je vois cela comme un signe d'affection. Est-elle folle ? De plus, elle ne doit toucher aucun autre homme que moi. Voilà pourquoi, Ana et moi ne pouvons pas nous entendre pour très longtemps. C'est elle qui me pousse à bout.

J'avance et je retire avec force la main d'Ana de l'épaule d'Éric. Je la regarde avec haine.

— Qu'est-ce que tu fais ? me demande-t-elle.

— Ça te plairait que je pose ma main sur le corps d'une autre femme ?

— Qu'est-ce que tu racontes ? Et lâche-moi, tu me blesses !

— J'en ai rien à foutre.

— Euh… Votre Altesse… dit l'autre idiot, présent dans la salle.

— Ta gueule, toi.

— Tu passes ton temps à toucher d'autres femmes, non ? me répond Ana.

— La seule qui m'intéresse, c'est toi, Ana. Tu le sais bien !

— Ouais, c'est ça. Le jour où tes mots colleront avec tes actes, je te croirai.

— Je n'ai pas besoin que tu me croies, Ana. Crève ! lui dis-je, en laissant tomber sa main et en lui lançant un dernier regard rempli d'amertume.

Je me retourne et je m'en vais. Je sors de la pièce. Ana me suit jusque dans le couloir.

— Mikael ? Mikael !

Je m'arrête et je me retourne face à elle.

— Qu'est-ce que tu veux ? lui demandé-je.

— Qu'est ce qui te prend ? De réagir avec autant d'agressivité, sans aucune raison ?

— A tes yeux, je suis de nature agressive, non ? Pourquoi ça te choque autant ? lui répliqué-je, avant de continuer mon chemin.

Qu'elle me fiche la paix. Je suis assez blessé comme ça.

Et concernant les pilules du jour, Éric peut les avaler. Je n'en ai plus besoin.

Je vais sortir avec Ana, ce soir même, dès le coucher du soleil.

On ne sait jamais, Georges pourrait échanger avec moi et venir à ma place. Dans ce cas, ce sera lui qui va encore passer la nuit avec Ana ? Non, hors de question.

Dès ce soir, je sors avec mon épouse et je ferai tout pour que ce crétin de Georges ne vienne à aucun moment.

CHAPITRE 45

Mikael

Pour la sortie de ce soir, j'ai fait porter à Ana une magnifique robe violette, qui met en valeur ses belles rondeurs en faisant ressortir toute son élégance. Ma femme est une déesse. Quand elle m'obéit de surcroît, je voulais dire.

Nous sommes dans le bar d'un chic hôtel. Oui, c'est moi qui ai tout choisi : la destination et l'hôtel. J'ai préféré un bar plutôt qu'un restaurant classique, si ennuyeux.

— Alors, es-tu contente de sortir un peu du manoir ? demandé-je à Ana.

— Pour venir dans un bar ? Oui, très contente, répond-t-elle, d'un air ennuyé.

— Ana, quel est le problème ?

— Tu veux qu'on se saoule, c'est ça ?

— Toi, non. Moi, oui.

— Alors qu'est-ce que je fais ici ? me demande-t-elle.

— Et moi à tes côtés ? N'es-tu pas heureuse de m'avoir à tes côtés ? N'est-ce pas le plus important ? Ou bien, j'ai une autre idée. Tu préfères les boites de nuit ? Aimes-tu danser ?

— J'y allais quelques fois pour accompagner mes camarades d'université, sinon je ne suis pas trop boite de nuit.

— Ana, comment t'amusais-tu alors ? Je croyais que le meilleur divertissement des êtres humains, c'était les sorties ?

— Moi, c'était mes études, les séries Netflix et le cinéma.

Il n'existe pas de cinéma dans notre monde des démons, mais à force d'avoir habité pendant des années auprès des humains, je connais ce bel art, appelé septième art. D'ailleurs, je me souviens qu'un réalisateur a voulu adapter un de mes romans.

— Le cinéma ? Pas mal. Nous nous ferons un programme alors. D'ailleurs, je te laisserai choisir le film. Tu en penses quoi ?

— Merci, me répond-t-elle, tout court.

— Ana ?

— Oui, Mikael ?

— Tu m'en veux toujours, pour ce matin ?

— Non. C'est juste que je n'arrive pas à te suivre, dans tes changements de comportement.

— Je suis un homme. Je suis très facile à comprendre, pourtant.

— Tu veux dire le contraire, oui ?

Je me lève et je lui tends ma main. Elle la prend et se lève aussi.

Je vais amener Ana, en boite de nuit. Au moins, elle y allait parfois avec ses amis.

Ana et moi venons d'arriver dans une boite de nuit. C'est très animé, avec la musique qui risque de briser mes tympans. J'observe les gens sur la piste de danse.

— Mikael, sais-tu danser ?

— Quoi ? Je ne t'entends pas. Parle plus fort.

— J'ai dit : sais-tu danser sur une autre musique que sur la musique classique ?

— Bien sûr, que crois-tu ? Je m'adapte facilement. Il me suffit uniquement de suivre le rythme de la musique. Ana, je possède une grande sensibilité artistique, au cas où tu ne le saurais pas.

— Rassure-toi, je le sais. J'ai vu tes tableaux. Mais pas encore tes romans, par contre.

— Pouvons-nous éviter le sujet de discussion portant sur ta « thérapie » ?

— J'ai juste dit « roman » et tu penses à « thérapie » ?

Un jeune homme passe et regarde Ana sous sa belle robe, il la dévore des yeux je dirai. Et il ne s'arrête pas sur ça. Il tourne même sa tête pour continuer à mâter mon épouse !

Il ne va pas s'en tirer si facilement. Je le suis et l'arrête. Dès qu'il se tourne vers moi, je lui donne un coup de poing. Ana accoure vers moi et intervient pour m'arrêter. Je monte sur l'homme et continue à le tabasser.

— Mikael !! Arrête ça tout de suite ! Tu vas le tuer !! crie Ana, en tentant de me soulever.

Le jeune homme saigne excessivement et s'évanouit. Les gens de la boite nous encerclent et nous observent, comme s'ils avaient un spectacle sous leurs yeux. Ces idiots. Certains même se permettent de filmer avec leurs téléphones portables.

Je me lève. Ana prend ma main et me tire avec elle, en se pressant, pour sortir d'ici.

Dès que nous sortons de la boite de nuit, Ana commence avec ses reproches incessants :

— Comment tu peux faire une chose pareille ?! Quand vas-tu apprendre à te contrôler ?!

— Tu as vu comment il te regardait ?!

— Mais les yeux sont faits pour regarder ! Tu voulais quoi ? Qu'il les ferme ?!

— Il n'a pas à te dévisager comme il l'a fait ! Je ne permettrai à aucun homme de te désirer !

— J'en peux plus de ta stupidité !

— J'en peux plus de contenir ma jalousie !

— Contenir ta jalousie, tu viens de dire ? Tu es sérieux ? Tu ne contiens rien du tout, tu me dis quoi ?

— Ana. Comme d'habitude, tu ne comprends jamais rien à mes sentiments pour toi.

— Arrête de tout ramener aux sentiments ! Tes sentiments sont juste noirs et pourris ! Voilà pourquoi je préfère mille fois Georges !! Il est plus humain que toi !!

La phrase qu'Ana vient de prononcer, me brise le cœur. Elle dit qu'elle préfère Georges ? Elle ne sait même pas ce qu'elle vient de faire. Mais je la lui rendrai comme il se doit. Elle s'en mordra les doigts.

CHAPITRE 46

Ana

Mikael et moi, sommes de retour au château.

Franchement, si nos sorties doivent se résumer à des coups de poing qu'il va donner à tout bout de champ, je n'en veux pas. Mieux vaut rester enfermée, ici, puisqu'il ne sait pas maitriser sa colère et sa jalousie qui dépasse le ridicule.

Un homme jaloux ? Pourquoi pas. C'est très flatteur.

Mais un homme hyper contrôleur et aussi obsessionnel que Mikael ? Il faut juste le vivre pour comprendre à quel point cela fait plus de mal que de bien.

Dès que j'entre dans la chambre, Mikael me prend de force. Je tente de me débattre pour m'enfuir de cette chambre et aller m'enfermer dans une autre pièce mais je n'y parviens pas. Il a plus de force que moi et reste plus doué que moi, en combat.

Il me pose sur une chaise et attache tous mes membres, comme ce qu'il me faisait, avant le début de notre thérapie. Il scotche ma bouche. Cet homme n'en a pas assez de ça ?

Il sort pendant une trentaine de minutes puis revient dans la chambre. Il entre avec une belle et jeune servante. D'habitude, les servantes n'ont pas accès à sa chambre, non ? Donc, que fait-il ? Que compte-t-il faire ?

Il tient par la main la servante et avance avec elle, jusqu'à se placer devant moi. Il tire cette servante par la taille et lui caresse les cheveux en souriant. A quoi joue Mikael ?

— Ana. Aujourd'hui, je vais te faire ressentir ce que tu ne cesses de me faire ressentir, afin que tu comprennes un peu.

Je vois la servante qui baisse la tête, elle a l'air gêné.

Mikael pose sa main sur le menton de la servante en relevant délicatement sa tête pour qu'elle soutienne son regard.

— N'aie aucune honte. Détends-toi. Je sais que tu me désires, dit-il à la jeune servante, qui rougit.

Dites-moi que Mikael n'ose pas faire ce à quoi je pense ?

— Déshabille-toi, ordonne-t-il à la servante.

Cette dernière fait comme il dit. Mikael la fait agenouiller et elle se met à lui sucer sa verge. Ensuite, Mikael la porte et la fait tomber sur le lit, notre lit !

Je me débats pour me détacher des cordes et sortir immédiatement de cette chambre. J'ai envie de hurler mais je ne le peux pas. Ma bouche est scotchée. Pourtant, je ne suis pas capable d'assister à cette scène, à ce manque de respect, vis-à-vis de moi, son épouse.

Ce soir, Mikael vient de me ridiculiser dans tout le manoir. N'a-t-il pas pensé à mon amour propre ? Ma fierté ? Ma dignité ? Ne devrait-il pas savoir que tout le monde en détient ?

Sans attendre, Mikael porte un préservatif et pénètre la servante. Ils baisent sur le lit, devant moi, attachée et impuissante devant le spectacle horrible.

J'ai les larmes aux yeux, même si je lutte pour les contenir et ne pas paraître faible aux yeux de ce monstre.

Sur notre lit ? Le lit où nous dormons, lui et moi… C'est là où Mikael se tape une de ses servantes, vous vous rendez compte ? Comment peut-il être aussi cruel ? Il ne va donc jamais arrêter de me dégouter ? Et de me décevoir ?

J'en ai marre de cet homme. Quand vais-je sortir de cet enfer ? Comment peut-il me faire une chose pareille ?

J'ai tellement mal au cœur. On dirait qu'on le transperce avec mille couteaux en même temps. Serais-je jalouse ? Est-ce insensé ? Je ne crois pas. Je suis l'épouse de Mikael, c'est normal que je sois un peu jalouse. Qui aime partager son mari ? En plus, sur le lit marital ?

Je sais qu'il dépucèle des jeunes femmes dans sa salle « Paradis sur Terre », mais ce n'est pas pareil. Là-bas, l'acte qu'il fait est pathologique (relevant d'un trouble mental). Il ne désire pas forcément toutes ces femmes qu'il baise là-bas. C'est un exutoire pour lui et un moyen de défouler sa rage intérieure, ainsi que sa haine des femmes.

Je sais aussi qu'il ne désire pas forcément la servante avec qui il couche actuellement, puisque Mikael cherche à se venger et à me faire du mal. Je le connais assez, pour en être sûre.

Pourtant, il est bien possible qu'il désirait cette servante et qu'il en a profité ce soir pour se la taper, tout simplement. Je ne cesse de trouver des explications pour ne pas me voiler la face. Mais quoi que je puisse penser, ma souffrance ne diminue pas, car je ressens de la jalouse. Voilà, le problème. Une jalousie si intense que je préfèrerai mourir afin que mon cœur ne ressente plus rien d'aussi douloureux.

Je suis tellement en colère contre Mikael que j'ai envie de tout casser ici et de m'en aller, loin, très loin.

Après avoir joui, il pousse brusquement la servante qui tombe du lit et atterrit par terre. Celle-ci prend ses vêtements et accoure sortir de la chambre, sans mots.

— A chaque fois que tu me provoqueras, j'apporterais une putain de vierge et je la défoncerai sous tes yeux, sans faute. Alors cesse de me comparer à Georges ! Tu es prévenue, me dit-il, en se dirigeant vers la salle de bain.

Je craque et pleure toutes les larmes que je retenais, depuis.

CHAPITRE 47

Mikael

Quand je finis de prendre mon bain, je me dirige vers Ana et je lui retire le scotch à la bouche. Elle a les yeux tout rouges. Je suis heureux de lui avoir fait autant pleurer.

J'espère qu'elle a au moins ressenti ce qu'on appelle « jalousie », afin qu'elle comprenne un peu.

J'espère qu'elle a ressenti l'envie de me tuer, afin qu'elle sache que cette pulsion peut naitre en tout le monde.

J'espère qu'elle a ressenti l'envie de mourir, tellement la douleur lui était insupportable.

— Espèce d'imbécile de la pire espèce !! Tu ne mérites même pas que je dépense ma salive pour un être aussi répugnant que toi !! me dit-elle.

— Ta colère et tes cris ne me font pas peur ! Tu peux continuer de me haïr. C'est ce que tu as toujours fait, de toute façon.

Je pars me coucher, seul.

Mon épouse, qu'il m'arrive de haïr aussi fort que je l'aime, va me manquer durant cette nuit. Espérons qu'elle (la nuit) soit de courte durée.

Pour être honnête, je n'aime plus dormir sans Ana, à mes côtés. N'a-t-elle pas remarqué que dorénavant, je fais des efforts en me couchant aux mêmes heures qu'elle ? C'est-à-dire la nuit. L'heure du coucher qui est normal pour les humains ennuyeux.

Je ne parviens pas à dormir. J'ai besoin de la chair d'Ana à mes côtés.

Devrai-je la détacher tout de suite ?

Non, il faut que j'arrête de penser à elle et que je la sorte un peu de mon esprit.

Elle ne mérite pas toute cette attention.

Néanmoins, demain, en fonction de mes humeurs, je la détacherai peut-être.

Le lendemain soir,
Je reçois une lettre de Georges, déposée sur la table de mon salon.

« Cher Mikael, cesse de martyriser Ana. Elle est notre épouse et notre psychologue. Toi comme moi, avons besoin d'elle. Alors, traite-la mieux !

Cordialement.

Georges de Lucifer. »

J'éclate de rire, que c'est drôle tout ça.
— Brulez-moi ce papier, ordonné-je à un de mes gardes.
Il est temps que je réponde à mon putain d'alter égo. Ainsi, je lui rédige une lettre.

« Cher Georges de merde, je fais ce que je veux d'Ana. Je l'ai épousée bien avant toi. Tu ne pourras jamais me faire disparaitre. C'est toi-même qui m'as créé, ce jour-là, pour te protéger le restant de ton existence...
Depuis ce jour, Mikael est né. Jamais je ne ferai un avec toi car tu es trop faible or la société n'hésite pas à écraser les plus faibles. Je te déteste car tu es si faible. Si seulement je pouvais te chasser définitivement de ce corps.
Crois-moi, un jour, j'y parviendrai.
Et épargne-moi de tes formalités à la « cordialement » et consorts.
Point besoin de signer mon nom. Tu sais déjà qui c'est. »

Après la rédaction de la lettre, je me charge de renvoyer mon cousin Éric, d'où il vient.
Je ne veux plus voir sa tronche maintenant, c'est bon.
Je veille à lui transmettre le message à donner au roi et à la reine : « Foutez-moi la paix et oubliez mon existence ! ».

CHAPITRE 48

Ana

Mikael m'a détachée, mais que je sois enchaînée ou libérée, tout m'est égal. Cela revient du pareil au même, du moment que je continue de le côtoyer.

J'entre dans une profonde dépression. J'ai perdu l'appétit. Je n'ai plus goût à rien. Je ressens un grand vide intérieur, au fond de mon être.

Lorsque Georges vient, il tente de me faire sortir de la dépression.

Il fait son maximum pour me remonter le moral et me rappeler ma mission de l'aider.

Il s'excuse, en vain, au nom de Mikael. Mais qu'est ce ça peut bien me faire ?

Georges n'est pas Mikael et qu'il s'excuse à sa place ne sert à rien.

Je hais Mikael. Je le hais de plus en plus. En fait, c'est des variations extrêmes dans mon cœur. Un jour, je commence à l'adorer un peu. Le lendemain, tout dégringole et je le hais à nouveau.

En plus, je suis un peu découragée car les séances de thérapie n'avancent pas. J'ai fini par baisser les bras. Georges essaie de me remotiver et de me secouer afin que je me bouge et que je redevienne la femme déterminée que j'étais. Mais, quand on habite avec quelqu'un comme Mikael, ce n'est pas facile d'avoir constamment le moral.

Après tout ce qui s'est passé entre Mikael et moi, je me force pour reprendre les séances thérapeutiques.

J'ai pris un engagement en signant le contrat avec Georges. Je dois tenir ma parole et aller jusqu'au bout de cette psychothérapie, menée avec son monstre d'alter égo : Mikael de Sade.

Pour dire vrai, je n'ai même pas envie de revoir la tronche de Mikael. M'installer face à lui pour discuter ? Lors de chaque séance, il ne fait que me rabaisser par des critiques blessantes.

Quand ce n'est pas par les mots, c'est dans le sexe qu'il se déchaine.

Après être restée une semaine entière sans entretien mené avec mon satanique mari, aujourd'hui, j'ai une énième séance avec lui.

— Alors, on va faire un petit exercice, dis-je à Mikael, en souriant.

Professionnellement parlant, je dois bien me forcer à paraitre agréable, face à ce démon, qui reste mon patient, malgré toutes les maltraitances qu'il me fait subir.

— Humm un exercice ? Nos sens vont-ils y contribuer ? Ainsi que ta chatte, mon endroit préféré ?

— Peux-tu arrêter de vouloir sexualiser tout ce qu'on fait ?!

— Tu te sens pousser des ailes parce que Georges est là pour te protéger ? C'est de la sorte que tu traites ton patient ?! En lui criant dessus ? Sans compter que ce patient est ton époux en même temps !

— Un époux qui passe son temps à saboter les efforts de son épouse, quel merveilleux époux !

— Tu ne vois donc pas les efforts que je fais chaque jour pour toi ? Tu penses que ça me plaît de venir me pointer ici et de t'écouter avec tes questions merdiques et ta pseudo-thérapie à la nulle ?!

Il se lève et donne un coup de pied à sa chaise qui tombe. En colère, il s'en va.

— Mikael ! Mikael ?

Je me lève et accoure pour le rattraper. Je me place devant lui, juste à la porte.

— Dégage, Ana.

J'avance et je l'enlace en me blottissant sur son torse que j'adore. Il reste immobile et ne réagit plus. Mais il ne m'enlace pas en retour. Je le sens si froid avec moi.

— Ana. Arrête de jouer avec mes sentiments. Je sais que tu fais tout cela pour que je retourne continuer la séance avec toi. C'est pourquoi ton « câlin » ne me touche guère. Je sais reconnaître ce qui est sincère de ce qui ne l'est pas, me dit-il en me poussant brusquement. Il continue son chemin.

J'émets un soupir et je l'observe en train de partir.

Je me demande toujours de quoi Mikael parle quand il évoque ses « sentiments ».

À l'heure du coucher, je refuse d'aller dans notre chambre. Mikael n'a qu'à dormir tout seul.

Il a été si violent et méchant dans ses paroles de tout à l'heure.

Il passe son temps à me critiquer, à me rabaisser et à me dévaloriser.

Je suis restée dans le balcon du salon privé, en train de boire. J'ai commencé à avoir de mauvaises habitudes, à force de côtoyer ce monstre.

En tant que mari, il m'épuise mentalement et physiquement. En tant que patient, n'en parlons même pas.

D'ailleurs, je me demande comment je fais pour continuer à garder le cap.

CHAPITRE 49

Mikael

Ana et moi, nous sommes disputés plus tôt dans la journée, lors de notre entretien thérapeutique. De toute façon, depuis le début, c'est rare que ces séances se déroulent bien entre elle et moi.

Tout à l'heure, nous avons dîné mais personne n'a ouvert la bouche pour s'adresser à l'autre. Elle avait le visage renfrogné et peut être s'attendait-elle à ce que je vienne auprès d'elle pour la consoler ? Pourquoi le ferai-je ?

Depuis quelque temps, elle ne se comporte même plus comme mon épouse mais uniquement comme ma psy. Un tel ennui. Tout cela me met hors de moi.

De plus, j'ai l'impression de vivre un amour à sens unique.

J'ai l'impression qu'Ana ne pourra jamais me porter dans son cœur et m'aimer à ma juste valeur. Elle veut me transformer à son image. Cela ne peut être appelé « amour ». Moi par exemple, je l'ai acceptée telle qu'elle est, avec ses défauts et ses qualités. Mais elle ? Elle veut me changer. Peut-être, voudrait-elle que je ressemble à Georges ? Malheureusement pour elle, ça n'arrivera jamais.

Je suis toujours sur les nerfs et franchement, baiser avec elle m'aurait fait énormément du bien. Mais une fois de plus, elle va me critiquer en pensant que seul le sexe m'intéresse. Et puis si c'était le cas ? Où est le problème ? Qu'y a-t-il de mal à cela ? Ne devrait-elle pas être heureuse d'avoir un mari qui la désire comme un fou ?

Quand je rejoins notre chambre à coucher, je n'y trouve pas Ana. Cela me met hors de moi. Elle dit que je passe mon temps à l'énerver. Elle me fait ressentir la même chose. Je sors et je pars la chercher. Et gare à elle si elle est partie se blottir dans les bras d'un nouvel « ami » qu'elle s'est faite.

Je passe dans le salon privé. Je ne la trouve pas à l'intérieur. Mais j'entends le bruit d'un liquide versé dans un verre. Alors je pars au balcon et je la trouve, assise, en train de boire du whisky.

Sur le point de prendre une gorgée, je prends de force le verre.

— Qu'est-ce que tu fais ? Rends-moi ça, me dit-elle, d'un air ivre.

Je bois tout le verre d'alcool à sa place. Elle prend la bouteille pour y boire directement mais je dérobe la bouteille.

Ana se lève et se place face à moi.

— Mikael. Même quand je veux un peu de tranquillité, tu trouves un moyen de me rendre la vie dure ?

Elle est ivre mais si belle, mon épouse. Hélas, si épuisée en même temps. Dernièrement, elle a des cernes et le visage triste, derrière cet air de « tout va bien » qu'elle me montre en journée.

— Ana. Je ne vais pas te regarder devenir dépendante à la boisson. Moi, je suis un gros buveur. Je suis habitué et suis difficilement soûl. Toi, c'est différent. Tu es une jeune et belle femme, qui doit prendre soin d'elle.

Elle rigole, sous l'effet de l'alcool.

— Prendre soin de moi ? Comment ? En étant emprisonnée ici, avec deux esprits qui partagent le même corps et qui viennent à tour de rôle dont l'un est complètement fou et l'autre juste un peu moins ?

— Je peux t'autoriser à me traiter de fou, pour ce soir. Je ne le prendrai pas au premier degré.

— Écoutez-moi celui-là, hahaha, me dit-elle, avant de s'installer à nouveau sur le mini sofa.

Je m'installe à côté d'elle et l'observe. Ana regarde devant elle. Elle est fixée sur le même endroit, avec un regard vide.

C'est dans ce genre de moment qu'il m'arrive de me remettre en question et de me demander si seulement j'étais capable de rendre heureuse cette femme...

Elle m'est si précieuse mais elle ne le saura jamais car je ne suis pas doué pour lui exprimer mon amour. Ou alors, a-t-elle raison lorsqu'elle dit que je ne sais pas aimer ?

Si je ne sais pas aimer, alors ce que je ressens pour Ana, qu'est-ce que c'est ? Je suis persuadé de ne l'avoir jamais ressenti pour aucune femme.

J'observe le ciel, très brillant ce soir, rempli d'étoiles avec sa belle lune, si claire.

Je vois Ana qui commence à somnoler. Je penche tendrement sa tête sur mon épaule et je l'observe affectueusement.

Je lui caresse délicatement les cheveux en les dégageant de son visage.

Je souris en contemplant son visage si innocent.

L'innocence de ce bout de femme que j'ai complètement détruite.

Ana, il n'y a que toi, pour me rendre si mélancolique et ivre, d'amour.

— Froid. J'ai froid... dit-elle, dans son sommeil.

Je la soulève et la porte sur mon dos, pour l'amener au lit, dans notre chambre.

Pendant que je marche dans le couloir, Ana parle dans son sommeil :

— Mikael. J'en ai marre de toi. J'en ai marre de toi !!! s'écrie-t-elle. Tu ne penses qu'à ta tronche et au sexe. Rien d'autre ne t'importe ! Tu dis m'aimer alors que tu me montres chaque jour le contraire !

Elle rit avant de reprendre :

— Tu penses que tu es capable d'aimer quelqu'un ? Tu n'aimes personne ! Tu cherches uniquement là où se trouve ton intérêt, point. Connard. Salopard. Rampart ! Renard aux mille visages !

— Rampart ? Quand tu es défoncée, tu inventes même des nouveaux mots ?

— Homme vicieux et satanique va. Diable en personne réincarné !

Je suis choqué d'entendre mon épouse se complaire à me critiquer et à m'insulter. Devrai-je la faire descendre et la réveiller brutalement pour lui donner une bonne leçon ?

Pendant que j'avance, je continue de l'écouter sortir tout ce qui est dans son cœur.

Finalement je vais la laisser continuer à se vider. Je saurai tout ce qu'elle pense de moi.

— Mikael ! Depuis que je te connais, tu n'as jamais passé une journée sans essayer de faire ce que je voulais ! Toujours, tu fais ce qui t'arrange ! Tu prends ce que tu veux. Tu ne penses pas à moi ce que je veux... Jusqu'à quand vas-tu continuer ainsi ?! s'écrie-t-elle.

Waouh, Ana devient si désagréable et effrayante quand elle est ivre.

De plus, ses mots me blessent. J'ai toujours pensé être un mari adorable.

En tout cas, depuis que je l'ai rencontrée, chaque jour, je fais des efforts pour elle.

Dommage qu'elle ne les voit jamais...

J'arrive dans la chambre. Je dépose Ana sur le lit. J'enlève ses chaussures et je l'allonge confortablement, en la couvrant avec la couette.

Je me pose un moment, à côté d'elle et je l'observe, dormir.

Je lui caresse le visage.

— Mikael ! Espèce de monstre !!!

La revoilà, en train de reparler dans son sommeil. Décidément, elle m'en veut beaucoup. Et dans tout ce que j'ai entendu, elle n'a sorti aucun mot d'amour ou d'affection à mon égard.

Ana ne voit pas du noir et du blanc en moi. Elle ne perçoit que le noir. Elle est loin de s'imaginer que je peux être dans le gris, à l'instar de toutes les autres personnes de ce monde.

Je me lève et je pars prendre deux bouteilles de whisky.

Je m'installe au balcon de la chambre et je passe la nuit à boire.

Ce fut une très longue nuit, de solitude.

Le lendemain matin, Ana se réveille toute seule au lit. Je sors du balcon. Je la vois bailler et se gratter les yeux, sur le lit.

— Salut... me dit-elle.

Ma douleur au cœur n'a pas disparu mais je vais me forcer à lui répondre.

— Salut Ana.

Elle attrape sa tête. J'imagine qu'elle doit avoir d'atroces maux de tête. Ça lui apprendra à vouloir se saouler.

CHAPITRE 50

Ana

Qu'est ce qui s'est passé hier nuit ? Je ne me souviens plus de rien. J'étais installée au balcon et je buvais. Après ? Je ne me rappelle pas être venue dans la chambre puisque je ne voulais même pas y passer la nuit avec cet exécrable de Mikael.

Et j'ai l'impression qu'il n'a pas dormi à mes côtés. Pourquoi ?

— Où as-tu passé la nuit ? Au balcon ? lui demandé-je.

— En quoi ça te regarde ?

— Si c'était moi qui avais fait ça, je n'aurais pas eu la paix de la journée.

— Tu oserais ne pas dormir auprès de ton mari ?!

— Pourquoi pas ? Toi, tu n'as pas dormi auprès de ta femme non ?

— Ça te fait mal ? me demande-t-il en souriant. Tu aurais aimé te réveiller et me voir à tes côtés, dans mes bras, comme d'habitude ? Donc finalement tu aimes bien passer les nuits avec moi ?

Je rougis et l'ignore.

Je me lève pour me diriger dans la salle de bain.

Mikael me tire vers lui et retire ma robe de nuit. Il se déshabille aussi.

Il me soulève et se dirige vers la douche, en me suçant les tétons, avec douceur au début. Puis il y met plus d'ardeur, ne sachant plus retenir son désir. C'est si bon que je caresse sa tête en émettant de légers bruits de plaisir.

Il entre dans la baignoire remplie d'eau et s'installe en me déposant, assise sur lui. Je lui montre dos.

Il insère son doigt dans ma chatte et la stimule profondément puis il y fait entrer sa verge. Je bondis sur lui pendant que les mouvements d'aller-retour de son pénis se font plus rapides. Tous les deux, gémissons de plus en plus fort. Nous nous approchons de la jouissance.

— Te baiser est ma meilleure activité matinale, me dit-il, en m'enlaçant avec ses deux bras et en déposant sa tête sur mon épaule.

Ne me dites pas qu'il va s'endormir dans la baignoire et dans cette position ?

— Mikael ? Mikael ? Tu dors ? Hey ?

Je me demande ce qui l'a tracassé toute la nuit jusqu'à ce qu'il n'ait pas pu s'endormir.

Je n'aime pas voir mon maudit époux dans cet état...

Je l'observe longuement. Mikael est si mignon quand il dort. Et si attendrissant quand il dévoile un petit côté vulnérable.

A midi, Mikael et moi partons prendre notre petit-déjeuner.

Nous discutons pendant que nous mangeons, à table.

— Ana, je vais faire l'exercice psychologique dont tu me parlais. Gare à toi si tu fais un faux pas dans la journée en me frustrant, je vais changer d'avis.

— C'est par des menaces que tu m'en informes ?

— C'était pas des menaces mais un appel à la paix entre toi et moi. Pourquoi tu vois un problème partout ?

— Parce que tu dois apprendre à t'exprimer correctement avec les autres.

— Tu recommences avec tes leçons de morale à la merde.

— Et toi pareil, avec tes mots sans aucune considération à mon égard.

— Si je n'avais aucune considération pour toi, je ne t'aurais pas épousée, de plein gré, me dit-il en me donnant une légère gifle à la joue.

Puis, il me sourit.

La vraie définition du « chaud et froid » est incarnée par Mikael, en personne.

CHAPITRE 51

Ana

L'après-midi, nous entamons un nouvel entretien « thérapeutique ». Jusqu'à présent, je ne vois rien que j'aie pu changer ou améliorer dans le comportement de Mikael ou dans son état mental ou encore une prise de conscience que j'aie pu lui faire avoir.

Tout d'abord, Mikael est persuadé de n'avoir aucun comportement « déviant » et d'être dans les normes comme tout le monde. Bien sûr, ce n'est que sa perception des choses. Il a une image tellement positive de lui, c'est incroyable.

Mais nous autres le voyons autrement. Il ne faut pas oublier que Mikael n'a pas arrêté de violenter des jeunes vierges pour ensuite les tuer et découper leurs cadavres pendant la nuit.

Certes, depuis qu'il m'a épousée, il a diminué la fréquence à laquelle il s'adonnait à ces crimes. Néanmoins, il s'y complaît toujours, de temps en temps.

— Alors, nous allons démarrer l'exercice, lui dis-je, en souriant.

— Ana. Es-tu si heureuse de jouer à ma psy ?

— D'où sort cette question ?

— Je te vois rarement me sourire, mais durant ces séances, tu ne fais que ça.

— Qu'est-ce que tu veux ? Un sourire ne se force pas, lui répliqué-je.

— Ah oui ? Pourtant tu passes ton temps à forcer des sourires que tu me sors pour jouer à la psy ouverte et bienveillante. Bref, c'est à dormir debout. Autant arrêter.

— Tu recommences ! lui dis-je, en voyant qu'il s'y remet avec de nouvelles critiques méchantes.

— Serais-tu en période menstruelle sans que je ne le sache ? Car tu es trop soupe au lait dernièrement, me dit-il.

— Comment tu pourrais ne pas le savoir puisque tu me baises matin, midi et soir ?

— Donc, c'est le cas ?

— Bien sûr que non ! Avoue que tu fais exprès pour me mettre sur les nerfs ?

Il me sourit.

— Du moment que je ne te suis pas indifférent, c'est l'essentiel, me répond-t-il.

— Normal. Le diable en personne ne peut être indifférent à personne sinon il ne serait plus appelé « diable », lui répliqué-je.

— Ana, maintenant c'est toi qui veux me mettre sur les nerfs ?

Je souris.

— Qu'est-ce que tu crois ? Moi non plus, je ne dois pas t'être indifférente, lui répliqué-je, en me levant.

Je pars sortir un classeur de la bibliothèque et je reviens me poser, autour de la table, en face de Mikael.

J'ai déchiré des pages d'un magazine que j'avais trouvé dans la cantine.

— Je vais te montrer des images. Sois le plus naturel possible quand tu découvriras les portraits, dis-je à Mikael.

— « Le plus naturel possible » c'est-à-dire ? Car de ce que je sache, j'ai toujours été naturel.

— D'accord.

Je réponds court pour ne pas créer un autre débat qui va nous éloigner du sujet principal de la séance.

Je sors un portrait de femme blonde et je lui montre cela.

— Elle est pas mal, me dit-il en souriant. Mais tu es encore plus belle.

Je souris spontanément. Mikael me déconcentre. Pourquoi il ne peut pas rester sérieux plus d'une minute ?

Je lui montre un autre portrait : une femme noire aux cheveux crépus.

— Humm chevelure originale, ça fait tignasse de lionne et « sauvage ». Ça doit être cool de tirer ses cheveux volumineux durant le sexe.

Je lui donne un coup de pied sous la table.

— Quoi ? me dit-il en souriant.

— Comment tu peux sortir ce genre d'idées devant ta femme ?! Tu ne me voues donc aucun respect ?

— Tu es jalouse ? Vraiment ? Sérieux ? Donc, tu as des sentiments pour moi ? réplique-t-il, de vive voix avec un air enjoué.

Ça le rendrait heureux de me rendre jalouse ? Quel homme vicieux. Pense-t-il que la jalousie est une émotion agréable à ressentir ?

Je sors un autre portrait pour lui montrer. Cette fois-ci, c'est une femme rousse.

Le sourire de Mikael disparaît aussitôt. Il prend un air dégoûté et furieux.

— Peux-tu me décrire ce que tu ressens actuellement ? lui demandé-je.

Je sens la colère qui monte en lui. Il prend le papier sur lequel se trouve le portrait de femme rousse et il le déchire, sans hésiter.

— Ana, je mets fin à la séance, pour tout le mois ! me dit-il, en se levant brusquement.

Il s'en va.

Je reste seule, perdue dans mes pensées et interrogations.

Mikael n'est même pas capable de me dire ce qu'il ressent lorsqu'il voit une rousse. Oui, j'ai déjà quelques réponses : je sais qu'il hait les rousses.

Mais j'aurais aimé poussé plus loin la chose, aujourd'hui. J'aurais aimé qu'on en discute. Qu'il m'en dise un peu plus sur sa haine injustifiée et irrationnelle des rousses. Au-delà de la haine, je dirai même sa peur terrible des rousses. Car Mikael perd tous ses moyens dès qu'il voit cette couleur de cheveux devant lui.

Et cela me rappelle que je suis une rousse… Oui, ça me fait un peu mal quand même. Je mentirais si je disais que je ne me sens pas visée quand il réagit de la sorte, mais bon. Heureusement, je suis consciente qu'il ne fait pas exprès de « haïr les cheveux roux ». Et puis, je ne dois pas confondre les choses. Il ne hait pas les rousses mais les cheveux roux.

Pour la séance d'aujourd'hui, ce n'est pas grave. Je continuerai à persévérer jusqu'à trouver la meilleure attitude pour mettre Mikael en confiance afin qu'il fasse tomber ses barrières et s'ouvre à moi.

CHAPITRE 52

Ana

Puisque j'ai un mois de pause, imposée par mon patient très difficile à gérer, j'ai donc décidé de changer d'attitude avec lui et de le mettre à l'aise.

Dorénavant, je me soumets à tous ses désirs et caprices. Ça marche car je parviens à créer moins de disputes et de malentendus entre lui et moi.

Je sens Mikael attendri par mes gestes doux et affectueux.

— Ana. M'aimes-tu ? Tu ne réponds jamais à cette question.

Mikael, comment pourrais-je t'aimer ? Comment oserais-je aimer l'homme qui a violé et tué ma petite sœur, l'homme qui a violé et tué d'innombrables femmes dans ce monde ? Il faut qu'il arrête avec cette question qui me met tout le temps, mal à l'aise.

Je le vois attristé. C'est rare de le voir dans cet état. Et ça me fend le cœur. J'ai juste envie de le prendre dans mes bras. Puis-je le faire au moins ? Voilà la question que mon cœur pose à ma raison.

J'avance lentement et je le serre fort dans mes bras. Il me serre encore plus fort.

— Ana, je suis prêt à devenir un, un esprit dans un seul corps. Je suis prêt à fusionner avec Georges... Aime-moi. Tant que tu m'aimes et que tu continues de croire en moi, j'y parviendrai... me dit-il. Mais pour cela, tu dois me promettre une seule chose : ne me confonds jamais avec Georges. C'est moi que tu dois aimer. C'est à moi que tu appartiens et c'est à toi que j'appartiens. Si jamais tu me trahis, même avec Georges, je te tuerai, sans hésitation.

— Comment ça peut être ce que tu me dis là ? Mais tu es Georges. Je veux dire, vous partagez le même corps. Comment peux-tu être jaloux de toi-même ?

— Je ne suis pas Georges !! Combien de fois vais-je te le répéter ?!

— D'accord, d'accord, tu es Mikael. Le seul et l'unique.

A la suite de tout cela, Mikael m'a enfin donné accès à sa bibliothèque de romans.

Je vais pouvoir découvrir le contenu de ses écrits.

Mikael écrit dans le même genre que Stephen King : le fantastique mélangé à l'horreur.

La trame qui revient souvent dans ses romans : une mère sorcière cherche à tuer tous ses enfants dont l'un d'entre eux finit par la tuer et triompher, avant de se suicider également.

Bref, les romans de Mikael sont si tragiques. Avec des fins aussi dramatiques et tristes, je me demande comment ses livres ont pu devenir des « Best-sellers ».

Pour moi, c'est des livres qu'on ne peut lire qu'une seule fois de sa vie, tellement les histoires racontées dedans, sont sombres et horribles.

CHAPITRE 53

Mikael

Mon épouse et moi sommes au bord du lac.

Cette fois-ci, nous avons décidé de faire notre séance, sous le clair de la lune.

Je voudrais parler de mon enfance à Ana, de tout ce que j'ai vécu, mais c'est dur. Je n'y arrive pas encore.

— Je ne te presse pas. Prends tout le temps qu'il te faudra. Même si c'est des mois, je suis prête à patienter.

Encore une fois, Ana, quand vas-tu cesser de m'émouvoir ?

J'aime ta sensibilité. Je ne supporte pas ce trait de caractère auprès des autres, mais auprès de toi, j'adore.

Pourquoi crois-tu autant en moi ? Pourquoi, contrairement aux autres, tu persistes pour ancrer un sentiment d'espoir en mon être ? Pourquoi parviens-tu, en fin de compte, à me toucher… ? Et surtout, à me calmer…

Ces temps-ci, durant les nuits, je lutte afin de ne pas aller à l'usine pour découper les organes de cadavres de femmes violentées. Et les jours, je me contrôle pour ne pas aller dépuceler des femmes. Il m'arrive de craquer et de recommencer mes mauvaises habitudes, mais je n'abandonne pas, dans mon combat personnel.

Ce soir, j'ai demandé à Ana de me menotter (les poignets et les chevilles). Elle m'a enfermé dans une pièce vide et isolée. En restant attaché, je ne pourrai pas m'échapper et sortir la nuit.

CHAPITRE 54

Ana et Mikael

Dans la chambre à coucher, je suis allongée pour dormir. Mais je n'arrive pas à fermer l'œil. Je pense à Mikael et à ses efforts. Cela me touche énormément. Ne devrais-je pas aller lui tenir compagnie ? Il est tout seul, enfermé dans une salle, et attaché de partout.

J'entre dans la pièce où se trouve Mikael. Je le trouve assis par terre. Il ne dort pas. Il est surpris quand il me voit. Je pars m'installer à côté de lui.

(Point de vue de Mikael)

— Ana. Qu'est-ce que tu fais ici ? Pourquoi tu ne pars pas te coucher ?

— Je préfère rester auprès de toi, me dit Ana, en souriant.

— Je ne veux pas que tu me voies dans cet état...

— Dans quel état ?

— Où je ressemble vraiment à un monstre, animé de pulsion meurtrière, qui ne pense qu'à détruire des femmes, un être ignoble que je deviens...

— Tu n'es pas un monstre, Mikael. Tu as juste un monstre qui vit en toi, c'est différent.

Je suis très surpris d'entendre ces mots.

Ce qu'Ana vient de dire... me touche tellement que j'en ai les larmes aux yeux. Ses mots résonnent si fort en moi. Et je me rends compte qu'avoir quelqu'un qui croit en vous dans ce monde, cela n'a pas de prix. Ana me donne envie de devenir meilleur et de me surpasser. J'ai envie de la surprendre, de l'épater et de lui plaire.

— Ana. Pourquoi tu es revenue ? As-tu peur que je me détache de ces fils ?

— Pourquoi j'en aurai peur ?

— Alors pourquoi tu tiens à rester auprès de moi ? Vas te reposer et dormir un peu, c'est mieux.

— Est ce que tu peux arrêter de faire croire que tu n'as besoin de rien ni de personne ? Ma présence te dérange-t-elle à ce point ?

— J'aime ta présence, Ana. Seulement, je n'y crois pas. Le fait que tu sois là, à mes côtés, rien que pour me tenir compagnie.

— C'est tout à fait normal. Un mari et une femme s'entraident et se soutiennent dans les moments les plus difficiles.

Ana me touche de plus en plus, à travers ses mots.

Pour la première fois, je me sens aimé par elle.

Pour la première fois, elle m'exprime un peu d'affection pure et non teintée de haine. J'en suis tant comblé.

— Ana. Me considères-tu vraiment comme ton mari ?

Elle prend du temps à répondre. Je n'espère pas de réponse positive afin de ne pas être déçu par sa réplique.

— Bien sûr que tu es mon mari. On a partagé beaucoup de moments ensemble en tant que mari et femme, en étant enfermés ici...

Je souris. J'ai envie de la serrer fort dans mes bras. Hélas, je vais devoir patienter jusqu'au lever du soleil, lorsque je serai détaché.

Ana dépose sa tête sur mon épaule et s'y couche. Peu de temps après, elle s'endort profondément.

Elle a préféré passer la nuit à mes côtés, par terre, dans cette pièce, auprès de l'être dangereux que je deviens, plutôt que d'aller s'allonger confortablement sur le lit.

Son acte d'aujourd'hui, me marquera à jamais.

En plus, je n'avais jamais su qu'Ana se sentait si bien à mes côtés. Elle s'est vite endormie, auprès de moi. Je suis si heureux, ce soir.

CHAPITRE 55

Ana

Cette nuit, je me suis endormie avec le sourire aux lèvres.

Je constate que la thérapie entamée avec Mikael se déroule mieux, ces derniers temps.

Je suis beaucoup plus motivée dans mon travail et je gagne en confiance, en me disant que je peux y arriver. Je peux réussir à aider mon premier patient, malgré la complexité de sa personnalité.

Mikael et moi prenons notre petit déjeuner, au salon privé.

— Mika. Ana. Mika. Ana. Bonjour. Bonjour, dit le perroquet, plus bavard que d'habitude.

Ou bien sentirait-il la bonne ambiance qui règne dernièrement dans le manoir ?

— Mika. Mika.

— C'est bon, ferme-la maintenant, dit son maître, qui ne peut rien supporter.

— Au revoir. Ba-bay (bye-bye), ajoute le perroquet.

Je souris.

— Ana, sais-tu chanter ? me demande tout d'un coup Mikael.

— Euh... je ne comprends pas.

— Ana. Parfois, tu donnes vraiment l'impression d'être idiote. Pourtant, ma question est simple, claire et concise.

— Tôt le matin, tu commences avec les critiques.

— Ce n'était pas une critique mais un constat.

— Alors comme ça je suis idiote. Et toi alors ?

— Ne gâche surtout pas ma bonne humeur. Contente-toi de répondre à ma question. Pourquoi aimes-tu les disputes ?

— Qui aime les disputes ? Ça se voit que tu me méconnais, lui répliqué-je.

— En tout cas, je te connais mieux que tu me connais.

— Si tu me connaissais vraiment, tu saurais que non, je ne sais pas chanter. Mais si tu y tiens tant, que veux-tu ? Que je te chante quelque chose ?

— Ça te dirait une soirée karaoké ? me demande-t-il.

Je suis étonnée. Mon désagréable mari aurait-il fait des recherches sur des endroits de sortie ? Je souris, en ayant envie de rire.

— Ana. Te moquerais-tu de moi ?

— Non, pas du tout. Faites-vous des soirées karaoké dans votre royaume ?

— Évidemment que non. Quelle question. Nous sommes beaucoup plus intéressants que vous, en termes de divertissement.

— J'aimerais bien voir ça, lui dis-je.

Quelqu'un tape à la porte.

— N'entrez pas. Je suis en pleine discussion avec mon épouse et je ne supporterai pas d'être dérangé. Donc, du balai.

Je soupire.

— Sais-tu d'abord de quoi il s'agit avant de réagir de la sorte ?

— En plus, je n'ai pas terminé mon petit déjeuner. Je ne suis pas d'humeur à être dérangé, point. Quant à toi Ana, épargne-moi de tes leçons de morale, de grâce.

On entend la voix de Nadia derrière la porte :

— Monseigneur, pardonnez-moi de vous déranger, mais c'est urgent.

— Amène-toi, dit Mikael.

Nadia ouvre la porte et vient en face de nous.

— Accouche, dit Mikael. Tu as quinze secondes pour résumer tout ce que tu as à dire. Et gare à toi si ton message n'a aucune valeur d'urgence.

— Nadia, nous t'écoutons, dis-je, en souriant pour la mettre à l'aise, vu les menaces de mon intimidant mari.

— En fait... Une dame est venue. Elle dit qu'elle est votre mère et qu'elle vous attend dans le salon public. Elle est venue avec deux hommes qui l'appellent « Reine ».

Mikael est surpris. Je le vois perdre ses moyens. Que se passe-t-il ? Sa mère serait-elle vraiment venue jusqu'ici ?

Mikael se lève, sans dire aucun mot. Il me soulève aussi. Je ne comprends pas ce qui lui arrive. Je veille d'abord à remercier Nadia et à lui demander de partir. Elle s'en va.

Mikael m'attrape le bras et s'en va, en me tenant de force.

— Qu'est-ce que tu fais ?! Tu me blesses ! Qu'est ce qui t'arrive ?

Il s'arrête et me délaisse. Il se tourne vers moi.

— Ana, pourrais-tu dire aux gardes de ne pas laisser cette invitée approcher mon Palais. Qu'elle reste au salon public, tout court.

— D'accord, pas de soucis. Mais si c'est ta mère comme dit Nadia, pourquoi...

— Ana. Ne me pose aucune question. Finalement, laisse tomber. Je verrai un garde en sortant dans le couloir. J'enverrai celui-là pour s'assurer que tous mes employés obéissent à mes directives. Allons-y, me dit-il, en me tirant par la main.

— Aller où ?

— Dans notre chambre, évidemment, me dit-il, pendant qu'on sort du salon et qu'on marche dans le long couloir.

Mikael est très bizarre actuellement. Je ne l'ai jamais vu dans cet état. Je le sens stressé et anxieux. D'habitude, rien ne l'ébranle.

Je me demande qui est cette dame. Si c'est sa mère, Mikael ne devrait-il pas être heureux de la revoir ? Ne va-t-il vraiment pas l'accueillir alors qu'elle s'est déplacée pour le voir ?

J'ai vraiment envie de rencontrer la mère de Mikael, si c'est elle qui est venue. Mais comment ? Avec un mari qui vous garde partout où il se trouve.

Toute la journée, Mikael et moi, nous sommes enfermés dans la chambre. C'est aussi la première fois que Mikael fait une chose pareille. Même s'il ne sort jamais de son manoir sauf les nuits où il part s'adonner à ses activités criminelles, en temps normal, c'est uniquement la matinée, lorsqu'il doit dormir, qu'il regagne la chambre.

Nous sommes le soir, Mikael est encore dans la chambre. Quant à moi, je n'ai aucune issue puisqu'il a fermé la porte, à clé. Pour vous dire, nous ne sommes même pas sortis pour déjeuner.

Non seulement, il refuse d'aller voir cette mystérieuse invitée, mais il m'en empêche également.

Il est installé à table, en train d'écrire, depuis des heures, à un rythme effréné. Il est tellement concentré que je me demande s'il se souvient de ma présence dans la chambre.

— Qu'écris-tu ? lui demandé-je.

— Un début de roman.

Sérieux ? Qu'est ce qui a bien pu l'inspirer tout d'un coup jusqu'à l'inciter à écrire, si vite et comme un obsédé ?

Puis, je me rappelle des thèmes récurrents de ses romans : la figure de la mère (une méchante sorcière) qui revient souvent dans ses intrigues

Je fais le lien avec le message de Nadia qui a bien dit que la dame qui est venue s'est présentée comme étant la mère de Mikael.

Quelque chose me dit que le mal être de Mikael doit avoir un lien avec sa mère.

La réaction de Mikael est trop bizarre. Il se met à rédiger un roman. Depuis combien d'années, il n'a pas écrit de nouvelle histoire ? Et le pire ? Il fuit sa mère.

Si seulement, je pouvais sortir d'ici et rencontrer cette femme. Voir à quoi elle ressemble, m'assurer qu'elle est bien la mère de mon monstre de mari et essayer d'enquêter quant à la nature de sa relation avec son fils.

CHAPITRE 56

Ana

Une heure plus tard, un garde tape à la porte de la chambre.

— Monseigneur, la dame qui est venue vous rendre visite s'en est allée. Elle avait tenté de venir au bâtiment du Palais. Nous nous sommes mobilisés pour la retenir. Cependant, elle vous a laissé une lettre, que nous avons pris le soin de déposer dans votre salon privé.

Ah bon ? Elle est partie ? Waouh. Mikael n'est même pas sorti pour la voir. Elle a laissé une lettre.

— D'accord. Vous avez bien fait. Tu peux disposer, répond Mikael.

— Bien, Monseigneur.

Mikael qui complimente quelqu'un ? « Vous avez bien fait » ? Décidément, aujourd'hui Mikael est une personne complètement différente.

Non, ce n'est pas Georges qui est en face de moi. C'est bien Mikael.

Mikael arrête d'écrire et se lève. Il ouvre la porte. Enfin. En même temps, j'avais tellement faim.

— Ana. Allons-nous installer. C'est bientôt l'heure du diner, me dit-il, en me devançant.

Je le suis, derrière.

Nous entrons dans le salon privé. Mikael prend la lettre posée sur la table. Il n'essaie pas de la déplier pour lire. Il la déchire aussitôt.

— Mikael, ça va ?

— Pourquoi cette question ?

— En fait, tu déchires une lettre que tu n'as même pas prise la peine de lire.

— Ana, occupe-toi de tes affaires, veux-tu ?

Nous nous installons à table.

Je sens un silence pesant. Effectivement, ça ne va pas aujourd'hui. En temps normal, je suis le centre d'attention de Mikael, durant la journée. Tout ce qu'il fait, il veut que je sois près de lui.

Chaque instant, chaque seconde de la journée, je me sens désirée par Mikael. Même s'il s'y prend de manière brutale ou vulgaire, le plus souvent.

Lorsque le dîner est servi, j'ai commencé à manger. Mais Mikael n'avait pas d'appétit. Il s'est mis uniquement à boire, sa fameuse boisson alcoolisée préférée : le whisky.

En fait, je voudrais savoir si la femme qui était venue, est réellement la mère de Mikael. Si tel est le cas, alors cela voudrait dire qu'effectivement, Mikael cache des choses en rapport avec sa mère. Il garde de la rancune ou bien il fuit quelque chose.

En tout cas, tout n'est pas net, concernant sa relation avec sa mère.

— Au fait, je voulais savoir la dame qui est venue aujourd'hui, c'était vraiment ta mère ?

— Ana, je t'ai déjà dit d'arrêter avec ces questions et de t'occuper de ce qui te regarde.

— Franchement, tu me dis que je suis ton épouse, et je n'ai même pas le droit de poser ce genre de questions... Je ne connais personne de ta famille.

— Tu connais mon cousin Éric, ça doit te suffire non ?

— Ton cousin ? Que tu as renvoyé aussitôt ?

— Je préfère ma solitude, tu ne le sais toujours pas ?

— Tu ne veux toujours pas me dire qui était cette femme ?

— Comment tu voudrais que je sache qui c'était puisque je ne l'ai pas vue ?

— Tu ne l'as pas vue mais Nadia a bien fait passer un message comme quoi c'était ta mère et la reine.

— Puisque tu sais tout cela, pourquoi tu me poses des questions alors ?

— Parce que j'ai du mal à imaginer que ce soit ta mère qui est venue et que tu as préféré t'enfermer et l'ignorer.

— Ana. Je t'ai toujours dit que ta recherche de la logique en toute chose te fatiguait. Tout n'est pas logique dans cette vie. Alors, laisse tomber, dit-il, en se levant, avec sa bouteille de whisky.

Il se dirige au balcon.

Je sais qu'il ne va pas bien, qu'il est agacé et tourmenté. Mais par quoi ?

Je pars voir Nadia, dans sa chambre.

— Est-ce que tu as pu voir cette mystérieuse dame qui était venue rendre visite à Mikael, aujourd'hui ?

— Oui, c'est moi qui lui ai servi à manger, à l'heure du déjeuner.

— Décris-la-moi un peu. Elle était comment ?

— Eh bien... Très belle et élégante. Elle donnait l'air d'avoir la trentaine.

— Tu es sérieuse ? Si jeune ?

Serait-ce alors une amante de Mikael ? Ou une ex ? Non, pas possible. Sinon elle ne se serait pas présentée en tant que « sa mère ».

— Mais si je te dis la couleur de ses cheveux, tu n'y croiras jamais... informe Nadia.

— Ils sont de quelle couleur ?

— C'est une rousse !

Qu'est-ce que je suis surprise d'apprendre cela.

— Et personne n'a prévenu cette femme sur cette couleur de cheveux qui est interdite dans le manoir ? demandé-je à Nadia.

— Qui l'oserait ? J'avais plutôt l'impression que tout le monde avait peur d'elle et que c'était une grande autorité quelque part. Certains gardes l'appelaient par « Votre Altesse, la Reine ».

Tout ce que Nadia me dit conforte mes doutes. Même si cette femme est très belle et qu'elle fait jeune, je ne pense pas qu'elle soit une amante de Mikael.

Bon, pour la jeunesse, peut-être que les démons ne vieillissent pas vite, puisqu'ils vivent très longtemps ?

De plus, c'est une reine, donc la supposée mère du prince héritier Georges (dont Mikael) de Lucifer.

— Nadia, quelle est la couleur de ses yeux ?

— Oh, ses yeux sont magnifiques ! Ils sont d'une couleur rare : bleu-vert. Des yeux hypnotiques, troublants, envoûtants et extrêmement perçants, qui ressemblent exactement aux yeux de Monseigneur. Un regard vampirique. Cette femme ne peut être que sa vraie mère. De plus, elle est aussi intimidante que Monseigneur. Leur seule différence : Monseigneur a les cheveux bruns alors qu'elle est rousse.

Même Nadia fait un lien de parenté. De plus, la femme peinte sur les tableaux de Mikael est rousse avec de beaux yeux bleus verts. Mikael, serait-il obsédé (dans le mauvais sens du terme) par sa mère ? Pourquoi ?

CHAPITRE 57

Mikael

Les jours passent, mais Ana, ma chère et tendre épouse, me fatigue avec ses nombreuses questions.

On dirait une enquêtrice. Elle s'est trompée de vocation. Que veut-elle savoir auprès de moi ? Ne sait-elle pas déjà tout ? Pense-t-elle que je lui cache volontairement des choses ?

Je la vois perdue dans ses pensées, concentrée à rédiger des hypothèses par-ci et par-là, sur mon cas.

Honnêtement, suis-je si anormal à ses yeux ? Et puis... Cette curiosité à mon égard, est-ce le fruit de son intérêt pour moi ou est-ce uniquement pour aller au bout de sa « thérapie » ? Ça aurait été bien que ce soit parce qu'elle s'intéresse vraiment à moi, en tant que Mikael et en tant que l'homme qui partage sa vie.

Mais, comme d'habitude, elle ne reste focalisée que sur le côté « je suis ta thérapeute. Je fais mon rôle comme il se doit ».

Je la trouve dans le salon privé, assise à table, encore en train de travailler sur son carnet, avec plein de livres qui l'entourent. Elle devrait me remercier d'avoir une bibliothèque aussi riche et variée en termes de catalogue. Je suis sûre qu'elle ne rencontrera jamais d'homme aussi parfait que moi.

Ne pensez-vous pas que je suis même parfait, dans mes imperfections ? Sinon, comment Ana pourrait-elle me supporter, à chaque fois ?

Non, ne me traitez pas de narcissique, encore moins d'être imbu de ma personne. Mais j'accepterai volontiers que vous me taxiez « d'incompris », voire de « torturé ».

Bref, je disais, en voyant Ana si concentrée, si engagée et si préoccupée, mon petit cœur, qui a appris à s'attendrir auprès d'elle, en souffre un peu. Je précise : juste un peu. Mais croyez-moi, c'est déjà quelque chose car en temps normal, mon minuscule cœur ne souffre pour rien ni pour personne.

Je crois que je vais donner un coup de main à ma femme, au lieu de la voir se triturer les méninges matin, midi et soir, en m'ignorant. Ce que je ne supporte guère.

Par conséquent, je vais lui faire un cadeau et lui révéler ce qu'elle veut savoir sur moi, depuis le début.

Pour dire vrai, elle m'a finalement conquis, dans sa manière de mener la thérapie.

A la longue, Ana a compris qu'une psychologue ne consistait pas à réciter ses théories apprises à l'école, mais plutôt à s'adapter à son patient et à apprendre avec ce dernier. Car tous les patients ne se ressemblent pas et chacun doit être « traité » différemment.

Cependant, je vous arrête tout de suite. Je n'ai jamais dit que j'étais « fou », comme le prétendent les autres, ni que j'étais un véritable patient.

Je suis sain d'esprit. Beaucoup plus que la majorité de la population, je n'en doute point. Et sûrement, vous non plus, n'est-ce pas ?

CHAPITRE 58

Ana

Il a fallu plus de trois mois, pour qu'enfin Mikael se confie et vide son cœur, auprès de moi, sa thérapeute...

— Je ne vais pas passer par quatre chemins. D'abord, la femme qui était venue me rendre visite, même si je ne l'ai pas vue, c'était bel et bien ma mère, puisqu'elle demeure la reine de Lucifer (royaume). Je n'ai pas voulu la voir parce que je la hais. C'est aussi simple que cela. De mes cinq ans à neuf ans, j'ai été violé par elle.

Je n'arrive pas à croire ce que j'entends. Violé ? Par sa propre mère ?

Flashback
(Mikael qui raconte).

Dans la chambre de petit Georges (cinq ans), ma mère entre et me retrouve au lit. Elle me déshabille.

— Maman, c'est l'heure du bain ? C'est toi qui vas me le donner aujourd'hui ? demandait petit Georges, en souriant.

— Tu es si beau, mon chou, encore plus beau que ton père. Imagine, même ta propre mère ne peut résister à ton charme si envoûtant, dit ma mère, en caressant longuement le pénis de petit Georges.

— Maman, tu fais quoi ? demandait petit Georges, en souriant innocemment.

Puis, ma mère commence à embrasser Georges, sur la bouche, langoureusement, avant d'abuser sexuellement de lui.

— Maman, non ! Mamaaaaan ! Noooooon, criait et pleurait petit Georges, apeuré.

Fin flashback

— Et c'était la même scène, jusqu'aux neuf ans de Georges. C'est là où Georges m'a créé. Mikael était né. Le dernier jour que ma mère a voulu encore coucher avec Georges, c'est moi qui suis apparu puisque Georges m'a créé dans le seul but de le protéger. Mais tous les membres de ma famille pensaient voir Georges devant eux, alors que c'est moi qui avais pris sa place. Aussi, personne n'était au courant de l'abus sexuel de ma mère. Alors, je me suis enfui du château avec Adrien, le garde personnel de Georges et avec d'autres gardes car le prince héritier doit toujours être surveillé.

Nous sommes venus nous installer à Rouen. Puisque je ne suis pas Georges, il me fallait mon propre prénom et nom. Etant un grand fan du Marquis de Sade, je me suis baptisé : « Mikael de Sade ». Je me suis enfermé dans le château et j'ai commencé à écrire des romans et à peindre des tableaux, en étant grandement inspiré, comme si j'avais vécu cent ans alors que je venais de naitre. Puis, à un moment de mon adolescence, vers mes quinze ans, mes activités artistiques ne me suffisaient plus pour extérioriser la rage et la colère qui se trouvaient en moi. Le viol répétitif de ma mère hantait mon esprit et m'obsédait comme pas possible. Les images me revenaient souvent. Alors, je me suis mis à dépuceler des jeunes femmes. Cette activité me procurait plus de plaisir que l'art auquel je m'adonnais. Je trouvais l'art passif alors que « détruire » les femmes, était concret.

J'écoute Mikael me raconter tout son passé. Il a les larmes aux yeux et tremble. Je me rapproche de lui et je l'enlace fortement pour le réconforter du mieux que je peux.

— Ana. Tu comprends que je ne puisse pas retourner au royaume, pour revoir cette sorcière, que je ne pourrai jamais appeler ma « mère ». Je veux rester vivre ici, pour toujours.

Qui me parle actuellement ? Mikael ou Georges ?

Mikael, bien sûr. Pourquoi je me pose cette question ?

Peut-être parce que j'ai l'impression que Mikael n'est pas le seul à pleurer actuellement. Cet évènement a été tellement choquant pour petit Georges qu'il a tout transféré à Mikael en le créant pour fuir cette dure réalité et vivre dans l'illusion que tout va bien. Voilà pourquoi Georges ne s'est jamais souvenu de cette période de son enfance. Il a préféré tout oublier en créant une seconde personnalité qui garde tous ses horribles souvenirs : Mikael.

Hélas, qui lui a dit que Mikael serait capable de contenir toute cette peine ? En fin de compte, parmi eux deux, ne serait-ce pas Mikael qui, durant toutes ces années, a souffert le plus ? Puisqu'il a toujours vécu avec ces souvenirs traumatisants, qui l'auront transformé à jamais.

Je ne défends pas ses actes vils et jamais je ne le ferai mais force est de reconnaitre que toute maltraitance physique ou sexuelle sur un enfant, qui se répète en plus, ne peut qu'avoir des répercussions, plus tard dans sa vie. Et tout individu le vivra à sa manière. Mikael l'aura vécu de la pire manière possible en détruisant ce qu'il existe de plus pur au monde, du point de vue de la religion : la virginité de la femme.

Parviendra-t-il un jour, à cicatriser sa blessure ?

Avons-nous fait un pas, aujourd'hui, dans notre séance de thérapie ?

— Ana. Sais-tu pourquoi je suis si possessif envers toi ? me dit-il, en me regardant avec affection, il a toujours les larmes aux yeux.

— Pourquoi ? lui rétorqué-je.

— Ma mère, ma propre mère a trompé mon père avec moi, son fils. Tu t'imagines ? Et maintenant que je suis tombé amoureux de toi, en tant que femme, à chaque fois que je pense à toi, je pense en même temps à la possibilité de te perdre. Je me dis que tu pourrais me tromper. Avec n'importe qui, même avec une « copine », ou un animal, avec quoi que ce soit. Je sais que c'est illogique tout ce que je te raconte, mais j'ai tellement peur de te perdre que je n'ai d'autre choix de te garder sous mes yeux, par tous les moyens possibles.

Je le serre encore plus fort dans mes bras et mes larmes coulent toutes seules. Je ne comprends pas que Mikael puisse parvenir à me toucher autant. Peut-être parce qu'aujourd'hui, en ce court instant, il se dévoile à moi, pour la première fois, en faisant preuve de sincérité et en acceptant de se mettre complètement à nu.

— Ana, je t'ai déjà dit que je n'aimais pas la douceur, encore moins les gestes d'affection. J'ai cru en vouloir venant de toi mais finalement ça ne sert à rien car quiconque espère, finira déçu…

— Comment ça je vais te décevoir ?

— Tu ne m'aimes pas. J'ai tué ta petite sœur. Tu ne m'aimeras jamais. Le pire ? Tu as dû tomber amoureuse de ce crétin de Georges… Et je sais que tu as hâte que je retourne et que je fusionne avec la personnalité de Georges afin que tu ne me voies plus.

Si seulement tu savais… Combien je me suis finalement attachée à un monstre comme toi. Si seulement tu savais… Combien je lutte constamment pour ne pas t'accorder de place dans mon cœur. Bien sûr que tu as tué ma petite sœur, jamais je ne pourrai oublier cela. Mais je pense que le Pardon existe bien pour quelque chose.

La grandeur de l'homme se mesure dans sa capacité à pardonner et non à se venger, n'est-ce pas ?

Ce n'est pas en te tuant que je vais faire revivre ma petite sœur, donc à quoi bon ?

Par contre, il est de mon devoir de te faire arrêter tous les crimes que tu commettais afin de ne plus faire de victimes…

Je ne pourrai jamais changer le passé, dont la perte de ma sœur. Mais je peux au moins tenter d'agir sur le présent.

Le soir tombé, les souvenirs de Mikael sont transférés à Georges, prêt à affronter la réalité. A présent, les mémoires des deux personnalités (Georges et Mikael) contiennent les mêmes éléments. L'amnésie traumatique de Georges a disparu.

Georges se met à pleurer, en se souvenant de son enfance.

Je suis dévastée par tout ce qui se passe. Je le prends dans mes bras pour tenter de le réconforter.

CHAPITRE 59

Ana

Mikael et moi avons un autre entretien, aujourd'hui. Sûrement, l'une de nos dernières séances de thérapie, voire la dernière, si tout se passe bien.

Je lui propose le même exercice que la dernière fois, portant sur les couleurs de cheveux des femmes.

Mais dès qu'il voit le portrait de la femme rousse, Mikael réagit mal en s'énervant et en quittant brusquement la salle. Je constate que ce problème n'est pas encore résolu.

En réalité, je voulais confronter Mikael à sa peur et sa haine des rousses afin qu'il arrête de tuer toutes les femmes rousses qu'il rencontre dans sa vie et qu'il apprenne à vivre avec son profond mal être, en adoptant un comportement plus contrôlé lorsqu'il sera en face d'une rousse.

Je ne vais pas abandonner. Même si Mikael s'est ouvert à moi et a enfin vidé son cœur, la thérapie n'a pas encore pris fin.

Nous sommes dans la phase ultime et la plus difficile.

Je vais devoir y aller un peu plus fort si je veux obtenir des résultats, sur la durée...

Dès l'après-midi, Mikael est allé se défouler dans la salle « Paradis sur Terre », encore et malheureusement.

Je sais que je suis la cause de sa colère, suite à la séance eue tout à l'heure.

Mais il y a autre chose : depuis la visite de sa mère, Mikael est devenu plus enragé et colérique. Il est redevenu violent et sadique, envers tout le monde.

Dans la salle « Paradis sur Terre », je perds tous mes moyens lorsque je trouve Mikael en train de forcer Nadia (nue) à lui faire une pipe.

Je me dis que je dois agir au plus vite car tous mes efforts du début sont en train de perdre leurs effets, sans compter Mikael qui empire, au lieu de se calmer. Je ne comprends plus rien.

J'attends que Georges réapparaisse, pour lui parler de mon plan.

— J'ai un derniers recours, pour confronter Mikael à sa peur, sa haine des femmes (rousses surtout) et sa rage intérieure. Je vais redevenir rousse. J'attendrai le temps qu'il faudra pour revoir pousser mes vrais cheveux (lorsque la racine des cheveux pousse, la couleur de la teinture disparait peu à peu et les cheveux retrouvent leur vraie couleur naturelle).

— Ne fais pas une chose pareille, c'est trop risqué. Mikael tue automatiquement toutes les rousses qu'il voit, me dit Georges.

— Je suis obligée de passer par cette étape.

— Ana, tu veux te sacrifier ? Tu veux mourir ?

— Soit il me tue... Soit il apprend à contenir cette rage qui est en lui.

Georges remue la tête disant non, il est inquiet pour moi.

— Stp, lorsque ce jour viendra, n'interviens pas. Ne viens pas pour me sauver. Laisse Mikael gérer tout seul. Même si je suis au bord de la mort, je te le demande, n'interfère pas.

— Ana, je ne t'ai jamais demandé de mettre ta vie en péril pour réussir la thérapie...

Je lui souris.

— Ne t'en fais pas. C'est un choix personnel.

J'ai attendu trois mois supplémentaires jusqu'à ce que mes cheveux roux repoussent de manière bien visible. Ils avaient déjà commencé à pousser, par contre j'étais tout le temps obligée de les teindre pour changer la couleur rousse. Cette fois-ci, j'ai demandé à la coiffeuse, dans le salon du château, de m'aider à teindre les bouts qui gardaient encore la couleur brune.

A présent, je suis redevenue totalement rousse.

C'est le moment d'agir et de mettre fin à la thérapie avec Mikael.

CHAPITRE 60

Mikael

C'est l'heure du déjeuner.

J'entre dans le salon, retrouver Mikael, déjà à table.

Dès qu'il me voit, il est surpris.

— Ana, c'est toi ? Qu'est ce qui t'arrive ? Pourquoi tes cheveux sont de cette couleur ? dit Mikael, qui devient déstabilisé et stressé.

— Je compte garder ce look. Je préfère cette couleur, Mikael. Même si j'étais née avec une autre couleur de cheveux, je crois que j'aurais souvent adopté la couleur rousse.

— Tu sais bien que je ne supporte pas cette couleur !! Vas changer ça immédiatement ! répond-t-il, en se levant, comme s'il me fuyait tout d'un coup.

— Je refuse, lui dis-je, en avançant vers lui.

Il recule, comme s'il ne voulait pas me faire du mal.

— Ne m'approche pas !! dit-il, en continuant de reculer.

Cette femme que je vois devant moi n'est pas Ana.

Ana n'est pas rousse. Ana n'est pas une sorcière. C'est un ange, à mes yeux.

Qui est cet imposteur devant moi ? Qu'est ce qui m'arrive ? Ferais-je des hallucinations ? On va vérifier ça tout de suite.

Cette putain de rousse ne va pas durer une seconde de plus dans mon château.

Je vais la tuer, tout de suite.

Je m'approche d'elle et je lui tire les cheveux de toutes mes forces. Elle hurle de douleur. Je la pousse brusquement, elle atterrit sur les carreaux. Comment ose-t-elle en plus se faire passer pour Ana ? Où est Ana ? La vraie Ana ? Qui est tout sauf une salope de la pire espèce. Ana est pure avec un cœur rempli de bonté. C'est pourquoi ses cheveux ne peuvent pas être roux !

La jeune femme rousse se relève.

— Mikael, c'est moi, Ana. Je sais ce que tu ressens. Mais tu dois savoir que toutes les rousses ne sont pas forcément comme ta mère ! Stp ! Toutes n'abusent pas sexuellement de leur enfant... Toutes ne te veulent pas du mal !

Cette femme a la voix d'Ana. Mais pas ses cheveux. Comment peut-elle l'imiter à ce point ? Me prend-t-elle pour une idiote ? Où est mon flingue ? Putain, encore ce

Georges de merde qui a dû garder ça quelque part dans la chambre. A chaque fois qu'il vient, il fout le bordel.

Je me dirige vers la porte pour aller prendre mon pistolet et en finir avec cette sorcière devant moi.

Alors que je marche, Ana me tire le bras pour m'arrêter. Je la gifle tellement fort, qu'elle se retrouve à nouveau sur les carreaux. Je continue mon chemin. Mais toujours, cette femme étalée par terre, tend son bras et retient ma jambe. Je suis à bout.

Je la soulève. Elle est debout et je l'étrangle, sous le coup de la colère et de la rage intense que je ressens actuellement.

Elle me regarde d'un air triste et commence à pleurer. Toutes ses larmes coulent, à flot. Je remarque ses yeux. De beaux yeux qui me font de l'effet. Pourquoi cette femme a les yeux d'Ana ? Elle ressemble tant à la femme que j'aime.

Sur le point de la suffocation, elle tente de retirer mon bras qui l'étouffe.

Je commence à être partagée à force de fixer ses yeux car cette femme me fait penser à Ana, mon épouse. J'ai les larmes aux yeux, sans savoir pourquoi.

Cette femme devant moi, me caresse le visage, avec affection et nettoie mes larmes. Comment peut-elle trouver le temps de m'attendrir alors que je suis en train de mettre fin à sa vie ?

Son toucher est si doux. Je ressens la même chose lorsqu'Ana me touche.

Je ne veux pas qu'elle retire sa main de ma peau. Je place mon autre main sur la sienne, posée sur mon visage. Je serre fort la main de cette femme.

Je sens l'odeur corporelle d'Ana en elle. Comment est-ce possible ?

Cette femme continue de pleurer, pourtant elle me sourit en même temps.

Me sentant apaisé et attendri, je commence à relâcher la pression de ma main sur le cou de cette femme, jusqu'à retirer complètement ma main.

Au même instant, elle vient de perdre conscience. Elle est sur le point de tomber, je l'attrape et la prends dans mes bras en la serrant fort. Elle me fait verser des larmes. Ça ne peut être qu'Ana. Aucune autre femme ne parvient à me faire pleurer, à part Ana.

C'est Ana. C'était Ana, devant moi. L'apparence peut mentir. Mais pas le toucher ni l'odorat.

CHAPITRE 61

Mikael

Pourquoi faut-il à chaque fois, que je mette en danger la vie d'Ana ?

Pourquoi faut-il à chaque fois, que je blesse cette femme ?

Qu'est-ce qu'elle n'a pas subi d'atroce, à mes côtés ?

Pourquoi Ana et moi ne pouvons pas nous aimer, en dehors de la douleur et de la souffrance ?

Je suis dans la chambre avec mon épouse. Elle est allongée au lit. Elle dort. Le médecin m'a assuré qu'elle allait bien. Je suis soulagé. C'est la deuxième fois que j'ai failli la tuer, par étranglement.

Décidément, ne suis-je bon qu'à cela ?

Je suis assis au bord du lit, en train d'observer ma belle Ana.

Elle a besoin d'un grand repos.

Je serai là pour elle.

Je prendrai soin d'elle.

Je veillerai à ce qu'elle retrouve une forme impeccable.

Je tacherai de lui montrer combien elle m'est précieuse et irremplaçable.

Je n'arrive pas à croire que je me suis retrouvé devant une rousse et je n'ai pas tué. C'est une première. Cela ne m'était jamais arrivé.

Cet instinct de tuer, à chaque fois que mes yeux repéraient cette couleur de cheveux, était plus fort que tout.

Mais aujourd'hui, grâce à une merveilleuse femme, une excellente psychologue, engagée jusqu'au bout de sa passion, j'ai pu maîtriser ma colère, à quelques secondes près de la mort de la victime.

Ana a pris un si gros risque.

J'admire de plus en plus cette femme.

Elle est forte, mais en même temps si altruiste et dotée d'un grand cœur.

Comme je disais au début, elle ne cesse de me donner Espoir.

Et elle l'a encore prouvé, aujourd'hui.

Je n'aime pas quand Ana s'endort pendant si longtemps.

Ma solitude se fait plus pesante et insurmontable.

Après être resté des heures à attendre désespérément son réveil, je finis par monter sur le lit, auprès d'elle et je me couche.

Demain, j'espère qu'elle se réveillera avant moi. Même si ça arrive rarement, car je ne dors jamais beaucoup.

La plupart du temps, je fais juste semblant de continuer à dormir le matin, jusqu'à ce qu'elle se réveille, afin qu'on se lève ensemble, du lit.

Et qu'on prenne notre bain, ensemble.

Qu'on porte nos vêtements, ensemble.

Qu'on prenne notre petit déjeuner, ensemble.

Bref, que l'on fasse tout, ensemble.

Oui, je suis peut-être un peu malade d'amour. Et c'est Ana, le virus qui m'a infecté. Dommage qu'elle n'en soit toujours pas consciente...

CHAPITRE 62

Ana

Je viens de me réveiller, dans les bras de Mikael, qui me serre fort. Je suis sûre qu'il ne dort même pas et qu'il s'est réveillé depuis. Je l'observe. Je contemple son visage. Mikael est si beau. Une beauté dont tu aurais du mal à croire que ça peut exister sur Terre. Même quand il n'ouvre pas ses magnifiques yeux, tu perçois la beauté de son visage.

J'adore me perdre dans son regard. Quand nous allons nous quitter, c'est ce qui va me manquer en premier.

La deuxième chose ? Ce sera sa manière unique de prononcer mon nom et de le répéter presqu'à chaque phrase.

La troisième chose ? Je crois que j'aurais dû commencer par ça... A votre avis, c'est quoi ? Son corps. Nos ébats sexuels, qui, depuis le début, sont restés magiques et emplis de passion.

Je soupire et tente de retirer discrètement son bras pour me lever.

Il m'enlace encore plus vigoureusement.

— Humm Ana. Tu as bien dormi ? Comment tu te sens ?

J'avais donc raison. Il ne dormait pas. Quel comédien. Je me demande qui est le meilleur comédien entre lui et Georges.

— J'ai un peu mal à la gorge mais ça va, lui répliqué-je.

— Avec mes doux baisers, ta gorge ira vite mieux, rassure-toi.

Je souris. *Quel pervers.*

— Ana, es-tu satisfaite de ton patient ?

Je souris encore. Mikael est une personne qui, dans une discussion, passe facilement du coq à l'âne, d'une manière déconcertante.

— Toi, es-tu satisfait de ta thérapie ? lui rétorqué-je.

— Tu réponds d'abord à ma question.

— Non, toi tu réponds d'abord.

— Ana, tu recommences !

— Recommencer quoi ?

— Ta rébellion !

— Pourquoi dès que je te contredis un peu, tu y vois de la « rébellion ».

— Ana, allons prendre un bain bien chaud puis baisons toute la journée, me dit-il en souriant.

Je plisse les yeux.

— Mikael, penses-tu à ma santé ?

— Faire l'amour est un autre moyen de se rétablir plus vite, ne le savais-tu pas ?

— Non.

— Je m'en fous, Ana. Tu me manques. Ton corps me manque.

— Mais, ne suis-je pas à tes côtés, actuellement ?

— Ça ne me suffit pas. J'ai besoin de te pénétrer également et de sentir toute ta chair sur la mienne.

Incroyable comment cet homme passe d'un langage raffiné à un langage vulgaire, en quelques secondes. Mikael est vraiment unique.

CHAPITRE 63

Ana

J'ai retrouvé le sourire. Le vrai sourire. Pas celui qu'on sort pour jouer un rôle dans la société.

Tout est bien qui finit bien. Devrais-je dire cela ?

Je suis fière de moi.

Mikael a enfin cessé ses activités criminelles. Bon, disons qu'il continue de lutter contre ses pulsions de détruire les femmes vierges et que de temps en temps, il lui arrive encore de déraper. Mais je peux vous assurer que je vois de l'évolution. Je vois qu'il lutte, de son plein gré et c'est cet aspect qui me rassure. Car personne ne peut véritablement soigner un patient à part lui-même, s'il se dote de volonté pour guérir.

Mikael n'a plus besoin de ma thérapie. A présent, il ne doit compter que sur lui-même pour devenir la nouvelle personne qu'il voudrait être.

Par contre, les traits de base de sa personnalité n'ont pas du tout disparu. Rien n'a changé même je dirai. Il est toujours aussi autoritaire, arrogant, lunatique, désagréable et exécrable.

Mais bon, comme on dit, « nobody's perfect » (personne n'est parfait).

C'est l'heure de se dire au revoir. Mikael va cesser d'exister et se combiner à Georges, pour ne faire plus qu'un.

— Ana, je te demande sincèrement Pardon. Pour tout ce que je t'ai fait subir... En commençant par cette première matinée (Tome 1), où je t'ai forcée à coucher avec moi... Je reconnais ma sale attitude. Je continuerai à lutter pour effacer cette rage en moi et j'apprendrai à mieux traiter les femmes.

Avec ces mots, Mikael me fait verser des larmes. Je suis submergée par mes émotions, toutes différentes les unes que les autres. Il s'est passé beaucoup de choses entre Mikael et moi. Il ne m'a jamais rendue indifférente. Je devrai dire qu'il m'a fait ressentir toutes les émotions qui puissent exister sur Terre. Avec lui, tout était si excessif, intense et exacerbé.

— Je te pardonne...

— Dis-moi que je vais te manquer, ajoute-t-il.

— Pourquoi je devrai te le dire ?

— J'ai envie de l'entendre, avant de fusionner avec Georges, avant de te dire au revoir...

Je reste silencieuse.

— Je t'écoute, dit-il.

— J'ai pas envie.

— Ana !

— Tu vas me manquer, Mikael...

Il sourit.

— Ana. Tes cheveux roux te vont... à merveille. Tu es encore plus belle qu'avant, me dit-il en dernier, juste avant de disparaitre, en fusionnant avec l'esprit de Georges.

Mikael est parti. J'ai l'impression qu'on vient de m'arracher le cœur.

Mikael a été mon premier patient, et qu'est-ce qu'il m'a épuisée. Mais en même temps, qu'est-ce qu'il va me manquer...

Il n'existera que Georges dorénavant ? Ou bien Mikael viendra parfois ? Je n'aurais jamais cru que je dirai une chose pareille un jour, mais je ne veux pas que Mikael s'en aille pour toujours.

Je crois que je me suis trop attachée à lui. Je dois au plus vite m'éloigner de Georges, Mikael et consorts pour reprendre ma vie d'avant.

Georges libère tous les employés du château afin qu'ils rentrent chez eux, avec une grande paie compensatrice pour chacun.

Nadia et moi, nous nous disons au revoir, mais pour sûr, nous garderons le contact.

Elle est devenue une amie, une personne importante dans ma vie. Elle va rentrer à Dijon, auprès de ses parents et chercher du travail là-bas. Je lui fais un gros câlin. J'espère qu'on pourra se voir de temps en temps, en se retrouvant dans une ville, par exemple.

Enfin, il ne reste plus que Georges et moi, dans le manoir.

Je suis si triste. C'est toujours difficile de quitter des gens avec qui on a cohabité pendant longtemps, surtout qu'on était tous enfermés, sans aucun contact avec l'extérieur.

CHAPITRE 64

Georges Mikael

Je dois rentrer chez moi, au royaume Lucifer et quitter Ana. Un choix très difficile, car comment quitter une femme dont on est tombé amoureux ?

Je sais qu'Ana doit partir pour recommencer une vie normale et que je lui ai assez privé de sa liberté.

Je ne cesse d'entendre la voix de Mikael qui me répète :

— Prenons-la de force et amenons-la avec nous.

Bien sûr, mon alter égo ne changera jamais. N'espérez pas trop.

— Laissons-la partir sinon elle va nous haïr, enfin te haïr à nouveau, répliqué-je dans ma tête, à Mikael.

— Georges, tu es trop stupide. On s'en fout. Prends-la, j'ai dit.

— Non, je ne le ferai pas. Et ferme-la, maintenant.

Ana et moi sommes dehors, devant le château. Elle me sourit.

— Bon voyage. Bon retour chez toi. Et dis à Mikael de ne rien tenter quand il reverra sa mère, me lance-t-elle.

— Ne t'en fais pas. Je serai là pour retenir mon alter égo violent et fatiguant.

— Je t'entends, Georges, me dit la voix de Mikael. Tu attends quoi pour avancer et l'embrasser ? Donne-lui une dernière fessée, serre-la fort dans tes bras.

Mon alter égo est tombé fol amoureux d'Ana. Moi aussi, pourtant. La seule différence entre nous deux ? Mikael est beaucoup plus passionné, spontané et expressif que moi.

J'avance vers Ana et je la prends dans mes bras. Elle est étonnée, avant de me serrer fort, elle également.

J'ignore si c'est vraiment la fin, entre Ana et moi.

Ou seulement, le début du commencement…

J'aimerais que ce ne soit que le prologue.

PARTIE 3

L'aventure (et les mésaventures) continue pour nos deux amants passionnés…

Palais royal
Dans le monde des démons

Bienvenue au monde des démons
Dans le royaume de Lucifer

N.B : Au lieu d'écrire « Georges Mikael », les chapitres seront intitulés « Mikael » tout court. Néanmoins, il s'agit bien de la nouvelle personnalité fusionnée. Vous comprendrez plus tard ☺.

Sinon, bienvenue dans le monde fantastique (et d'époque). J'espère que vous apprécierez et que le mélange des genres ne vous rebute pas.

Le monde des démons est composé de cinq royaumes dont celui de Lucifer.
Dans ce roman, c'est le royaume de Lucifer qui nous intéresse ☺.

CHAPITRE 65

Mikael

— Le prince héritier est de retour ! Roulement de tambour !

Je reçois un grand accueil lors de mon arrivée au royaume. Dans la rue, les habitants (tous des démons, mais à l'apparence humaine) sont alignés, en train d'acclamer : « Bon retour à votre Altesse ! Longue vie à votre Altesse ».

Je défile le long, en galopant sur mon cheval. Les gardes royaux, sur leurs chevaux également, m'escortent vers le Palais royal, où se trouvent le Roi (mon égoïste de père) et la Reine (sans commentaire), sans oublier les ennuyeux ministres de la Cour qui sont venus spécialement pour m'accueillir aussi.

Je rappelle qu'il fait nuit dix-huit à vingt-heures de temps, dans le monde des démons. Les heures restantes, il fait « jour ». Et notre jour ressemble plus à un coucher du soleil. Pour terminer, nous dormons le jour et sortons la nuit. *J'espère ne pas vous avoir embrouillés.*

Une autre chose essentielle à savoir : les membres de la famille royale m'appellent par « Georges » car ils ne connaissent que Georges. Mon nom est bien Georges de Lucifer. Ils ignorent ma double personnalité : Mikael de Sade.

Quand j'arrive dans le Palais royal, les ministres (une dizaine) sont tous vêtus de la même robe de service. Ils me font plus penser à des magistrats du monde des humains, sauf que les robes de nos ministres sont de couleur grise.

— Bonjour, père royal. Bonjour, mère royale, dis-je, à mes parents, qui sont en-haut d'une estrade, assis chacun sur leurs sièges. Je suis face à eux.

Nous sommes dans une gigantesque salle, bien décorée, obscure et éclairée uniquement par des bougies, comme chez moi, au manoir de Rouen. Nous sommes entourés par les ministres et quelques gardes royaux.

— Bienvenue au prince héritier, disent en chœur les ministres.

Je vois le comité des scientifiques de l'autre côté, j'aperçois mon cousin Éric, qui me sort un sourire avec un clin d'œil.

Après l'accueil chaleureux reçu dans le Palais royal, mon père demande à tout le monde de disposer. Je reste donc seul avec lui et ma mère, dans le salon du Palais.

— Georges. Après tant d'années, te voilà enfin, dit mon père.

— As-tu lu ma lettre au moins ? demande ma mère.

Je me souviens que la lettre a été déchirée par Mikael, sans l'avoir lue. Mais je connais déjà le contenu : ma mère qui m'annonçait que le roi est au bord de la mort, pour me faire venir le plus rapidement possible au royaume.

— Oui, je l'ai bien lue, répliqué-je, à la reine.

— Ah oui ? Pourquoi tu n'es pas venu aussitôt que tu l'as lue ?

— J'avais un empêchement.

— Un empêchement plus important que la vie de ton père ?

— Comment te sens-tu, père royal ?

— Cher époux, tu n'as même pas besoin de lui répondre. Je suis allée jusqu'à son manoir dans le monde des humains et ce fils ingrat n'a pas dédaigné de sortir pour me recevoir ! dit la reine.

— Je m'excuse, mère royale. J'étais un peu souffrant.

— Balivernes ! dit-elle.

— Le lieutenant m'a fait part d'une humaine avec laquelle tu fus très proche, là-bas. Est-ce vrai ? demande le roi.

Ce lieutenant alors. Quel rapporteur. Maintenant, que dois-je répondre à mon père ?

— Georges, fais pas l'imbécile ici. Assume notre relation avec Ana, sans ne plus attendre, sinon je te jure que je vais reprendre complètement possession de toi, me dit la voix de Mikael.

— Dommage que tu ne réfléchisses jamais, avant de vouloir agir. Dire à mes parents que je suis tombé amoureux d'une humaine, c'est créer la mort d'Ana. Tu y as pensé ?

— Je ne laisserai personne faire du mal à Ana.

— Sois un peu réaliste. Même si nous savons manier le pouvoir du feu, nous restons une seule personne contre mes parents et c'est mon père qui dirige l'armée également.

— Georges, je ne veux rien entendre de tout ce que tu me sors. Tu ne vas vraiment pas assumer la relation avec Ana ?

— Je veux la protéger.

— Qui ne veut pas la protéger ?

— Toi, tu la protèges mal, dis-je à mon alter égo Mikael.

Alors, je me lance pour répondre à la question de mon père (le lieutenant m'a fait part d'une humaine avec laquelle tu fus très proche, là-bas. Est-ce vrai ?) :

— En réalité…

Tout d'un coup, je ne parviens plus à parler. Que m'arrive-t-il ? J'ai d'atroces maux de tête.

— Mikael, si c'est toi qui veux forcer pour venir, n'essaie même pas ! Crois-moi, on trouvera un moyen pour être avec Ana. Après que je sois roi, je pourrai faire ce que je veux. Pour l'instant, ce n'est pas le bon moment pour dévoiler la relation amoureuse avec Ana.

— Effectivement, je fus très proche d'une belle humaine, répliqué-je au roi. Pour tout vous dire, si ce n'était pas cette humaine, jamais je n'aurais pu revenir auprès de vous aujourd'hui, en bonne santé.

Je vois déjà la reine qui ouvre grand les yeux tellement elle est choquée par ma réponse. Je calme juste mes pulsions mais j'ai envie de lui trancher la tête, à ma putain de mère. « Mère », mon cul, ouais.

Oui, comme vous avez dû vous en douter, c'est bien moi, Mikael. Je suis de retour. Rassurez-vous, je ne maltraite plus inutilement les femmes, ni n'en tue.

Par contre, je me battrai corps et âme pour l'unique femme dont je suis tombé amoureux. Qu'il pleuve, qu'il neige ou qu'il déserte, Ana et moi devons être ensemble et finir nos vies, ensemble.

CHAPITRE 66

Ana

Je franchis la porte de l'appartement et ma mère me prend dans ses bras. Elle me serre fort. Je suis si heureuse d'être de retour. Je compte rester auprès d'elle, le temps de trouver du travail.

Je vois une boîte de pâtisserie sur la table.

— Maman, tu ne manges pas sain à ce que je vois ?

— Oh, Ana. Une petite pâtisserie de temps en temps ne fait aucun mal.

J'ouvre la boîte et je prends un gâteau que je commence à déguster.

— Mais ta glycémie s'est stabilisée ? lui demandé-je, la bouche pleine.

— Oui, ma chérie. Rassure-toi, me répond-t-elle, en souriant.

Je me sens bien et apaisée auprès de ma mère. A part que les jours passent et je commence à ressentir un manque indescriptible, un vide grandissant, sans que je ne comprenne ce qui m'arrive.

Mikael est souvent dans mes pensées, sans que je ne puisse le chasser et l'oublier. J'ignore pourquoi car je suis persuadée de ne pas être amoureuse de lui. Ou bien, le serais-je, sans le savoir ? Comment sait-on qu'on est « amoureux » ? Comment devient-on quand cela nous arrive ?

Il fait nuit. Ma mère et moi, visionnons ensemble un film sur Netflix. Nous sommes installées sur le sofa et je suis couchée sur ses jambes.

Toute la journée, j'ai été évasive. Ma mère a dû le remarquer.

— Ana, qu'est-ce que tu as ?

Je remue la tête pour lui dire non.

— Rien, lui répliqué-je, en souriant.

Comment dire à ma mère que je souffre de l'absence de ce monstre de Mikael, qui en plus d'avoir tué sa fille, a failli la tuer elle également ?

Je sais que je ne devrai pas rabattre ce sujet puisque tout est terminé maintenant. Mikael a fusionné avec Georges et la nouvelle personnalité est devenue beaucoup plus équilibrée. Même si en fonction des situations, l'une sera plus influente que l'autre et vice-versa.

Les jours passent et je suis en attente continuelle de quelqu'un que je devrai oublier.

Je me mets à rêver de revoir cet homme à qui j'ai appartenu un moment, sur tous les plans. Je lui avais tout donné de moi. Et je suis restée plus d'un an, enfermée avec lui. Je crois que je n'en étais pas consciente car comme on dit, c'est lorsqu'on perd quelqu'un qu'on se rend compte de sa valeur.

Mikael/Georges me manque tellement. Je suis devenue accro à cet homme et c'est maintenant que je viens d'en prendre conscience. Il m'a rendue dépendante de lui. Je rêve de coucher à nouveau avec lui. Je rêve même de me disputer avec ce salaud de Mikael pour ensuite me faire punir sexuellement et jouir intensément.

Aujourd'hui, comment vais-je reprendre ma vie d'avant ?

Ces quelques mois que j'ai vécus auprès de Mikael étaient si intenses et m'auront transformée à jamais.

CHAPITRE 67

Mikael

Je suis retourné chez moi.

Je devrai être heureux, n'est-ce pas ?

En réalité, ça m'indiffère. Je m'étais habitué à Rouen, mon château là-bas (même si j'en ai un plus grand ici), ma vie de là-bas, les ennuyeux humains et pour ma dernière année, cette magnifique femme que j'avais auprès de moi, Ana.

Je ne cesse de penser à elle. Ana me manque.

Il me la faut. J'ai besoin d'elle, à mes côtés.

Aujourd'hui, si ce n'était pas Ana et ses compétences en psychologie, je n'aurais jamais pu revenir ici, auprès de mes parents, pour assumer ma future responsabilité en tant que prince qui doit hériter du pouvoir et gouverner tout un royaume.

Mais quelque chose cloche, car lorsque je me projette dans l'avenir, je vois Ana à côté de moi.

Je n'arrive plus à imaginer mon futur sans elle.

Je me rends compte qu'Ana a fait partie de ma vie depuis que je l'ai rencontrée.

Oui, ce que je dis, peut sembler fou mais si je dois devenir Roi, il faut qu'Ana soit ma Reine.

Je sais que ce ne sera pas facile.

Je sais que je suis en train de prendre un gros risque.

Je sais tout cela.

Mais je crois que l'amour, le vrai, n'a pas de limites.

De ce fait, j'ai pris ma décision. Sans ne plus attendre, je vais aller récupérer ce qui m'appartient : Ana.

Ma plus belle possession : Ana

CHAPITRE 68

Ana

Après avoir dîné, maman et moi débarrassons la table. Soudain, nous entendons une sonnerie.

— Si tard. Qui pourrait venir rendre visite à cette heure-ci ? s'interroge ma mère.

— Ou plutôt qui aurait l'insolence de venir déranger des gens à cette heure-ci ? ajouté-je. Ne regardons même pas qui c'est.

La personne persiste en continuant de sonner.

Agacée, je pars voir qui c'est.

Oh, mon Dieu. C'est Mikael ! Dites-moi que je rêve. Non, je dois sûrement halluciner. Cet homme est rentré d'où il venait. Pourquoi il serait revenu ? Et que fait-il ici ?

— Ana, c'est qui ? demande ma mère.

— Euh... quelqu'un.

— Comment ça quelqu'un ? Tu le connais ?

— Tu te souviens de mon premier patient ?

— Ton premier patient ? Tu parles de Georges ? Qui avait fait une crise ici jusqu'à ce que tu m'aies enfermée dans la chambre ?

C'est vrai. Tous ces drames avaient eu lieu. Comment ma mère pourrait-elle oublier ce Georges alias Mikael ?

— Oui exactement, lui rétorqué-je.

— C'est Georges ?! me demande ma mère, d'un air abasourdi.

— Euh, maman ça va ?

Je la sens effrayée. J'imagine qu'elle garde de mauvais souvenirs de cette nuit.

— Ana, je suis désolée mais n'ouvre pas la porte !

— Pourquoi ?

— Tu oses demander pourquoi ? Je me souviens bien que tu pleurais ce jour-là, avant de me quitter brusquement. Et je ne veux rien comprendre quant à la maladie mentale de cet homme. Si tu es psy, moi je ne le suis pas.

— Maman, peux-tu te calmer stp ? Georges est complètement guéri maintenant. Il ne refera plus de crise, crois-moi si je te le dis.

Je vois ma mère qui croise ses bras avec le visage fermé.

— Maman, tu as toujours été ouverte d'esprit. Ne le juge pas si sévèrement. Vas-tu le renvoyer si tardivement ?

— Ana, serais tu tombée amoureuse de cet homme ?

Je rougis aussitôt.

— Bien sûr que non.

Soudain, j'entends Mikael derrière la porte en train de hurler mon nom :

— Ana ! Ana ! Tu es là ? Madame Duval ? C'est Georges.

Ma mère se dirige vers la porte. Je la sens agacée. Que va-t-elle faire ? Elle ouvre brusquement la porte et Mikael lui sourit.

— Bonsoir tata.

— Bonsoir Georges. Oui, tu désirais ?

Maman ? Qu'est ce qui lui arrive ?

Je rejoins ma mère. Dès que je vois Mikael, je suis toute agitée intérieurement. Toujours aussi beau et sexy, avec cette envie de te perdre dans ses yeux à la Ian Somerhalder (l'acteur principal de la série « The Vampire Diaries »).

J'ai juste envie que Mikael me serre fort dans ses bras. Il me dévore du regard. Comme s'il n'existait plus que lui et moi à cet instant précis. Ma mère nous regarde à tour de rôle.

— Ana ! crie-t-elle.

Je redescends sur Terre et remballe mon attirance pour cet homme.

— Bonsoir Georges. Qu'est ce qui t'amène à cette heure-ci ?

— Pourrais-je passer la nuit ici, svp ?

Ma mère est surprise. Moi, moins. Après tout, je suis déjà habituée à l'imprévisibilité et à l'audace de mon ex-mari.

— Que se passe-t-il ? lui demande ma mère.

— Laisse-le entrer et se poser au moins, stp, chuchoté-je à ma mère.

Elle lui cède le passage.

— Merci beaucoup, tata, dit Mikael, en souriant.

Je sais qu'il joue à l'adorable devant ma mère. Je vois dans son jeu. Je me demande ce qu'il est venu faire ici.

Mais en même temps, je suis si heureuse de le revoir. Il m'avait tant manquée. Il me manque toujours d'ailleurs. Il va me manquer jusqu'à ce qu'il me touche, et que je sente sa peau et tout son corps sur le mien. L'aspect charnel de notre relation a toujours été très présent. C'est la raison pour laquelle le manque est difficile à gérer quand je suis à distance de lui. J'ai constamment besoin de sa présence physique. C'en est effrayant.

Mikael s'installe sur le canapé. Ma mère et moi nous installons sur l'autre canapé et nous l'écoutons.

— Tata, je souhaiterais discuter avec ma thérapeute.

— Ça ne répond pas à la question : qu'es-tu venu faire ici ? répond ma mère.

Ça alors. J'ignorais que ma mère gardait une rancune envers Georges.

— Avant cela, je voudrais vous présenter sincèrement toutes mes excuses pour la dernière fois.

Ma mère regarde de l'autre côté. Elle est trop dure avec Mikael. Je lui donne discrètement un coup de coude pour la faire réagir de manière plus diplomatique.

— Excuses acceptées, répond-t-elle. A présent, pourrais-je savoir ce qui t'amène si tard chez moi ?

— Ana, répond sur le coup Mikael.

Ma mère plisse des yeux.

— C'est-à-dire ?

— Comme je disais tantôt, je souhaiterais lui parler.

— Un appel n'aurait-il pas suffi ? demande ma mère.

Waouh, qu'est-ce qu'elle est méchante avec Georges.

— Maman, laisse-moi échanger avec mon ancien patient. Il existe des choses un peu délicates comme sujets de discussion. Il pourrait être gêné d'entrer dans les détails avec toi, dis-je, en souriant.

Ma mère soupire puis elle se lève.

— Tu dors dans le salon. Les toilettes sont là-bas, tout droit devant toi. Aucun autre espace ne t'est autorisé, dit ma mère, très protectrice envers sa fille.

Hélas, si seulement elle savait que cet homme devant lui a été ma première expérience sexuelle et qu'il m'a même épousée avec une vie maritale, remplie de drames inimaginables.

Serais-je un jour prête à raconter tout cela à ma mère ? Elle ferait un malaise sur le coup.

Enfin, elle part nous laisser seuls, Mikael et moi.

Dès que ma mère entre dans sa chambre, Mikael cesse sa comédie et sort son vrai visage.

— Ana, ta mère est très dure. Serait-ce pourquoi toi également tu es parfois si dure avec moi ? Aurais-tu hérité de ce défaut auprès d'elle ?

— Quand ai-je été dure avec toi ?

— La majeure partie du temps, tu luttais constamment pour ne pas succomber à mon charme. Ai-je vrai ou faux ?

— Aucun des deux.

— Ana, tu joues à l'insolente ?

— J'ai été ton épouse. Comment ne pas finir insolente ?

— J'ai envie de te gifler et de te fouetter.

— Je sais. Dommage que tu sois obligé de te retenir en jouant à l'homme « clean » car nous ne sommes pas seuls dans cet appart.

— Ana. Ton cul me manque. J'ai envie d'explorer à nouveau tous les coins et recoins de ton corps. J'ai envie de me coucher sur tes petits seins. J'ai envie de sentir l'odeur de la chair de tes fesses.

Il a fallu uniquement ces simples mots pour que cet homme réveille mon désir sans limites, pour lui.

Il se lève et me tire le bras pour me soulever.

— Qu'est-ce que tu fais...

Il ne me laisse pas finir ma phrase. Il m'embrasse sur la bouche. Nous fermons les yeux et nous nous laissons embarquer dans un baiser langoureux et passionné, ayant oublié que nous ne sommes pas seuls dans cette maison. Il balade ses mains dans mes fesses et me fait une forte tape. Je fais entrer ma main dans sa chemise et je lui caresse son torse en descendant jusqu'à son ventre. Je sens déjà sa verge en érection. Il me donne des baisers au cou, j'aimerais qu'il ne s'arrête jamais. Je commence à gémir de plaisir. Mikael est devenu comme un engin, rempli de désir qu'il ne peut plus contenir.

Il ne peut plus faire marche arrière. Pourtant, il devrait. En plus, on est dans le salon. Ma mère pourrait sortir d'un moment à l'autre et nous surprendre.

Je me force et je retiens Mikael. On se regarde, intensément. Il m'embrasse à nouveau. Au secours. Je suis incapable de lui résister également. Et je suis tellement excitée que j'ai envie qu'il me prenne tout de suite.

J'essaie de ramener ma raison ici pour stopper Mikael.

— Pas ici, contrôle-toi, lui dis-je.

— Me contrôler ? Avec toi ? M'as-tu déjà vu y parvenir ?

Il me retourne brusquement, je lui montre dos. Il baisse mon pantalon d'un geste rapide, puis ma culotte. Mikael est sérieux ? Il veut me baiser au milieu du salon ? Quelle audace ce mec. Non, quelle folie plutôt.

Il fait baisser aussi son pantalon. De sa main, il frotte ardemment mon vagin. Je me mets à bouger dans tous les sens, en faisant de légers bruits de plaisir. Sans attendre, il insère son pénis dans ma chatte toute mouillée et fait des vas et viens rapides. Je bouge avec lui, le suivant à son rythme de pénétration. Le sexe spontané donne des sensations extrêmes. Le plaisir ressenti est décuplé. J'imagine que c'est tellement bon que Mikael n'a pas retiré sa verge. Il a joui en moi. Il me donne une fessée.

— Humm Ana. J'ai adoré. Tu m'as fait vibrer, comme toujours.

Je suis heureuse de l'entendre dire ça. Moi aussi, j'ai adoré. Je souris et me rhabille vite. Il se rhabille aussi.

Retour à la réalité.

— Tu fais quoi ici ? lui demandé-je.

— Tu n'es pas contente de me revoir ?

— À ton avis ?

— Ana, tu es si inexpressive de nature ? Ou juste timide ? Ou pudique ? Ou quoi ?

— Pourquoi tu me dis tout ça ? Tu veux m'entendre te faire des déclarations d'amour ?

Mikael hoche la tête.

Je suis pensive. Je reste silencieuse. Suis-je vraiment amoureuse de Mikael ? Ou est-ce uniquement du désir ? De la passion ? De la dépendance ? Du conditionnement ?

— À quoi tu penses ? me demande-t-il.

— À la raison de ta venue.

— Suis venu récupérer ce qui m'appartient. C'est aussi simple que cela.

— Ce qui t'appartient ? C'est à dire ?

— Ma possession ayant la plus grande valeur dans ce monde : toi, me répond-t-il.

Je rougis et me laisse émouvoir par les mots insensés de Mikael. Non, je ne veux pas être une « chose » pour cet homme mais sa seule chose, pourquoi pas ? S'il reste fidèle à moi et que son désir pour moi demeure sans limites, pourquoi je n'en serai pas heureuse ?

L'idée d'être possédée par lui ne me rebute pas (ne me rebute plus).

Je souris et j'avance pour enlacer Mikael. C'est plus fort que moi. Cet homme m'a manquée comme pas possible. Il est surpris. Je sais que je lui montre rarement des gestes d'affection.

Après tout ce que lui et moi avons vécu ensemble, ce n'est pas facile pour moi, sans compter la mort de ma petite sœur. Donc, je me suis souvent contrôlée, face à Mikael. Enfin, j'ai souvent essayé car parfois, ça ne marche pas. Comme tout de suite.

Il m'enlace fort aussi. Tellement fort que j'en étouffe. Mais en même temps, j'adore.

— Prépare-toi à quitter le monde des humains, pour toujours, me dit-il.

— Pour toujours ?

— Bien sûr. En venant avec moi, c'est pour rester ensemble jusqu'à la mort.

— Où ça ? Dans ton royaume ?

Mikael hoche la tête.

— Je vais y réfléchir.

— Pas besoin. Je n'ai pas besoin de ton avis.

— Mikael !

— Oui, mon épouse ? Si tu ne parles pas doucement, ta méchante mère va sortir tout de suite de sa chambre et dans ce cas-là, je n'aurais d'autre choix que de la tuer pour t'amener.

— La tuer ? Tu es sérieux ? Il y a des choses avec lesquelles je ne blague pas...

— Moi, non plus, Ana. C'est pourquoi je ne te demande pas de choisir quoi que ce soit. Tu n'as qu'une seule option : venir avec moi. Ou alors perdre ta mère.

Je n'arrive pas à croire qu'il est en train de me menacer et de me faire du chantage.

— Ne m'en veux pas. Faut plutôt en vouloir à mon cœur et à ma queue qui sont complètement obsédés par toi, ajoute-t-il.

— Laisse ton cœur et ta queue en dehors de ça et assume ton égoïsme, c'est mieux.

Au même moment, ma mère sort de sa chambre et nous voit.

— Vous êtes toujours là ? Ana, il se fait tard. Et si tu allais te coucher jusqu'à demain vous continuez. Une jeune femme doit savoir se respecter un peu.

Pourquoi ma mère me sort ces phrases-là ? En plus, devant l'exécrable de Mikael ?

— Quant à toi, Georges, je te souhaite une bonne nuit, dit ma mère, en éteignant la lumière.

Je suis choquée.

— Merci, tata. Bonne nuit à vous aussi, dit Mikael en souriant.

Je comprends que je dois dégager du salon et rejoindre ma chambre. Alors je m'en vais.

CHAPITRE 69

Mikael

L'effrayante mère d'Ana vient de mettre fin à ma discussion si importante menée avec sa fille. Et elle vient aussi de me séparer physiquement de mon épouse. Ne sait-elle pas que sa fille m'appartient ?

Je m'allonge sur le canapé. Oh, merde. Ce n'est même pas confortable. Je suis habitué à de la qualité en toute chose. Comment pourrais-je dormir ici ?

Bon, je vais me forcer. Après tout, je suis chez ma belle-mère. Pour elle, je peux faire un petit effort, pour quelques heures.

Alors, je m'allonge à nouveau.

Une heure plus tard, je ne parviens pas à dormir. Je me retourne de chaque côté.

Je crois que la mère d'Ana doit être en train de dormir, maintenant.

Donc, je me lève tout doucement et je me dirige vers la chambre d'Ana. Je sais où c'est car d'après mes observations, l'appartement est composé de deux chambres. Celle de la mère d'Ana et celle où se trouve actuellement, ma belle possession.

Ana, attends-moi. Cette nuit, nous allons dormir ensemble. Comme au bon vieux temps.

CHAPITRE 70

Ana

Je suis couchée mais j'ai une insomnie. Je pense aux paroles de Mikael et à mon probable départ. Qu'est-ce que je dois faire ? En plus, il se permet d'inclure ma mère dans tout cela en menaçant de la tuer. Je sais qu'il est prêt à tout pour obtenir ce qu'il veut. Il a toujours fonctionné de la sorte et ce trait de sa personnalité n'a pas disparu puisque dans la nouvelle personne, se trouvent à présent une moitié Georges, une autre moitié Mikael, si je ne me trompe.

Et je continue de l'appeler « Mikael » car c'est une habitude tout simplement. Dire « Georges Mikael » serait trop long, en plus.

Alors que je suis à fond dans mes pensées, j'entends la porte s'ouvrir. Je regarde vers la même direction et je vois un homme s'approcher vers moi. Je ne suis pas bête, je sais que c'est Mikael. Mais je me dis juste : « il n'a pas osé ? ». Il arrive devant moi et retire brusquement ma couverture.

— Humm Ana. Quelle belle robe de nuit, dit-il, en insérant son doigt dans mon vagin.

Je crie aussitôt, sans même savoir pourquoi. Ses gestes ont été si rapides et sa façon de stimuler ma chatte est si brutale. Cet homme est tellement animé de violence, c'est incroyable. Et pourtant, ça fait son effet sur moi.

Il pose sa main sur ma bouche pour empêcher mon cri de se faire entendre.

— Ana. Combien de fois on a passé la nuit ensemble ? Et tu cries de la sorte comme si je te violais ?

Il retire sa main de ma bouche et de ma chatte.

— C'est le cas, lui dis-je.

— Quoi ça ? Tu es sérieuse ? Tu oublies que je suis ton mari ?

— Tu l'étais.

— Je le suis toujours et je le serai à vie.

— Pause. A qui je parle ? Mikael n'est-ce pas ?

— Tu es pathétique. Georges et moi avons fusionné tu as oublié ?

— Sauf que celui à qui j'ai affaire n'est pas Georges mais Mikael à cent pour cent, n'est-ce pas ?

— Et alors ? Georges est trop mou. Même s'il t'aime, il n'est pas prêt à prendre des risques et à se battre pour cet amour, contrairement à moi qui serai prêt à mourir, par amour.

Je roule des yeux. Cet homme est parfois si dramatique.

— De ce fait, Georges me délègue la plupart des situations à gérer. Ce n'est pas pour rien que je suis le grand « Mikael de Sade ».

— N'importe quoi.

— Ana, vas-tu passer ton temps à me saboter ?

— Et toi alors ? Tu n'as pas changé à ce que je vois. Tu fais toujours ce que tu veux, sans prendre en compte l'avis de l'autre.

— Je t'ai toujours dit que le vrai amour, c'est accepter l'autre tel qu'il est.

— C'est bon. N'entre pas dans des définitions du vrai amour. Comme si tu en savais quelque chose.

Mikael monte complètement sur le lit et entre dans ma couverture en se collant à moi.

— Ana, t'ai-je manqué durant toutes ces nuits que tu as passées sans moi ?

Je l'ignore et je me retourne de l'autre côté. Mikael se met à me chatouiller. Je suis incapable de me retenir alors je me mets à rire, malgré moi. Puis il me tire de force et me fait coucher sur lui. Il m'enlace fort avec ses deux bras pour me retenir prisonnière de son emprise.

— Ana. Il faut vraiment que tu viennes avec moi.

— Pourquoi ?

— Je ne peux pas vivre sans toi.

Est-il sérieux ? Aurait-il ressenti le même manque que je ressentais, tous ces derniers jours lorsqu'il était loin de moi ? J'ai envie de lui répondre que moi non plus, je ne peux plus vivre sans lui et qu'il est devenu comme une drogue, pour moi.

— Il a fallu qu'on se sépare seulement quelques jours pour que je me rende compte de combien j'ai besoin de toi, à mes côtés, me révèle Mikael.

Je suis émue de l'entendre dire tout cela. Je le sens sincère dans ses déclarations enflammées.

Nous nous endormons collés l'un à l'autre, n'ayant pu résister à l'envie de passer ensemble, notre première nuit de retrouvailles.

Tôt le matin, avant le lever du soleil, je réveille Mikael et lui demande d'aller se coucher dans le salon avant que ma mère ne sorte de sa chambre et ne le trouve pas là-bas.

Sur le lit, je suis dans ses bras et je n'ai même pas envie de les quitter.

— Ana. Le soleil... me dit-il.

— Tu n'as pas amené tes pilules du jour ?

— Oui, mais n'oublie pas que l'effet des pilules ne dure pas longtemps. Et puis, dès ce soir, partons.

— Tu ne peux pas faire doucement ?

— La douceur et moi sommes diamétralement opposés.

— Mais partir ce soir... ?

— Je ne te demandais pas ton avis. Je t'informais, me répond-t-il, avec arrogance.

Pff, voilà qu'il m'énerve déjà si tôt le matin.

— Ne me pousse pas à utiliser la force pour t'amener, ajoute-t-il.

— Tu recommences. Avec tes façons de faire égoïstes et agressives !

— Ne m'y pousse pas, c'est tout.

— Tu veux dire quoi par-là ?

— Tous mes actes dépendront de ton obéissance et de ta soumission.

— Mikael. Tu veux quoi ?

— Ana. Parfois, je me demande comment tu as pu avoir ton bac pour faire cinq années supplémentaires à l'université.

— Maintenant tu t'attaques à mon intellect !

— Ne sais-tu vraiment pas ce que je veux ? Ne viens-je pas de te le dire ? Toi, en chair et en os. Que tu viennes, avec moi. Que tu restes à mes côtés, pour toujours. Là où je serai, que tu y sois.

Je suis pensive et ce qu'il vient de me dire me plaît beaucoup. Mais n'est-ce pas un peu brusque ? Comment je peux partir tout de suite et quitter ma mère si brusquement ? Ainsi que le monde des humains dans lequel je suis née ?

Que sais-je de ce que je vais trouver dans le monde de Mikael.

J'ai un peu peur, car c'est totalement de l'inconnu pour moi.

Vivre auprès des démons ?

C'est compliqué car j'ai vraiment envie d'être auprès de Mikael. Non, ce n'est plus seulement une envie. C'est un besoin pressant et permanent. C'est si bizarre mais je me sens exister auprès de lui. Je me sens désirée et poussée des ailes. Je me sens importante. Je me sens unique et spéciale. Son « amour » (bizarre mais fou) et son désir sont tellement centrés sur moi qu'il parvient à me convaincre de le suivre partout où il ira. Même en enfer.

Je crois que c'est le comble quand on vit une forte Passion avec quelqu'un. On devient irrationnel et on ne réfléchit plus avec la tête, mais uniquement avec le cœur et le sexe. Ce qui fait que les sentiments et les sensations prennent une place plus importante lors des prises de décision.

Alors, Mikael est retourné dans le salon et a joué le jeu d'homme « adorable » devant ma mère.

Quant à moi, je ne cesse de me demander ce que je veux vraiment. Partir avec Mikael ou rester ici ? Je veux être avec Mikael, ça je n'en doute pas. Il m'a habituée à lui, qu'est-ce que j'y peux ?

Mais ce n'est pas facile non plus de tout quitter pour se jeter dans un nouveau monde. Un monde surnaturel en plus...

Et comment dire au revoir à ma mère ? Quel mensonge vais-je bien pouvoir inventer encore ? Ne lui ai-je pas assez menti ?

CHAPITRE 71

Ana

J'ai dû dire à ma mère que j'avais trouvé un job, dans l'entreprise de Georges qui me donnerait un poste de psychologue. C'est ainsi que j'ai pu la quitter. Et elle attend que je lui envoie le contrat de travail, m'a-t-elle dit.

Pour le pays, je lui ai fait savoir que l'entreprise est basée aux États-Unis.

Bref, comme vous avez dû le comprendre, j'ai menti à ma mère sur toute la ligne, afin de pouvoir suivre Mikael et d'éviter en même temps que le pire ne lui arrive (à ma mère).

Même si Georges et Mikael ont fusionné, Georges enferme cette part sombre en lui qui n'est représenté par personne d'autres que Mikael. Et je connais Mikael. Ses paroles et ses menaces ne sont jamais à prendre à la légère.

Je persiste en disant que cet homme est fou.

Mais en même temps, un peu attachant...

Et moi, encore plus folle, de m'être finalement attachée à lui…

CHAPITRE 72

Ana

Avant d'aller au monde de Mikael, nous sommes d'abord retournés au château et là-bas, Mikael s'est mis à m'entrainer sérieusement sur le tir d'armes à feu afin de savoir me défendre. C'est plus sûr, concernant son royaume, qui peut être dangereux.

Ensuite, nous avons quitté pour partir.

Arrivés à la porte du royaume de Lucifer, Mikael et moi sommes encerclés par les gardes royaux.

— Nous sommes venus arrêter le prince héritier qui a dérogé à l'ordre impérial, en s'accompagnant d'une humaine, qui est une race inférieure à celle des démons.

Comment ça ?

N'ayant pas le choix, Mikael et moi avons décidé de nous battre contre eux. Ils font plus d'une centaine. Et j'ai un peu peur d'être un fardeau pour Mikael, même s'il m'a appris certaines techniques de défense, en plus du Krav Maga que je maitrisais déjà, je ne reste qu'une humaine, face à des démons.

Mikael manie de sa main du feu et élimine par lot de gardes. Je suis époustouflée.

— Tu sais manier le feu ?

— Je me trouve dans mon monde. Tu as oublié que nos pouvoirs y fonctionnent correctement ?

Nous dominons la situation, en étant parvenus à nous débarrasser des gardes. Malheureusement, alors que nous avions cru en avoir fini avec l'adversité, le lieutenant (qui était venu au château) apparait et me prend en otage en plaçant son pistolet sur mon front. Tout a été si rapide que nous n'avons rien vu venir, car nous avions baissé notre garde. Mikael est surpris et déstabilisé.

— Vous osez désobéir à votre père pour cette simple humaine de rien du tout, qui demeure une meurtrière en plus, en ayant tenté de vous assassiner, dit le lieutenant.

Mikael, inquiet, accoure vers moi.

— Vous faites un pas de plus, je lui explose le crâne, dit le lieutenant.

— Ne touche pas à Ana !!

— Pour cela, vous devez coopérer.

— C'est-à-dire ?

— Cessez de vous défendre et laissez les gardes vous amener au Palais royal, voir votre père.

— Je comptais déjà y aller, avec Ana.

— Vous allez arrêter avec Ana bon sang ! Auriez-vous oublié qui vous êtes et d'où vous venez ?! Depuis la nuit des temps, les humains ne sont que des esclaves des démons et vous oseriez vous trimballer avec une humaine pour aller voir le roi ?

— J'en ai rien à foutre de ces règles insensées, ne lui faites aucun mal !!

— Dis donc Georges, qu'est-ce que vous avez changé. Vous étiez un enfant si calme et obéissant.

— Georges ? dit-il en souriant.

J'imagine que Mikael a une place égale à Georges dorénavant. J'ignore si c'est une bonne ou mauvaise chose mais au moins, je peux dire que Mikael apporte plus de hargne et de courage à la personnalité de Georges. Les deux esprits combinés, c'est une personnalité explosive.

— La place de cette humaine se trouve auprès des esclaves qui travaillent pour notre race : soit auprès des champs d'or et de diamants pour continuer à accroitre notre richesse inépuisable soit auprès de la famille royale comme esclave sexuelle et rien d'autres.

Je suis surprise. Qu'est-ce que ce méchant lieutenant vient-il de dire ? Donc les humains sont vraiment les esclaves des démons ? Comme ce que me disait Georges…

— Ne lui fais aucun mal, je pars répondre à mon père, dit Mikael.

Je sais que Mikael est obligé d'aller au Palais royal, sinon ma vie sera en danger. Néanmoins, je suis effrayée et je me demande ce que le lieutenant et ses hommes comptent faire de moi.

CHAPITRE 73

Ana

A peine arrivée dans le royaume de Mikael, les problèmes pleuvent déjà.

Était-ce vraiment une bonne idée qu'il m'amène ici ? Déjà, d'après ce qu'il m'a raconté, il pleut souvent dans ce « monde ». Beaucoup plus souvent que dans nos pays. Le soleil, assez faible, sort rarement. Je me demande comment font les habitants pour ne pas finir dans des dépressions. Rien que le climat peut donner facilement le coup de blues.

Je suis menottée et attrapée par deux gardes qui me traînent dans une prison, très sombre. Oh, mon Dieu. Que comptent-ils faire de moi ? M'enfermer ? Ils sont sérieux ? Et où est Mikael ?

Le lieutenant marche devant les gardes et moi.

— Jeune humaine, tu vas attendre sagement dans une cellule, le temps que le roi nous transmette ses directives quant à ton avenir.

— Mon avenir ? Je ne comprends pas.

Le lieutenant s'arrête et se retourne vers moi.

— Ici, les humains ont deux avenirs possibles : être esclave, sexuel quand c'est une femme, ou finir en prison pour désobéissance et atteinte à l'ordre public.

Comment ça ? Je ne sais même plus quoi penser. Mikael, tu es où ? J'ai peur...

Nous arrivons devant une cellule. Le lieutenant ouvre la porte avec une clé.

Les deux gardes me jettent à l'intérieur et referment aussitôt la porte en barreaux. Ils s'en vont avec le lieutenant. Je me retrouve par terre. La cellule est vide. Même pas de banc où s'assoir. Une bougie est allumée. Les carreaux où je suis posée, sont froids et poussiéreux. Je commence à tousser.

CHAPITRE 74

Mikael

Je suis au Palais royal, debout en face de mon père.

— Alors comme ça, tu ne badinais pas quand tu disais être tombé amoureux d'une humaine.

— Je maintiens cette phrase, dis-je à mon père.

Il soupire.

— Tu as disparu pendant presque vingt-ans. Nous t'avons laissé revenir de ton plein gré. Tu es né dans une famille noble. Ton avenir a été tracé lorsque tu étais encore dans le ventre de ta mère. Tu es amené à gouverner tout un peuple. Dis-moi Georges, que fais-tu des règles de ton royaume ?

— Les règles sont faites pour être brisées, n'est-ce pas ?

— Tu as beaucoup changé. Enfant, tu avais un caractère doux, obéissant et innocent. Maintenant, tu es devenu rigide, têtu et audacieux.

— Ce ne sont pas de bonnes qualités pour diriger ?

— Pour diriger, uniquement pour diriger, oui. Mais lorsque c'est utilisé pour défendre des intérêts de bas gamme portés sur une humaine, c'est... ridicule.

— Papa, où est Ana. Que comptes-tu faire d'elle ?

— Pourquoi l'avoir amenée ici, d'abord ?

— Je l'aime et j'aime être à ses côtés. Pourquoi tu as épousé maman ?

— Par devoir avant tout. Les sentiments ne viennent jamais en premier, lorsqu'on est amené à devenir roi. Je vois que tu as encore beaucoup de choses à apprendre.

— Tu as épousé maman par devoir ?

— Oui. Elle est née dans une famille noble. Et elle m'était destinée depuis son enfance. Et toi également tu épouseras une démone de famille noble en prenant le soin de combiner les intérêts de chacun de vos territoires ou royaumes.

J'en veux à ce connard de Georges d'être revenu ici. Je hais ma famille.

— Tu dois sûrement vivre une amourette. C'est passager. Ne te mets pas à dos tes propres parents pour une simple humaine. Et surtout, ne déshonore pas ta famille, Georges.

S'il savait que j'ai déjà épousé Ana. Et que ce n'est pas une amourette comme il le pense.

— Tu n'as qu'à choisir. Je laisse crever cette humaine en prison. Ou bien je l'offre à ton oncle royal.

Je suis surpris. Qu'est-ce qu'il vient de dire ?

— L'offrir ?

— Georges. Tu me déçois, décidément. Aurais-tu oublié que les humaines ne sont que de simples esclaves ?

Je serre mes poings. Ma colère monte. J'ai envie d'exploser. Donner Ana en esclave à quelqu'un ? Rien que d'y penser me fait enrager.

— Tu as fait ton choix ? Tu ne peux pas déroger aux règles, même si tu es mon fils puisque même moi, en tant que roi, je suis obligé de suivre la loi. Sinon, comment rester crédible auprès du peuple et des ministres ?

— Papa. Tu ne peux pas faire une exception avec Ana ? Je te le demande.

— Ta réaction me surprend énormément. Serais-tu en train de me supplier pour cette femelle que tu as rencontrée dans le monde des humains ?

Mon père appelle le lieutenant qui débarque.

— Voici mon décret : Ana sera offerte comme esclave sexuelle à Robert (oncle royal de Mikael).

Je n'en reviens pas. Moi qui pensais pouvoir échanger avec mon père et obtenir une réaction moins catégorique de sa part.

— Vos désirs sont des ordres, votre Majesté, répond le lieutenant, qui s'en va.

J'accoure pour arrêter le lieutenant. Je saute et je me place devant lui pour lui barrer la route. Je suis prêt à combattre, tout de suite. Personne ne fera de mal à Ana.

— Serais-tu devenu malade ?! s'écrie mon père. Comment peux-tu agir si impulsivement et comme un gamin ? Ne connais-tu donc pas la valeur d'un décret ?!

— Je préfère que tu laisses Ana crever en prison ! répliqué-je.

Comme ça, j'irai la libérer et je l'amènerai dans mon château, ici. Je l'y enfermerai. Je veillerai à bien la cacher pour la protéger. Personne ne sera au courant de sa présence chez moi.

— Georges. J'ai vécu des centaines d'années. Tu ne peux pas être plus intelligent que ton propre père.

Aurait-il compris mon plan ?

— Un nouveau décret : Ana sera offerte comme esclave sexuelle aux gardes pénitenciers.

Non. Mon père n'ose pas ? Je vois qu'il veut me mettre à bout et me pousser à laisser tomber pour Ana.

— Ana peut être offerte à mon oncle... dis-je à mon père, comme derniers recours pour stopper tous ces décrets qu'il annonce à tout bout de champ.

Aussi, je dois apaiser sa colère afin qu'il ne soit pas plus cruel envers Ana. Je dois me maîtriser un peu et montrer moins mes sentiments pour Ana, si je veux la sauver et la protéger.

Ainsi, le rapporteur de lieutenant de merde est allé récupérer Ana pour l'amener à mon oncle, Robert. Elle sera son esclave sexuelle. Que dois-je faire pour empêcher cela ?

Je dois vite trouver une solution.

— Georges, suis-moi, dit mon père.

Non, merde. Ferait-il exprès ? Pour m'empêcher d'aller à la rescousse d'Ana ?

— Georges, tu attends quoi ?

Je ne bouge pas de ma place et reste fixé sur le même endroit.

Une dizaine de gardes viennent vers moi et m'encerclent. Ils pointent leurs pistolets vers moi. Tout cela me surprend.

— Tu utilises la force contre moi ? demandé-je à mon père.

— C'est toi qui m'y pousses. N'oublie pas que je peux tuer cette humaine en un claquement de doigt, alors réfléchis bien à tes paroles et actes envers moi, surtout devant les autres.

Je soupire. N'ayant pas le choix, au risque de faire tuer Ana, je pars avec mon putain de père égoïste. Et je me demande avec quoi il compte m'occuper afin de ne pas sortir du Palais royal.

CHAPITRE 75

Ana

Après être retournée auprès de ma mère, après être restée quelques jours, loin de mon beau monstre, j'ai ressenti un grand vide et un manque indescriptible jusqu'à le réclamer à mes côtés.

Et sans rien comprendre, il est venu à moi. Il m'a prise sans me demander mon avis, comme d'habitude c'est tout lui. Mais j'avoue qu'une part en moi ne rêvait plus que de le revoir et d'être dans ses bras. Ce fut beau ce court instant et effrayant quand il a menacé de tuer ma mère si je ne le suivais pas dans son monde des démons. Je suis repartie avec lui.

Je me suis demandé ce que me réservait à nouveau l'avenir, aux côtés de Mikael. Tout en sachant que je devais m'attendre au pire. Mais je n'aurais jamais imaginé que mon destin aurait pris cette tournure aujourd'hui...

Deux gardes me trainent dans le couloir de la prison. J'en suis enfin ressortie. Mais je ne dois pas en être contente car j'ignore ce que sera la suite. Serait-ce Mikael qui m'attendrait dehors ? Je souris légèrement, rien que d'y penser. Va-t-il quitter ce monde et retourner avec moi au monde des humains ?

Nous nous arrêtons de marcher. Je vois une belle femme, aux longs cheveux roux et aux yeux aussi beaux que ceux de Mikael. C'est le portrait craché qui se trouve sur les tableaux de Mikael. (Je rappelle dans ces portraits, sa mère est toujours percée au cœur, ou alors des dessins de tâches de sang entourent le portrait). Oh, mon Dieu. Serait-ce donc la mère de Mikael ?

— Nous saluons respectueusement votre Altesse, la Reine, disent les deux gardes qui m'attrapent.

Je la rencontre, enfin. Qu'est-ce qu'elle est intimidante. Son regard fixé vers moi me met très mal à l'aise. C'est comme si elle me haïssait, avant même de me connaitre et qu'elle souhaitait me tuer.

La reine s'approche de moi et me gifle automatiquement. Une gifle très douloureuse. Je suis surprise, je la regarde.

— C'est donc toi, cette fameuse humaine dont s'est amouraché Georges. Tu as ensorcelé mon fils !! me dit la reine.

Je la regarde sans rien dire. Car que puis-je lui répondre ? Et puis, je ne parviens pas à regarder cette femme, sans penser aux abus physiques et sexuels qu'elle a faits subir à Georges, étant enfant.

Une part en moi déteste cette reine. Mais une autre part en moi se dit qu'elle reste la mère de Georges Mikael. Même si j'avais l'opportunité de lui faire du mal, j'en serais incapable.

— Si tu étais vraiment intelligente, tu ne mettrais jamais les pieds dans ce royaume ! Tu saurais rester à ta place et ne jamais rêver ! Sale garce ! me dit-elle.

Je ne comprends plus rien à tout ce que je vis ici. Tout est trop rapide. Je me demande si je serai dans un long rêve dans lequel je ne souhaiterais plus me réveiller. Le père et la mère de Mikael me détestent déjà. Pourquoi Mikael a tenu à m'amener ici ? Je me pose toujours cette question.

— Amenez-la ! ordonne la reine.

— Vos désirs sont des ordres, votre Altesse la Reine.

M'amener où encore ? Moi qui pensais que c'était grâce à Mikael que j'ai été libérée de cette effrayante cellule de prison.

CHAPITRE 76

Ana

J'arrive dans une chambre, les deux gardes me poussent brusquement. Je refuse de me retrouver par terre encore, comme une idiote. Je tente d'utiliser mes compétences en arts martiaux, je parviens à rester en équilibre, debout. Les deux gardes s'en vont sans dire un mot pour m'expliquer ce que je fais ici. J'ignore où je me trouve. Pour ce qui est de l'obscurité ambiante, je suis déjà habituée à l'environnement de Mikael au château de Rouen. Donc, cela ne me fait plus peur et ne m'étonne plus.

Un vieil homme, entre. Je le regarde. Il a un large sourire, un peu pervers, même si je ne veux pas juger les gens sur leur simple apparence.

— Alors, c'est toi ma nouvelle élue ? dit-il en souriant.

Je ne comprends pas ce dont il parle.

Il s'approche de moi et me caresse le visage. Surprise, je recule aussitôt pour m'éloigner.

— Jeune femelle, sais-tu ce que tu fais là ? Ou bien ceux qui t'ont amenée ne t'ont rien dit ?

— Bonsoir. Qui êtes-vous ?

— Je vois que tu es une femelle bien polie, c'est touchant, dit-il en s'approchant de moi, pendant que je recule de plus en plus.

Que veut ce vieil homme ? Dites-moi que ce n'est pas ce à quoi je pense ?

Puis, je me souviens des paroles du lieutenant qui disait que les humaines sont les esclaves sexuelles des démons. Je suis tout d'un coup apeurée. Je décide de me défendre. Cet homme ne me touchera pas. Et où est Mikael ? Je panique.

Je cours vers la porte mais le vieil homme parvient à me rattraper et à se placer devant moi. Comment un homme aussi âgé peut-il être si rapide et endurant ? Ou bien la rapidité des mouvements, serait-ce un point fort des démons ?

— Jeune femelle, compterais-tu t'enfuir ?

Je le regarde avec mépris. Et apparemment, Mikael n'est pas le seul à appeler les femmes par « femelles ». C'est à croire que c'est un terme propre aux démons.

— Je vais te clarifier les choses : dorénavant tu m'appartiens, dit-il, en commençant à me déshabiller.

Je me débats pour lui en empêcher. Je lui donne un coup de pied, il esquive en bloquant ma jambe. Je lui donne un coup de poing, il esquive encore. Il attrape mes deux bras en les bloquant. Je commence à hurler : "Mikaaaeeeel, au secouuuurs !".

CHAPITRE 77

Mikael

Je suis avec mon père, dans une pièce secrète. Mais mon esprit n'est pas là. Je ne pense qu'à Ana. A-t-elle déjà été amenée chez mon oncle, qui loge dans une villa pas loin du Palais royal ?

Saura-t-elle se défendre ? J'en doute fort. Mon oncle est également expert en arts martiaux sans compter que c'est un démon. Il faut que je trouve un moyen de partir d'ici. Avec un peu de chance, je peux arriver à temps chez mon salopard d'oncle.

Je me souviens qu'il ne se contente pas de baiser les esclaves qu'on lui apporte, mais qu'il les partage également avec ses frères et amis. Ana risquerait de ne pas survivre à ce drame !

— Georges, ici se trouve l'épée du phénix, qui se transmet de génération en génération, dans la famille Lucifer. Donc, de père en fils. Cette épée existe même dans les livres les plus anciens de l'histoire de notre royaume.

Mon père parle et parle, sans arrêt. Sauf que je n'entends plus rien. Je fixe cette épée. Mon regard s'assombrit.

Ana.

Ana est en danger.

D'un geste rapide, je dérobe l'épée de phénix et menace mon père en le plaçant sur son cou. Il est surpris.

— À quoi tu joues, Georges !!

— Laisse-moi sortir d'ici. Tout de suite !!

— Tu oserais me blesser, moi, ton propre père ?

— Non. Mais j'ai besoin de sortir d'ici ! lui crié-je, en le faisant reculer avec moi, pour nous diriger vers la porte.

Arrivé à la sortie de la pièce secrète, je fais tomber l'épée et coure de toutes mes forces pour partir.

— Attrapez-le !! ordonne mon père.

Les gardes tentent de me bloquer le chemin. Je sors mon pouvoir de feu et je me bats contre eux, sans perdre de temps, pour vite aller retrouver Ana.

CHAPITRE 78

Ana

Dans la chambre du vieil homme, je suis assise, par terre, recroquevillée sur moi-même, avec les larmes aux yeux.

Je me suis forcée pour me rhabiller, puisque je n'ai plus aucune force. Je ne sens plus mes jambes. J'ai envie de mourir. Ce vieil homme vient tout juste de faire sortir son sexe de ma chatte... Comme si ça ne suffisait pas, il m'a partagée avec trois autres hommes démons. Ils se sont tous jetés sur mon corps, me forçant à faire plein de choses atroces. Je n'étais plus qu'un morceau de viande...

Je craque et commence à pleurer. Je pleure tellement fort que je dois sûrement me faire entendre à des kilomètres.

Je n'ai même pas envie de raconter en détails, ce qui s'est passé. C'était horrible. Sale. Dégoûtant. Et violent.

Et le plus dur pour mon cœur ? La disparition de l'homme qui m'a amenée ici... Au moment où j'avais le plus besoin de lui...

CHAPITRE 79

Mikael

J'entre dans la villa de mon oncle et je pars chercher Ana, dans toutes les pièces.

Je la trouve dans une chambre à coucher, seule et assise sur les carreaux, avec un regard vide. Elle tremblote. Que s'est-il passé ? Serai-je arrivé trop tard ?

Ana ne me voit même pas. Depuis mon entrée, elle n'a pas remarqué ma présence. J'avance vers elle. Je me baisse à son niveau et pose mon bras sur son épaule.

— Ana ?

Elle hurle de peur en me fuyant.

— Ana, c'est moi, Mikael.

On dirait que ma belle Ana a complètement perdu ses esprits. Elle remue la tête et garde les yeux fixés sur le même endroit. Elle a un regard effrayé, qui ne disparaît pas. Elle a peur que je l'approche. On dirait qu'elle ne me reconnaît même plus.

Je hais de plus en plus mes parents, pour me faire une chose pareille. Je hais de plus en plus le fait d'être né dans une merdique famille royale en plus d'être un démon.

Je suis vraiment tombé amoureux de cette femme. Et je la veux à mes côtés, pour le restant de mon existence. Je n'en doute pas. Mais comment faire pour ne plus la mettre en danger ? Comment faire pour bien la protéger ?

— Ana. Donne-moi ta main. Promis, je ne t'approche pas. Je ne te toucherai pas. Je veux juste te sortir d'ici, d'accord ?

Elle me fixe, enfin.

Hélas, le regard d'Ana a tellement changé. Je ne lis plus dans ses yeux cette détermination qu'elle détenait ainsi que ce désir de vivre, ce désir de surmonter toute épreuve sur son chemin. C'est comme si, tout d'un coup, elle avait tout abandonné cette fois-ci. Je la sens encore plus fragile que d'habitude.

Je lui tends ma main mais Ana est toujours apeurée. Elle accoure se coller au mur, elle s'accroupit et met ses deux bras autour de son corps, comme si elle avait extrêmement froid.

Je me demande comment je dois agir, dans ce genre de situation. Je dois vite trouver un moyen de l'amener avec moi. Ana a assez souffert. J'ai cru qu'ensemble, elle et moi pourrions tout surmonter et convaincre mes parents.

Malheureusement pour moi, je viens de comprendre quand on dit que « l'amour rend aveugle ». Et j'y ajouterai qu'il rend naïf également. Je suis tellement amoureux que mes yeux ne voyaient plus la réalité autour de moi. C'est maintenant que je me rends compte qu'Ana, ma douce, belle, forte et fragile Ana, est complètement détruite.

Mais, on ne détruira jamais notre Amour.

Tant que je vivrai, je serai avec Ana. C'est elle ou personne d'autre.

— Ana. Viens avec moi ? Ou bien, parle-moi. Dis-moi ce à quoi tu penses. Dis-moi ce que tu ressens. Dis-moi ce que tu veux.

J'entends la voix de gardes qui approchent : « le prince héritier doit être à l'intérieur ».

Je tends ma main et je fais apparaître du feu, je me lève pour sortir de la pièce. Ana se lève et retient mon bras. Je suis surpris mais en même temps soulagé qu'elle m'ait touché.

— Je... veux mourir. Si ma vie doit se résumer à des viols sur viols, je préfèrerai mourir une bonne fois...

— Ana. Et moi ? N'as-tu pas envie de continuer à vivre pour moi ? Ne suis-je pas important à tes yeux ?

Elle me regarde avec affection en me caressant le visage. Ana a tellement pleuré que ses yeux sont devenus tout rouges et enflés. Malgré cela, elle reste à mes yeux la plus belle femme au monde. Je suis sensible à sa beauté naturelle et à son charme, à tout ce qui émane d'elle.

— Même si tu es important pour moi, cessons de nous voiler la face. On ne peut pas être ensemble. Je viens tout juste d'atterrir dans ton monde et regarde ce qui m'est arrivé… Et puis… Je ne crois pas que tu aies toujours des sentiments pour une femme comme moi ou bien même que tu puisses me désirer.

Je me rends compte qu'Ana entre dans une grave dépression et qu'elle a une image sale du type de femme qu'elle est devenue.

Comment peut-elle ressentir tout cela en si peu de temps ?

— Ana. Avec tout le temps qu'on a passé ensemble, dans mon château à Rouen, tu sembles toujours me méconnaître.

— Stp, je veux quitter ici. Je veux retourner chez moi, me dit-elle.

— Chez toi c'est-à-dire ?

— Auprès des humains. Je ne pourrai jamais vivre ici, tu le sais. Ou bien, ça t'est complètement égal tout ce qui m'attend en tant « qu'humaine » dans votre monde si cruel ?

— Ana, je comprends tes peurs. Mais, je serai incapable de te ramener chez toi. J'ai besoin que tu restes à mes côtés.

La voix de Georges m'emmerde en me disant de renvoyer Ana dans le monde des humains afin qu'elle échappe à tous ces malheurs. Mais moi Mikael, je suis incapable de me séparer d'Ana. Georges, ce sale hypocrite, ressent la même chose.

— Ana, pardonne-moi de te traiter ainsi mais vois-tu, je suis incapable de te laisser éloigner de moi, même pour une seconde. Et je serai incapable de te laisser retourner auprès de tes pairs, les humains. Cela voudrait dire que tu vas me quitter et c'est inconcevable. Car comment pourrai-je avoir avec toi, une vie « normale », au monde des humains ? Je ne sortirai jamais ? Seulement les nuits ? Quelle vie sociale pourrions-nous avoir là-bas, en tant que mariés ? De plus, penses-tu que les membres de ma famille vont nous laisser en paix maintenant qu'ils sont au courant de notre relation ? Jamais, nous n'aurons la paix dans le monde des humains. Je ne dis pas que ce sera mieux ici. Mais au moins, nous sommes dans mon territoire. Je le connais mieux et je peux mieux le contrôler.

Ana ne dit rien et ne réagit pas non plus. J'imagine que ma réponse ne lui plait pas et qu'elle veut coûte que coûte retourner au monde où elle appartient.

Je sais qu'Ana ne comprendra pas mes intentions et qu'elle ne croira jamais en mes sentiments d'une violente passion, pour elle.

Peu importe. J'ai ma manière d'être. Et de ce fait, j'ai ma manière d'aimer. Un jour peut-être, elle saisira et me comprendra.

On dit souvent qu'aimer c'est laisser l'autre libre. Non, ce n'est pas aimer. Ça, c'est « apprécier ».

Selon moi, « aimer » : c'est garder l'autre prisonnier, constamment à ses côtés, et ce, à vie. Ni plus, ni moins.

— Ana, j'ai une seule question : veux-tu t'enfuir avec moi ? Je suis prêt à renoncer à mon statut de prince héritier.

Ana est surprise. Ne sait-elle toujours pas que mes sentiments pour elle, sont sincères ?

Elle hoche légèrement la tête. Je souris à sa réponse positive.

— Mais comment ce sera possible ? Ton père ne te laisserait jamais faire une chose pareille, me dit-elle, d'un air inquiet.

— Je m'en bats les couilles de mon père, qui veut m'imposer des choses. Pour moi, c'est un mauvais père.

Je tire Ana par la taille. Mais toujours sous le choc et étant effrayée, elle se retire aussitôt de mes bras. Je soupire.

— Comment peut-on s'enfuir d'ici si tu ne veux pas que je te touche ?

Elle me tend lentement sa main. Je lui donne la mienne et je rallume le feu de mon autre main. Nous nous dirigeons à la sortie de la salle.

Dans le couloir, je vois les gardes qui nous cherchent dans toutes les salles. Dès qu'ils me voient, ils se mettent face à nous et sortent leurs armes.

— Votre Altesse, le roi demande à vous voir.

— Écartez-vous du chemin.

— Votre Altesse, svp.

— Si vous ne voulez pas une mort collective, j'ai dit écartez-vous !! Je suis assez furieux comme ça, alors je n'ai pas le temps de discuter.

— Nous sommes navrés mais cette humaine ne peut pas sortir vivante d'ici.

De ma main, je lance le feu vers ce garde têtu. Il commence à brûler et à hurler.

— Votre Altesse, svp, calmez votre colère. Nous ne souhaitons pas vous faire du mal. Nous n'oserions jamais. Mais si nous échouons à notre mission, le roi nous décapiterait la tête à nous tous, dit l'un des gardes.

Je tiens fermement la main d'Ana et la rassure :

— N'aie pas peur. Je ne laisserai plus personne te faire du mal.

Elle hoche la tête. Au fond, elle doit beaucoup m'en vouloir. Je n'ai même pas pu la sauver à temps des bras de ces voyous qui ont abusé d'elle.

Je donne un ultimatum aux gardes :

— Alors vous n'avez qu'un seul choix : soit vous venez avec moi et vous nous escortez lors de notre voyage, soit vous mourrez tout de suite ici, ou auprès du roi. Choisissez ! Je perds patience.

Ils sont une vingtaine de gardes. Je les vois s'échanger des regards.

— Votre Altesse, nous avons décidé de venir avec vous, me lance l'un d'entre eux.

— Libérez le passage et procédons à notre plan de fugue, leur ordonné-je.

— Vos désirs sont des ordres, votre Altesse.

Ainsi, Ana et moi nous sommes mis en route pour nous en aller, loin de ma famille égoïste. Nous avons veillé à nous déguiser pour le voyage afin d'éviter de nous faire repérer par les hommes de mon père qui seront à notre recherche. Les gardes qui nous escortent, ont également changé d'accoutrement.

CHAPITRE 80

Dans le palais royal, le lieutenant vient informer le roi :

— Rapport à votre Majesté : le prince héritier et cette humaine ont disparu. Nous ne les trouvons nulle part.

Le roi est surpris.

— Comment ça ?

— Nous n'avons pu trouver qu'un seul de nos hommes, mort brûlé. Le restant des gardes ont également disparu.

— Décidément, j'ai mis au monde un fils tout sauf filial, qui serait prêt à trahir son propre père pour une histoire de fesses ?

— Quels sont les nouveaux ordres, votre Majesté ? Nous les exécuterons sans faille.

Le roi prend un air de réflexion avant de répondre :

— Je connais mon fils. Il sait se sortir de toutes les situations en les retournant en sa faveur. De ce fait, je vais préparer une embuscade sur son chemin et l'arrêter avec cette sale humaine ! Puisque Georges demeure têtu, la seule chose qu'il reste est de faire disparaître à jamais, cette esclave.

CHAPITRE 81

Mikael

De la même manière que mon père me connaît, moi aussi je sais anticiper ses actions. De plus, il semble oublier que c'est lui qui m'a formé, depuis mon enfance, avant que je ne quitte Lucifer.

Comme je savais qu'il songerait à nous faire une embuscade en chemin, la calèche qui passait sur le chemin était vide. Ana et moi n'y étions pas. Donc, les militaires que mon père a placés partout, pour nous tendre un piège, ont dû barrer la route.

Par contre, les gardes qui avaient accepté de me suivre, ont dû se sacrifier en marchant derrière ce chalet pour paraître vrai sinon l'armée se douterait que c'est un coup monté.

De ce fait, les gardes ont finalement perdu leur vie.

Ana m'en veut mais elle ignore que parfois on est obligé de prendre des décisions difficiles pour obtenir quelque chose. Je n'avais pas d'autre choix pour la protéger. Et elle ne cesse de me répéter : « toutes les vies se valent. Aucune n'est plus importante que l'autre ».

Bref, vous connaissez tous le côté idéaliste et humaniste de la femme que j'aime. Elle me complète à merveille. Elle est la lumière et je suis les ténèbres. Malgré les différences entre elle et moi, nous demeurons aussi complémentaires que le soleil et la lune.

Ainsi, elle et moi, sommes à présent seuls et avons pris un chemin différent de celui connu de tous.

Nous avons décidé de sortir de la capitale de Lucifer et d'aller très loin, dans un village reculé et pourquoi pas inhabité ?

Ana a besoin de repos et du temps pour se reconstruire. Je serai présent à ses côtés. Je serai là pour l'aider à se reprendre et à guérir de ses nombreuses blessures internes.

Je l'aiderai jusqu'au bout, tout comme elle m'a aidé à me reconstruire, dans le passé.

CHAPITRE 82

Le roi rédige une lettre au chef des militaires présent sur le chemin classique qu'allait emprunter Mikael :

Comme vous le savez, il existe deux chemins. Ayant déjà éliminé ces traitres de gardes, à présent, Georges et Ana sont seuls. Notre armée les attend sur le second chemin. Cette fois-ci, on ne ratera pas cette humaine qui est venue causer la zizanie dans notre famille royale ! Allez retrouver l'armée pour agir en situation de renforts. Mon fils est très puissant puisqu'il manie le pouvoir du feu.

Apportez moi la tête décapitée de cette humaine sinon ne retournez plus jamais ici.

Le roi empile la lettre et l'attache aux pattes d'un oiseau magique. Cet oiseau s'envole pour aller remettre la lettre au destinataire.

CHAPITRE 83

Ana

Mikael et moi galopons à cheval, en vitesse car il est persuadé que son père n'en a pas fini avec nous.

Je ne comprends toujours pas pourquoi Mikael me garde avec lui. Je veux dire, que vais-je lui apporter ? Je me trouve amochée, abimée, dégradée, usitée, sale, malpropre, indigne, et quoi d'autres... Que continue-t-il à voir en moi ? Pourquoi s'accroche-t-il à notre relation ?

Parfois, il m'arrive toujours de lui en vouloir car s'il ne m'avait pas forcée à venir et à rester dans ce monde dangereux pour moi, où notre race n'est que microbe aux yeux des démons, je me dis que rien de tout ceci ne serait arrivé.

Je n'aurais pas été violentée par ce groupe de démons... Je n'arrive plus à sortir ces images de mon esprit. J'ai l'impression que mon cerveau ne contient plus que ces horribles images de viol.

Je suis perdue dans mes pensées jusqu'à ce que j'entende un coup de feu. Notre cheval hennit en freinant.

Un sentiment de stupeur m'envahit. Je reviens sur Terre et je vois que Mikael et moi sommes encerclés de partout.

Nous sommes dans une forêt, avec des montagnes. Et il fait nuit, comme souvent dans le monde des démons.

Ce sont les militaires du royaume de Lucifer qui pointent tous leurs armes vers nous deux. Ils doivent faire une centaine environ. Ils sont présents un peu partout, sur les montagnes, auprès des arbres et sur le chemin auprès de nous. A chaque coin, ils sont debout. Ils se sont placés de manière stratégique, et sûrement nous attendaient en étant persuadés que nous passerions bientôt par ici.

Je me dis que le roi et la reine ne vont jamais lâcher l'affaire tant qu'ils n'auront pas ma tête.

Et si je me rendais ?

— Ana. Ne pense surtout pas à te sacrifier ou à agir de manière idiote, je te connais, me dit Mikael.

Je suis étonnée. Parfois, on dirait que Mikael lit dans mes pensées.

— Nous allons nous battre jusqu'au bout, ajoute-t-il.

Je souris sans faire exprès, dans cette période de grand désespoir et surtout de flou total où je me trouve. Je n'ai plus cette volonté que j'avais auparavant. Les dures épreuves m'ont tout arraché. Il ne reste plus rien de moi, à part un corps errant.

Quand Mikael va-t-il s'en rendre compte ? Il est là, il continue de croire en moi et en nous. Alors que de mon côté, je ne broie plus que du noir.

— Votre Altesse, de grâce, rendez-vous. Remettez cette humaine et retournons au Palais royal.

Mikael sort du feu et commence à brûler les militaires proches de nous.

Hélas, ça ne dure pas longtemps. Les militaires debout sur une montagne, commencent à tirer vers moi. Mikael me prend dans ses bras et saute du cheval pour esquiver les balles. Nous atterrissons au sol, en étant debout.

— Tu pourras combattre ? me demande Mikael.

Je hoche la tête. Je n'ai pas le choix. Vais-je rester là à le regarder se mettre en danger pour moi ?

— Alors, je te laisse le bas, je reviens tout de suite. Assure, en attendant.

Je hoche la tête en lui souriant légèrement.

Mikael part escalader la montagne pour éliminer les militaires présents là-bas, pendant que je me bats contre les militaires d'en bas : main à main mais aussi avec le pistolet que Mikael m'a remis en cours de route.

Je suis en situation de désavantage car même si Mikael m'a entraînée au tir et m'a appris de nouvelles techniques de combat, ces militaires sont mille fois plus nombreux que moi, sans compter qu'ils sont des démons et que je reste une « simple » humaine, comme ils disent.

Mais je vais essayer de tenir le coup, le temps que Mikael revienne.

Si je veux tuer ces démons militaires d'un coup, je dois viser directement leurs cœurs mais encore une fois, c'est des militaires, ils sont entraînés et restent des experts.

Pour le moment, je me débrouille en évitant la mort durant leurs tirs ou leurs coups de poings.

La montagne commence à brûler. Je me dis que c'est super. Mikael a réussi, donc il arrive bientôt pour éliminer ceux-là devant moi.

Alors que Mikael descend, une cinquantaine de militaires arrivent en renforts.

Oh, non. Encore ?

Mikael allume de ses deux mains du feu et tente de pulvériser d'une seule attaque tous les militaires restants, sauf que cette fois-ci, ça ne marche pas.

Les renforts ont apporté une machine à eau. Mikael arrive à côté de moi. Son attaque de feu a échoué. L'eau a tout éteint avant que cela n'atteigne les militaires.

— Votre Altesse, comment osez-vous vous rebeller contre votre propre père ? Svp, ne nous déshonorez pas et reprenez vos esprits, dit le chef des militaires.

— Ana. J'ai un plan. Chacun de nous deux doit y contribuer. Si ça marche, crois-moi on pourra se tirer d'ici, me murmure-t-il à l'oreille. Ensemble, visons la machine d'eau jusqu'à épuiser nos balles. Elle ne sera pas facilement détruite mais essayons.

Sans perdre de temps, Mikael et moi pointons nos armes vers la machine d'eau en espérant que cela explose et que toute l'eau se verse une bonne fois par terre plutôt que ce soit orienté vers Mikael qui manie le feu. La machine finit par exploser et toute l'eau se déverse sur nous et sur les militaires présents autour de nous.

Puisque nous sommes en hauteur et dans un endroit rempli d'herbes, l'eau descend et ne reste pas stagnée sous nos pieds.

Mikael et moi avons obtenu ce que nous cherchions.

Au même moment, les militaires, tous ensembles, tirent vers moi pour m'éliminer une bonne fois. Mikael me prend dans ses bras et saute avec moi en faisant des acrobaties pour éviter les balles jusqu'à la dernière qui... sur le point de m'atteindre, Mikael me couvre et la balle atterrit sur son bras.

— Votre Altesse !!! s'écrie le chef des militaires.

Mikael ne se laisse pas distraire et met le feu partout pour brûler tous ceux qui sont présents avec nous.

Il accourt avec moi pour monter sur le cheval qui galope en vitesse.

Je m'inquiète pour la blessure de Mikael. Je lui demande qu'on s'arrête quelque part afin de lui attacher un morceau sur son bras pour faire stopper l'hémorragie, mais il refuse car à tout moment d'autres gardes pourraient nous rattraper.

CHAPITRE 84

Mikael

Ana et moi sommes parvenus à nous débarrasser des militaires, encore envoyés par mon père.

Je la sens si épuisée. Nous ne pourrons pas atteindre la sortie de la capitale aujourd'hui. Le soleil se lève bientôt. Nous devons trouver quelque part où dormir.

Alors nous avons continué le voyage à cheval, jusqu'à entrevoir une auberge isolée, en pleine forêt.

Ana et moi partons vérifier s'il y a de la place pour s'y reposer un peu, avant de reprendre notre voyage, dès demain.

Nous entrons et trouvons quelques démons en train de boire ou de jouer à des jeux d'argent.

Je pars voir le propriétaire, c'est une vieille dame, aux longs cheveux blancs.

— Bienvenue. Que puis-je faire pour ce beau et jeune couple ?

— Nous voulons une chambre, lui dis-je.

— Que se passe-t-il avec cette jeune femme ? me demande la vieille dame.

Je regarde Ana qui a un regard vide. Depuis le début de notre voyage, j'ai constaté qu'elle est souvent absente. C'est comme si son corps était bien là mais que son esprit était parti loin, très loin.

— Elle est juste un peu malade. Elle ira mieux après s'être reposée, répliqué-je à la dame.

— Pardonnez-moi d'être franche avec vous. Je vois plutôt sa mort qui approche... révèle la dame.

Je suis surpris par sa phrase qui ne sort de nulle part et dont je ne comprends rien. Je regarde Ana mais elle est toujours absente.

— Seriez-vous une chamane ? demandé-je à la dame.

— On peut dire.

— Une chamane très négative alors ?

— C'est plutôt vous qui êtes négatif à cette jeune femme.

Qu'est-ce qu'elle veut dire par là ?

— Excusez-moi pour ma franchise, votre Altesse.

Je suis encore surpris. « Votre Altesse » ? Comment sait-elle pour ma vraie identité ? Avec mon déguisement, je ne suis pas censé être reconnaissable. Ses visions seraient-elles vraies alors ?

— Comment ça je suis négatif pour elle ?

— Un amour ne doit être ni excessif ni égoïste mais modéré et altruiste, au risque de tuer l'autre, votre Altesse.

Les phrases de cette dame sont très vagues. Mais je ne me laisserai pas atteindre par ses prévisions et ses critiques à mon égard.

— Auriez-vous de l'alcool svp ? Mon ami est gravement blessé, dit Ana, soudainement.

— Bien sûr, jeune fille, répond la vieille dame en remettant une bouteille d'alcool à Ana.

— Merci beaucoup, répond-t-elle en souriant.

Ana et moi entrons dans la chambre de l'auberge. Je m'installe au bord du lit, elle vient se poser auprès de moi. Elle verse l'alcool sur du coton et me l'applique sur ma blessure au bras. Ensuite, elle tente de retirer la balle. Je l'aide. La balle finit par ressortir. Elle ne doit pas s'inquiéter. Etant un démon de la lignée royale, je guéris très vite.

J'observe Ana. Cette femme me manque tellement. Oui, elle est près de moi mais en même temps, on dirait qu'elle est si loin. J'ai envie de l'embrasser, de la toucher, de la mordre, de la baiser jusqu'à la blesser.

Ma passion pour Ana n'a pas changé. Elle est toujours aussi excessive et violente. Je n'ai jamais su comment la contenir et l'apprivoiser. Je l'ai tout le temps exprimée spontanément. Sauf à partir d'aujourd'hui, où on dirait bien que les choses vont changer.

Ana a peur que je la touche. Cela me fend le cœur. Moi qui ne peux être auprès d'elle sans ce besoin viscéral de posséder tout son corps, comment vais-je faire ?

Je me plonge dans ses yeux pendant qu'elle m'applique l'alcool. Elle me voit la regarder avec désir et passion. Elle rougit et baisse ses yeux. La voir rougir me fait toujours plaisir car je me console en me disant que je ne lui suis pas indifférent, c'est déjà quelque chose.

Putain, j'ai vraiment envie de l'embrasser. Je rapproche mon visage du sien pour goûter à ses lèvres mais Ana recule. Je suis très étonné et surtout, blessé. C'est la première fois que mon épouse d'antan, Ana de Sade, me fuit.

Dans le passé, elle m'a toujours désiré. Même lorsqu'elle me haïssait.

Ayant fini l'application de l'alcool, elle se lève. J'attrape son bras pour la retenir.

— Tu vas où ? lui demandé-je.

— Nulle part. J'allais juste rendre la bouteille à la propriétaire.

— Ana. Il faut qu'on soit clairs sur quelque chose. Tu ne vas nulle part sans moi à tes côtés. N'oublie pas que tu es recherchée et que les gens de mon royaume veulent ta mort.

Elle hoche la tête.

Ana a tellement changé. Elle est devenue si obéissante et calme. Tout cela m'étonne. J'aimerais tellement qu'elle redevienne celle qu'elle était avant : vivante, joviale, drôle, maligne et volontaire. Tous ces traits évoqués faisaient partie de sa vraie personnalité. Là, quand je la regarde, je ne vois qu'une femme meurtrie et anéantie.

Je soupire.

CHAPITRE 85

Ana

Après avoir dîné avec Mikael, nous sommes retournés dans la chambre pour nous coucher. Le soleil s'est levé. C'est l'heure pour les démons de dormir alors que moi j'ai juste envie d'aller profiter de ce soleil (faible en luminosité).

Malheureusement, je ne peux pas. Actuellement, chaque seconde de ma vie est comptée. Le danger peut venir de partout et je peux mourir à tout moment.

Il m'arrive de penser à la mort comme remède ultime à mon mal être. Donc pourquoi devrai-je avoir peur de mourir par ces gardes ou militaires qui veulent ma tête ?

En étant restée dans le monde des démons, moi aussi, je dois m'adapter à leurs modes de vie. Donc, je n'ai pas d'autre choix que d'aller me coucher.

Mais un problème se pose : un seul lit se trouve dans la chambre or Mikael et moi sommes deux. Oui, c'est un grand lit mais je ne pense pas être capable de me coucher auprès de Mikael. Cela peut paraître étonnant car j'ai été l'épouse de Mikael. On a dû passer plus de mille nuit côte à côte, sur le même lit.

Mais ça, c'était avant. Encore une fois, l'Ana d'avant n'est plus la même d'aujourd'hui. Ce ne sont pas des caprices, loin de là. J'ignore tout ce qui m'arrive mais tout ce que je sais est que je serai incapable de me coucher avec un homme, sur le même lit. Qui que cela puisse être. Même Georges Mikael.

Je me sens crispée et effrayée, sans savoir pourquoi. Tout est si irrationnel.

Je vois Mikael monter au lit et entrer dans la couverture, le sourire aux lèvres.

— Ana. Tu attends quoi pour venir me rejoindre ? Cela fait combien de temps que l'on n'a pas passé de nuit ensemble ?

Je me sens gênée. Bordel, auprès de Mikael. Comment puis-je me sentir ainsi ? J'ai mal au cœur de devenir une autre personne, une autre femme, qui ne se sent plus femme...

— Ana ? me dit-il, en remarquant mon silence.

— Vas-y, couche-toi, lui répliqué-je, en forçant un sourire.

— Et toi ?

— Oh moi ? Ne t'inquiète pas. Je vais dormir sur le sofa, lui dis-je, en souriant.

— Tu es sérieuse ? Dis-moi que tu blagues.

— Désolée...

— Pourquoi un « désolée » ? Ana, depuis quand sommes-nous devenus des étrangers l'un pour l'autre ?

C'est la même question que je me pose et dont je n'arrive pas à trouver de réponse.

Mikael descend du lit et vient auprès de moi. Je recule de plus en plus jusqu'à atterrir au mur. En voyant ma réaction effrayée que je tente de dissimuler, Mikael s'arrête en chemin et n'avance plus vers moi.

— Vas-y. Tu peux dormir sur le lit. Je dormirai sur le sofa, me dit-il.

Je suis surprise et émue. J'ai cru qu'il prendrait mal ma réaction jusqu'à péter un câble puis nous allions encore nous disputer. Car c'est ainsi que ça se passait toujours lorsque nous étions au château à Rouen.

A chaque fois que je refusais quelque chose à Mikael, il s'en foutait de ma réponse et me forçait pour obtenir ce qu'il voulait, à la fin.

— Merci, lui rétorqué-je, en me dirigeant vers le lit.

— « Désolée ». Puis « merci » ? Ana, depuis quand on s'échange ce genre de mots si formels ? Au moins, parle-moi comme ton mari ou ton amant, je ne sais pas moi mais tout sauf comme un homme que tu viens de rencontrer, me dit-il, d'une voix désespérée.

Je me sens mal de blesser Mikael. Ce n'est pas mon intention. Mais cela m'étonnerait qu'il comprenne la souffrance grandissante que je ressens au fond de mon être.

Mikael, pardonne-moi d'être traumatisée et dégoûtée par mon corps, jusqu'à être transformée en personne si froide et distante.

Malgré ta présence que j'aime beaucoup, il reste un gros trou noir dans mon cœur, qui ne peut plus être refermé.

CHAPITRE 86

Mikael

Même si je me suis éloignée d'Ana, en lui laissant le lit à elle seule, afin qu'elle soit à l'aise pour bien dormir, je vois qu'elle ne parvient toujours pas à fermer l'œil.

— Je vais aller prendre quelque chose à boire, lui dis-je, en me dirigeant vers la porte.

— D'accord, me répond-t-elle.

Je sors de la chambre et je me dirige au bar.

L'ambiance est calme. Tout le monde dort quand il fait clair. Le bar est vide. Je trouve la vieille dame (et chamane) assise à table, en train de fumer.

— Vous avez du whisky ?

Elle se lève et sort une bouteille pour moi. Je m'installe à table, en face d'elle. Je me sers à boire, pendant qu'elle fume de l'herbe.

— Vous me détestez ? lui demandé-je.

— Pourquoi vous détesterais-je, votre Altesse ?

— Pensez-vous que j'ai détruit la vie de cette jeune femme, Ana ?

— Vous n'avez pas seulement détruit sa vie, votre « amour » a complètement détruite cette femme. Mais pour répondre honnêtement à votre question, seul le destin vous donnera la réponse exacte.

— Qu'est-ce que je peux faire pour éviter que le pire n'arrive ? Je ne veux pas la perdre.

— Les dés sont déjà lancés...

— Vous me semblez très pessimiste et encore une fois, négative.

— Les étoiles ne peuvent mentir, me répond-t-elle.

— Notre race ne croit pas en Dieu. Donc, vous non plus.

— Ne pas croire en Dieu ne signifie pas que Dieu est absent. Il reste le maître suprême de notre univers et de l'univers des humains. La seule différence entre nous et les humains ? Nous sommes nés « pécheurs », les humains sont nés entre les deux, avec un libre arbitre qui leur permettra de finir en Enfer ou au Paradis.

— Vous semblez vous intéresser aux religions humaines ?

— Je m'intéresse à tout, votre Altesse, dit la vielle dame, en souriant.

— Entre nous, quels sont vos pouvoirs ?

— Pourquoi cette question ?

— Je veux protéger Ana. Ne pouvez-vous vraiment rien faire pour cela ?

— Vous entendez quoi par « protéger » ? N'êtes-vous pas déjà en train de la protéger ? Certes, à votre manière...

— Qu'avez-vous vu d'autres sur mon avenir avec elle ?

— Beaucoup de tourments et de trébuchements.

— Ne voyez-vous donc jamais quelque chose de positif ?

— Tout vient à point, à qui sait attendre, votre Altesse.

— Cela signifie ?

— Pourquoi n'iriez-vous pas vous reposer un peu ? Bientôt, le soleil va se coucher et vous devrez reprendre votre voyage.

Je dépose deux pièces en or sur la table.

— Merci pour la boisson. Et pour la conversation.

— Tout le plaisir est pour moi, votre Altesse. Merci pour votre générosité.

Je me lève pour retourner dans ma chambre.

CHAPITRE 87

Ana

Mikael et moi nous sommes levés très tôt. Dès le coucher du soleil, nous sommes partis prendre notre petit déjeuner au bar. C'est encore vide. Mikael et moi sommes les seuls à l'intérieur, y compris la propriétaire, assise à l'accueil.

Nous sommes installés à table.

Même si nous nous sommes déguisés. Mikael et moi avons veillé à porter des capuches pour bien cacher nos visages.

Mikael est persuadé que son père n'en a pas fini d'envoyer des militaires pour partir à notre chasse, enfin à ma chasse je veux dire, puisque Mikael reste le seul fils héritier du royaume Lucifer, donc personne ne doit le tuer.

Néanmoins, à plusieurs reprises, il s'est blessé à cause de moi. Et je ne souhaiterai plus que cela arrive.

Nous nous empressons de manger pour quitter au plus vite cette auberge. Mais voilà que tout d'un coup, dix militaires entrent et se dirigent vers la propriétaire.

Mikael et moi, nous nous échangeons un regard puis nous faisons baisser encore plus nos capuches.

Le chef de leur troupe place son pistolet sur le front de la chamane (la propriétaire).

— Donnez-nous votre registre, au plus vite, avant qu'on ne tire.

— Que voulez-vous ? Que cherchez-vous ici ?

— Le prince héritier a dû s'arrêter ici puisque c'est la seule auberge dans les environs.

— Le prince héritier ? Serait-il dans mon auberge ? Sans que je n'en sois au courant ?

— Cessez de jouer à la maligne, dit le chef.

— Vous voulez me tuer, allez-y. Mais je ne donne jamais l'identité de mes clients. Je ne dis pas qui est venu ni qui est parti et ce, depuis le premier jour d'activité de cette auberge.

Waouh, cette vieille dame est si loyale envers ses clients. Non, je ne peux pas rester comme ça et la regarder se faire tuer injustement, à cause de moi.

Je me lève subitement et je dis aux militaires :

— C'est moi que vous cherchez, je suis là. Laissez cette dame en dehors de tout cela. Elle est innocente.

Mikael est surpris. Il se lève et m'attrape le bras.

— Qu'est-ce que tu fous ?!!

La propriétaire est surprise. Les militaires la laissent et se tournent tous vers moi.

— Serait-ce Ana ? demande leur chef, qui ne peut pas me reconnaître, à cause de mon déguisement.

Mikael place sa main sur ma bouche pour m'empêcher de parler.

Le chef remarque la réaction protectrice de l'homme autour de moi.

— Et à tes côtés, serait-ce le prince héritier ?

Tous les militaires se baissent et saluent Mikael, même s'ils n'ont pas encore vu son visage pour être sûrs que c'est bien lui.

— Nous vous saluons chaleureusement, votre Altesse.

— Tu aurais dû rester silencieuse ! Qu'est ce qui t'a pris ? me dit Mikael, à basse voix.

— Je ne peux pas continuer à faire tuer des innocents ? Ma vie vaut-elle mieux que la leur ? lui rétorqué-je.

— À mes yeux, oui.

— Peu importe. Toi, c'est toi. Eux également, ils ont des proches qui tiennent à eux.

Je vois la chamane qui sourit d'un air admiratif. Et les militaires qui pointent tous leurs armes vers moi, prêts à tirer.

— De toute façon, ce n'est pas le moment de me faire la morale. Si on parvient à sortir d'ici, tu en auras amplement le temps, me dit Mikael.

CHAPITRE 88

Mikael

Je me place devant Ana. Elle a intérêt à rester bien sagement derrière moi et à ne plus agir impulsivement, au risque de se mettre inutilement en danger.

— Votre Altesse, merci de vous rendre, svp. Facilitez-nous la tâche, de grâce, me dit ce connard de chef de troupe.

Me rendre ? Il est sérieux ?

Je suis enragé. Je vois que mon père ne veut pas nous laisser, Ana et moi, une seconde sans respirer.

Je vais mettre le feu à l'auberge et tuer en même temps tous ces militaires de merde. J'ai un grand besoin de me défouler. Je suis assez frustré comme ça d'avoir la femme que j'aime qui est devenue froide avec moi et qui ne me touche plus. Alors ajouté à des emmerdeurs qui se pointent dès le matin, non ça ne passe pas.

Sur mes deux mains que je tends, la quantité de feu augmente.

— Mikael !! Tu ne peux pas brûler cette auberge et tuer tous les innocents qui y sont. Réfléchis à ce que tu fais, dit Ana.

Cette femme est vraiment incroyable. Même quand elle est au bord de la mort, elle trouve le temps de penser aux autres.

— Ana, là tu vas te contenter de la fermer, lui répliqué-je.

— Stp, utilise tes pistolets mais pas le feu. Tu risques de saccager cet endroit, n'oublie pas que c'est cette dame qui nous a permis de nous reposer ici.

— Elle a été grandement payée, non ? Vas-tu arrêter un peu avec ton excès de sentimentalisme envers les autres ?

Parfois, Ana m'énerve. Mais bon, puisqu'elle insiste tant, je vais faire ce qu'elle dit. Je ne veux pas la frustrer encore plus, après ce qu'elle a vécu dernièrement.

Je sors mes deux pistolets et sans hésiter, je tire sur le chef. Il tombe. Les autres militaires sont surpris et tirent vers Ana. Elle fait des acrobaties tout en tirant vers eux, également. Je suis fière de mon épouse. Fière qu'elle ait bien assimilé tout ce que je lui ai appris. J'en souris or ce n'est pas le moment.

Je l'aide bien sûr, je vise les militaires restants. Eux tous, ne visent qu'Ana puisqu'ils n'ont ni le droit de me tuer ni le droit de me blesser.

Ils étaient juste dix. Ana et moi les avons tous mis à terre. La propriétaire (pessimiste au passage) nous observe. Elle doit être étonnée de voir qu'Ana et moi formons un duo de choc. Elle n'a qu'à garder ses prévisions négatives et tragiques.

Ana vient vers moi.

— Tout va bien ? lui demandé-je.

— Oui, t'en fais pas, me répond-t-elle, en souriant.

CHAPITRE 89

Ana

Mikael et moi venons de vaincre à nouveau l'adversaire, envoyé par le roi.

Je me demande quand tout cela prendra fin.

Quand est-ce que j'aurai enfin un moment pour respirer ?

Je m'approche de la propriétaire.

— Est-ce que tout va bien ? lui demandé-je.

— Grâce à toi, je n'ai rien et mon auberge a également été sauvée. Jeune fille, je te rendrai ta bonté, le jour où tu en auras besoin. Même si je doute qu'il te reste beaucoup de jours à vivre... Si tu veux échapper à ton tragique destin, tu dois t'éloigner de cet homme hélas... Et je m'excuse à nouveau, pour ma franchise, votre Altesse.

Mikael devient furieux et s'apprête à tuer cette dame. Je fais tout pour lui en empêcher et je me place devant la vieille dame.

— Quand vas-tu arrêter de vouloir utiliser la violence quand tu es mécontent ? lui dis-je.

— Maintenant tu vas prendre la défense d'une vieille dame qui nous souhaite que du malheur ?!

— De quoi tu parles ?

— Ana, c'est pas le moment de nous disputer.

— On n'aura jamais la paix. Tout ça, c'est trop de pression. Tu sais bien que tes parents n'arrêteront jamais tant qu'ils n'auront pas ma tête.

— Ils ne l'auront jamais ! Depuis quand tu es si négative ?

— Mikael. Avec le temps, les gens changent. On ne peut pas être tout le temps joyeux ou optimiste.

— Les gens ne changent pas. C'est les temps qui changent. Mais il faut refuser de changer avec le temps. Quand on a des qualités comme dans ton cas, on doit les préserver, même pendant les dures épreuves. Je veux que tu redeviennes comme tu étais avant...

— Peut-être bien comme tu dis, j'ai laissé les évènements me changer. Qu'est-ce que j'y peux ? Et puis, tu veux revoir qui ? L'ancienne Ana ? Elle est morte.

— C'est faux ! Je la ramènerai en vie.

Je souris car Mikael reste toujours fidèle à lui-même. Quand il décide quelque chose, il y va à fond. Quand il veut quelque chose, il s'en donne les moyens et finit par l'obtenir.

Sauf que cette fois ci, pourra-t-il vraiment me « ramener à la vie » comme il le dit ?

Cela relèverait de l'exploit.

En fait, il n'existe pas pire que de vivre en étant déjà mort. Et c'est ce qui m'est arrivé...

CHAPITRE 90

Mikael

Ana et moi sommes enfin sortis complètement de la capitale. Je descends du cheval et l'aide à faire de même. Elle est très épuisée, dernièrement. Elle n'a plus aucun répit ni un petit moment de repos.

Je lui montre une cabane devant nous. Je prends sa main, elle la retire aussitôt. Je soupire. J'avais oublié qu'elle ne supportait plus que je la touche.

— Allons voir s'il y a des gens à l'intérieur puis demandons-leur de nous y accueillir un petit moment, qu'en penses-tu?

Elle hoche légèrement la tête.

— L'idéal est qu'on soit seuls, je le sais. Mais tu as également besoin de te reposer un peu, le temps qu'on puisse trouver un coin inhabité dans les environs.

— Oui. Allons-y, me dit-elle.

Je la devance. Elle me suit derrière.

Nous entrons dans la cabane.

— Bonjour. Y a-t-il quelqu'un ?

C'est poussiéreux. Ana et moi commençons à tousser. Apparemment personne n'habite ici. Ça nous arrange.

Nous devrons juste réaménager l'intérieur. C'est étroit, avec un seul lit et quelques vieux meubles, une table à manger et des chaises, le tout en bois.

Sans attendre, Ana et moi nous mettons au grand ménage de la cabane. Pour vous dire, c'est la première fois de ma vie que je fais le ménage. Oui, j'ai tout abandonné pour Ana. Mon statut de prince, en premier. Je ne suis pas fou. Je suis juste amoureux. Et aimer sans pouvoir être avec l'autre est encore plus dur que tout. Donc, il est hors de question que je sois séparé d'Ana.

Quelques heures plus tard, la cabane brille de partout. Ana est une grande bosseuse. Cela se voit sur le résultat final de notre future petite maison. Tout est propre et bien rangé. C'est agréable à voir.

J'entends le ventre d'Ana qui gargouille.

Malheureusement, aucune provision ne se trouve dans la cabane ou aux environs.

— Je vais sortir pour aller chercher quelque chose à manger, dis-je à Ana.

— Tu vas chercher ça où ?

— La forêt est tout près. Je vais faire de la chasse, lui répliqué-je, en sortant mon arc à flèches de mon sac.

— C'est sûr ? dit-elle d'un air inquiet.

Ça me rassure de voir qu'elle se soucie toujours de moi.

— Ana. Je vais t'apporter beaucoup de viandes, tu verras.

Elle sourit.

Lui faire sortir cette expression de son visage me rassure également car Ana sourit rarement, maintenant.

CHAPITRE 91

Ana

Je me sens toute bizarre. Je me sens toujours étrangère dans ce monde de démons. Mais surtout, en insécurité. Bien sûr, quand Mikael est à mes côtés, je n'ai plus peur de rien, car je me dis qu'il fera tout pour me protéger. Seulement, le pourra-t-il à la longue ?

Je ne pense pas que ses parents vont abandonner si vite. Vont-ils continuer à nous poursuivre, jusqu'ici ?

Je m'installe sur la chaise, à ne rien faire d'autres. Je m'ennuie. En même temps, avec quoi pourrais-je m'occuper ici ? Si j'avais mon smartphone avec moi, je jouerais à des jeux, uniquement pour faire passer le temps et m'évader. Malheureusement, les smartphones n'existent même pas dans ce monde. Je n'ai jamais vu un démon en détenir.

Juste avant le lever du soleil, Mikael revient, avec beaucoup d'animaux tués.

Il a fait exactement comme il avait promis : on aura beaucoup de ravitaillements, pour un moment.

Hélas, un problème se pose : je ne suis pas habituée à m'alimenter de la sorte, avec des viandes de serpent, d'escargot et d'autres animaux que je ne connais même pas, bien que la plupart restent des oiseaux. Je me demande comment Mikael a pu les attraper. Quand je pense qu'il est un phénix et qu'il mange des animaux de la même famille que lui (même si c'est de petits oiseaux).

Je me lève mais j'ai un malaise. Mikael accoure vers moi et me tient dans ses bras, avant que je ne tombe.

— Ana, qu'est ce qui te fait mal ?
— Rien. J'ai juste la tête qui tourne.
— Vas t'allonger un peu.
— Mais et le repas ?
— Je vais m'en charger, me dit Mikael.
— Comment ça ? Tu ne sais pas cuisiner.

Mikael me soulève et me porte sur lui. Je me débats car je suis effrayée. Je ne veux pas faire l'amour. Je ne veux plus en faire de ma vie donc pourquoi cette proximité ? Je commence à paniquer.

— Ana, je te dépose uniquement sur le lit, me dit-il.

Je me calme un peu.

Mikael entre dans la chambre et fait comme il dit, en m'étalant sur le lit. Il met la couverture sur moi.

— Merci...

— Arrête avec tes mercis, stp, me répond-t-il d'un air triste.

Puis, il s'en va.

Pourquoi un simple « merci » gêne Mikael ? Qu'est-ce qu'il veut que je lui dise alors ? Et puis, compte-t-il vraiment faire la cuisine ? Mais comment ? Il ne s'y connaît pas du tout.

J'entends encore mon ventre gargouiller. Certes, je me sens faible et j'ai sommeil mais j'ai surtout faim et je serai incapable de dormir avec le ventre si creux.

Je ne cesse de ressentir un vide en moi. Je ne veux plus rien de la vie. Une femme comme moi ne mérite même pas de continuer à vivre.

Mon envie de quitter ce monde se fait de plus en plus sentir. J'ai envie de mourir, de disparaître totalement de ce monde et d'aller loin, quelque part où je serai seule et où personne ne me verra.

Je crois que le meilleur endroit reste la tombe. Quand on est dans sa tombe, plus personne ne nous voit et on y reste seul. Je crois que je m'y sentirai en sécurité mieux que dans la vraie vie.

Je me lève et décide de me pendre, avant que Mikael ne revienne dans la chambre.

CHAPITRE 92

Mikael

Cuisiner, c'est quoi ? Ce n'est pas la mer à boire. Cuisiner c'est juste : cuire l'aliment, n'est-ce pas ? Pas de problème. Je peux griller la viande, au moins.

Et pour la sauce ? Peu importe. Je vais inventer mon propre plat, en espérant qu'Ana va apprécier, sinon elle verra.

Pendant que je grille la viande, j'entends le bruit d'un meuble qui tombe, provenant de la chambre. Je me lève et je me précipite pour aller voir si Ana va bien.

Dès que j'entre, je trouve Ana qui s'est pendue. Je perds tous mes moyens. Elle est à deux doigts de mourir. Je cours vite et je pars couper le tissu, Ana tombe dans mes bras.

— Ana, pourquoi tu t'es pendue ?!!

Elle a les larmes aux yeux.

— Je deviens un fardeau et un obstacle pour toi. Pourquoi ne me laisses-tu pas m'en aller, pour de bon ?

Ana a complètement perdu la tête et l'estime d'elle-même. Elle s'engouffre de plus en plus. Mais je refuserai qu'elle tombe. Je l'aiderai à se relever.

— Ana. Je sais que tu es dégoûtée par ta personne, par ton corps et par la vie. Mais je te le demande, pourrais-tu continuer à vivre, pour moi ?

Elle me regarde avec affection et je sais qu'elle retient ses larmes de désarroi. Je sais qu'elle a envie de hurler de rage, depuis ce jour où je suis arrivé en retard, pour la sauver. Parfois, je me demande comment fait Ana pour ne pas m'en vouloir ou me haïr encore plus. Ou peut-être que c'est le cas ? Peut-être qu'elle fait juste semblant ?

Pourtant, je suis persuadé que ses yeux ne me mentent pas. Et qu'Ana éprouve de l'affection à mon égard.

— Mikael, qu'aimes-tu chez moi ? me demande-t-elle, d'une voix affaiblie et ravagée par la douleur intérieure.

— Tout. Tout ce que tu es, tout ce que tu as été et tout ce que tu seras. J'aime toutes tes imperfections et tout ce qui émane de toi, Ana. Tu ne le sais toujours pas ?

Ses larmes coulent. Pourtant, moi aussi, j'ai envie de relâcher cette pression et de pleurer. Mais je ne le ferai pas. Pas devant Ana. Actuellement dans sa vie, elle a besoin de quelqu'un de fort et qui lui redonne le sourire. Et c'est à moi de jouer ce rôle. Je n'y faillirai pas.

J'ai envie de la serrer fort dans mes bras, mais même ce petit geste, je n'en suis pas autorisé.

Je patienterai tout le temps qu'il faudra, jusqu'à ce qu'elle s'ouvre à nouveau à moi...

C'est Ana qui m'a aidé à me relever et à aller mieux. Jamais je ne la laisserai sombrer. Aujourd'hui, il est temps pour moi, de lui rendre tout ce qu'elle m'a donné. Et elle m'a tant donné, si seulement elle savait...

CHAPITRE 93

Ana

Mikael et moi sommes installés à table pour manger. Je ne sais pas quoi dire. Plus tôt, j'ai tenté de me suicider. Que doit-il penser de moi ? Que je suis vraiment faible, n'est-ce-pas ?

L'ambiance est si calme. C'est rare d'observer ce genre de silence entre Mikael et moi. Depuis le début, on avait toujours des choses à se dire, on communiquait beaucoup, par tous les moyens. Même lors de nos disputes, c'était un moyen de nous exprimer. Mais que dire de maintenant ? Un mur s'est installé entre nous. Ou plutôt, j'ai installé peut-être ce mur, sans m'en rendre compte ?

— Ana. Comment tu trouves ?

— Pas mal, lui rétorqué-je, en souriant légèrement.

— Pas mal ? Ça veut dire « c'est nul », n'est-ce pas ?

— Non, pas du tout. Ça veut dire : « peut mieux faire ».

— Quel est le souci ?

— C'est trop salé et épicé, lui dis-je.

— J'aime quand c'est salé et épicé. Tu le sais non ?

Je hoche la tête en mangeant. Mikael m'observe longuement. Je rougis car je sens du désir dans son regard. Sauf que je ne suis pas prête pour faire l'amour et je ne pense pas que je le serai à nouveau, un jour.

Je sais que Mikael finira bientôt par craquer et m'abandonner. Il aime trop le sexe or je ne lui en offre plus. Il ira en trouver chez d'autres femmes, plus dignes et désirables que moi.

— Ana, à quoi tu penses ?

— Rien, lui répliqué-je en souriant.

— Si tu le dis.

Je me lève pour débarasser les assiettes. Mikael m'arrête.

— Laisse-moi faire jusqu'à ton rétablissement.

Je suis surprise. Mikael n'a jamais utilisé ses mains de bourgeois pour s'adonner à des activités manuelles.

— Sais-tu faire la vaisselle ? lui demandé-je.

— Ana, me prends-tu pour un extraterrestre ?

— Non même pas, c'est juste que...

Il dérobe les assiettes de mes mains et s'en va.

Je l'observe en souriant. Parfois, ses gestes m'étonnent et me touchent très profondément.

A l'heure de se coucher, Mikael et moi regagnons la chambre.

Je ne veux pas encore le blesser mais je ne peux plus partager mon lit avec un homme. Rien que d'y penser, j'ai envie de vomir.

— Ana, vas dormir sur le lit. Je dormirai sur la chaise au salon.

— Sur la chaise ?

— Tu me veux à tes côtés cette nuit ? me demande-t-il, tout excité, en souriant.

Je me retourne de l'autre côté et ne répond pas à sa question. J'en suis gênée. Je suis devenue si ridicule, comme si le sexe n'était pas quelque chose de normal et de naturel. Il y avait juste quelques temps, j'aimais tellement le sexe que j'avais souvent hâte de me faire baiser par Mikael. J'ai du mal à croire ce qui m'arrive aujourd'hui.

Comme je ne dis rien, Mikael me souhaite une bonne nuit puis il sort de la chambre pour me laisser dormir, à l'aise.

Mais il revient aussitôt.

— Ana. Fais-moi une promesse. Ne tente plus de te suicider.

Je hoche la tête en souriant.

— Je ne le ferai plus.

CHAPITRE 94

Mikael

Oh merde, pourquoi j'ai dit à Ana que j'allais dormir sur la chaise ? Je vais souffrir, ouais. Je risque de me réveiller avec des maux de dos incurables. Je n'ai jamais dormi ailleurs que sur mes lits bien douillets et confortables.

Mon corps va subir beaucoup de dégâts. Bon, je dois relativiser. Je suis un pratiquant des arts martiaux. Normalement, ça devrait aller.

Dormir sur une chaise, ce n'est rien. Je me pose et je ferme les yeux, c'est tout.

Quoique... Je ne pourrai pas vraiment dormir. Sinon, qui va surveiller Ana ? Elle est en état de détresse et elle pourrait tenter de se suicider encore, à tout moment.

D'ailleurs, je vais rapprocher ma chaise de la chambre. De ce fait, j'entendrai tous les bruits pour pouvoir intervenir à temps, si Ana essayait quelque chose de de dangereux.

Ana me manque tellement. Son corps me manque comme pas possible. J'en souffre. J'étais accro à elle, au sexe avec elle. C'est dur de devoir constamment me contrôler et forcer mon pénis à se calmer. Les fesses d'Ana me manquent. Son doux toucher me manque.

Parviendrai-je à lui faire aimer la vie à nouveau ?

Parviendrai-je à la revaloriser en tant que femme et à retrouver son estime d'elle-même ?

Parviendrai-je à l'apaiser et à faire disparaître sa blessure ?

Les choses, pourront-elles un jour, redevenir comme avant, entre elle et moi ?

CHAPITRE 95

Mikael

Nous sommes au Printemps.

Deux mois sont passés et c'est toujours la même chose. Ana et moi cohabitons.

Je devrai être heureux car elle est à mes côtés. Mais comment l'être si sa froideur et son traumatisme n'ont pas encore disparu ? Et que j'ai toujours droit à des « merci » et des « désolée » à tout bout de champ. Le lit qu'on ne peut pas partager elle et moi, alors qu'on a été mari et femme pendant plus d'un an.

Aujourd'hui, j'ai décidé de planter des roses noires autour de la cabane.

Maintenant que j'y pense, je n'ai jamais pu faire visiter à Ana notre belle ville, la capitale de Lucifer, tellement nous n'avions eu aucun moment de répit, elle et moi.

Je suis sûre qu'elle aurait adoré le goût unique des pommes noires. Des fruits qui ne poussent que dans notre monde. J'aurais aimé lui faire visiter le jardin des roses noires. Elle se serait crue au Paradis.

Pourquoi mon amour avec Ana ne peut jamais être abouti et se vivre dans l'harmonie ?

— Qu'est-ce que tu fais ? me demande Ana, qui me retrouve dehors, pour la création de notre nouveau jardin.

Je le fais uniquement pour elle, en espérant qu'elle va avoir de quoi s'occuper la journée, à chaque fois que je sortirai pour aller chercher de quoi manger.

CHAPITRE 96

Ana

Depuis que nous habitons dans cette cabane, je ne cesse d'être agréablement surprise par Mikael.

Il m'a dévoilée des traits de sa personnalité que je n'aurais jamais soupçonnés.

Il est devenu si tendre, attentionné et prévenant. Il prend soin de moi, chaque jour, sans jamais s'en lasser. Et je crois que... Je suis en train de tomber amoureuse de lui.

Je ne parle pas uniquement du désir que j'éprouvais pour lui. Je parle de quelque chose de plus fort et de plus spirituel que tout cela.

Je suis tombée sous le charme de ce qu'il est devenu. Je sais qu'il restera toujours imprévisible et détestable, par moment. Mais pour la première fois, je me sens véritablement aimée par Mikael. Non, à cause de mon corps ou du sexe, mais à ma simple et juste valeur, en tant qu'Ana, tout court. Et c'est réciproque, car je peux affirmer, sans aucune nuance ni contradiction, que j'aime Mikael.

Au fil des jours passés ici, je suis finalement tombée folle amoureuse de lui. Cet homme si paradoxal, intrigant et fascinant, qu'est Georges Mikael de Lucifer et de Sade.

Il commence à pleuvoir.

Depuis mon arrivée dans le monde des démons, il pleut souvent. Mais heureusement, ce sont des pluies légères et sans tonnerre. Ce qui rend les pluies agréables à mes yeux.

Enfin, je n'aurai pas dû parler si vite car la pluie augmente et j'entends des bruits de tonnerre.

J'accoure pour entrer à l'intérieur de la cabane. Notre futur jardin va attendre.

CHAPITRE 97

Mikael

J'étais de l'autre côté de la cour quand soudain, la pluie a commencé à tomber. Je ne vois plus Ana dehors. J'imagine qu'elle a dû regagner l'intérieur. Il pleut très fort aujourd'hui, avec beaucoup de vent.

Comment doit se sentir Ana ? J'espère qu'elle n'est plus aussi effrayée qu'avant.

Je pars regagner la cabane.

Arrivé dans la cabane, je cherche Ana. Je pars fermer toutes les fenêtres car je sais qu'Ana a peur du bruit de tonnerre.

Je pars dans la chambre et je trouve Ana, sur le lit, couchée et blottie dans sa couverture. Je pars fermer les fenêtres de la chambre également.

Un grand tonnerre frappe. Ana sursaute du lit. Que faire ? Cette femme ne veut même pas que je l'approche. Je reste debout, planté là, à la regarder tristement.

Bon, je vais tenter une dernière fois, on ne sait jamais. Ana a besoin de réconfort physique dans ce genre de moments.

Je pars monter sur le lit et je me couche à côté d'elle en entrant dans la couverture. Elle est surprise. Mais au moins, elle n'a pas encore fui. Je me rapproche un peu plus et je la prends dans mes bras. Ana se laisse faire, sans réagir. Je lui caresse les cheveux. Elle dépose confortablement sa tête sur mon torse. L'odeur de ses cheveux m'avait tant manqué. Discrètement, je me plais à « sniffer » cela.

— Ana, je ne vais rien te faire. Laisse-toi aller, lui dis-je, même si ma queue s'est déjà durcie rien qu'avec cette sensation de corps collé l'un à l'autre.

Ana, que je sentais un peu crispée, sort ses bras et m'enlace avec. Waouh, ça faisait si longtemps que je n'avais plus senti ce doux toucher de la femme que j'aime. Tout d'un coup, je me sens à nouveau vivant. Ana ne sait même pas qu'elle avait commencé à me tuer à petit feu, de par sa distance et sa froideur.

J'ai tellement envie d'elle. De la baiser bien dur et de lui faire aimer à nouveau le sexe. Ça fait si longtemps qu'on n'a pas fait l'amour. Saurai-je me contrôler, à ce moment précis ?

CHAPITRE 98

Ana

Je suis couchée à côté de Mikael. Je me sens si bien dans ses bras, comme à l'époque où on était à Rouen et qu'on passait nos nuits, ensemble, côte à côte, constamment collés l'un à l'autre.

Je me sens tout d'un coup, nostalgique. Serait-ce le temps pluvieux qui me rende ainsi ?

Quoi qu'il en soit, cela faisait longtemps que je n'avais pas ressenti cette envie, de vouloir que Mikael reste si près de moi. Je me sens tellement bien dans ses bras que je me demande ce qui a bien dû se passer pour que les choses prennent cette tournure. Ou bien, serait-ce parce qu'il est parvenu à me mettre à l'aise au fil du temps, à respecter mes envies et mes limites ? Ce qui fait que je me sente en confiance et en sécurité dans ses bras ?

Je me souviens, il n'y a pas longtemps que l'idée d'avoir un homme qui me touche, me rebutait. Mais je crois que j'ai dû oublier que Mikael n'était pas un homme ordinaire pour moi. Il a été ma première expérience sexuelle et surtout un homme dont son toucher ne m'a jamais été indifférent dans le passé.

Serait-ce la raison pour laquelle mon désir pour lui est en train de se ranimer, jusqu'au bord de l'explosion ? J'ai envie qu'il me caresse, tout doucement et fasse vibrer tout mon corps, afin de me rappeler qu'il est possible de prendre du plaisir dans un échange charnel. Et que ce n'est pas toujours synonyme de cauchemar et de dégoût, à l'instar du viol à plusieurs que j'ai subi, ce jour-là.

J'aimerais tant oublier cette partie de ma vie. Si seulement je pouvais m'effacer la mémoire et tout recommencer à zéro...

— Ana, comment te sens-tu ?

Je souris car je suis bien dans ses bras. Mikael me voit et tire mon nez.

— Bien apparemment, ajoute-t-il.

— Qui t'a dit ça ?

— Je le lis sur ton visage.

— Et toi, comment te sens-tu ? lui demandé-je.

— Ça peut aller.

— Pourquoi ? Qu'est ce qui ne va pas ?

— À ton avis ? Devine ? Tu me connais, non ?

Je me mets à réfléchir pour savoir de quoi il veut parler. Soudain, il me murmure à l'oreille :

— J'ai envie de toi. Je risque de devenir fou si ça continue comme ça.

Comme d'habitude, il en faut de peu pour que Mikael éveille tous mes sens et que je sois prête à m'abandonner à lui. Il a ce pouvoir sur moi. Je me demande si j'ai le même pouvoir sexuel sur lui.

Je ne sais pas quoi lui répondre car pour dire vrai, je me sens encore très timide depuis cet événement dramatique et je ne parviens pas à m'exprimer aussi librement que Mikael.

Néanmoins, j'ai un autre moyen de lui faire comprendre que je veux bien qu'on essaie quelque chose aujourd'hui.

Je fais entrer ma main dans son T-shirt noir et je caresse son dos. Son corps me manquait, même si je n'en étais pas consciente.

— Humm Ana. Tes caresses si sensuelles. Ne t'arrête surtout pas.

Il fait entrer sa main dans ma robe et me caresse les seins, avec douceur. Mikael n'aime pas trop la douceur. Je sais qu'il fait des efforts pour moi, le temps que je me remette complètement de ce que j'ai vécu et qu'il puisse (enfin) me brutaliser comme il aime bien (au lit).

Mikael retire toute la couverture qu'il fait tomber. Couché, il me fait monter sur lui et me regarde avec des yeux amoureux. Il me caresse le visage puis m'embrasse à la bouche. Tous les deux fermons les yeux et nous laissons emporter dans la forte passion réciproque, que nous avions réprimée, durant tous ces mois. Nous continuons à nous embrasser pendant longtemps, alors qu'il me déshabille en même temps, en retirant ma robe. Je retire ma culotte. Du bout de ses doigts, il titille mes tétons. Puis il les lèche du bout de sa langue. Je ressens du plaisir et je commence à sentir du liquide sortir de ma chatte.

Il dépose de doux baisers chauds partout sur mon cou. Quand Mikael est excité pour faire l'amour, on dirait un vrai obsédé. Il n'est plus de ce monde. Et j'aime bien cet aspect chez lui. Il t'amène avec lui, au huitième ciel, comme il aime dire.

— Ana. Une fessée. Une seule. Je peux ?

Waouh, depuis quand cet homme demande avant d'en faire ?

— J'en veux plusieurs, lui rétorqué-je.

Car je veux de l'intensité. Je veux avoir mal. Oui, je veux ressentir de la douleur car ma mémoire sexuelle se souvient bien que la douleur et le plaisir peuvent être très liés, surtout en ayant un partenaire comme Mikael.

Alors il me retourne et je lui montre dos.

Il plonge d'abord sa tête dans mes fesses. Il aime tellement faire ça.

Il insère un doigt dans mon vagin, je bouge dans tous les sens.

Puis, il fait ressortir son doigt et me donne une première fessée. Je sursaute. Ça fait mal une seule seconde puis cela remue tout mon corps. C'est si paradoxal et difficile à expliquer.

Il me redonne des fessées, très fortes qu'il enchaîne cette fois-ci.

Au fur et à mesure que je reçois sa main chaude qui tape fort sur mon postérieur, je mouille de plus en plus et me sens prête à accueillir au plus vite sa verge.

Il n'attend plus et se déshabille. Il me met à quatre pattes sur le lit. Il fait entrer son pénis dans mon vagin bien lubrifié et fait des vas et viens vifs et rapides, ne pouvant plus contrôler son excitation.

En peu de temps, nous jouissons intensément. Le sexe était sensationnel. Sûrement, notre abstinence pendant une longue durée a amplifié le plaisir ressenti car c'était hors-limite et juste inoubliable.

Mikael se couche et me tire vers lui.

— Ana. Je suis très heureux, ce soir.

— C'est le sexe qui te rend heureux dans la vie ?

— Non. Toi. Et le sexe avec toi. Ce sont les deux choses qui me rendent heureux facilement.

— « Choses » ? Je suis une chose alors ?

— Ana. Tu recommences à voir des problèmes là où il y en a pas ?

— Tu m'as traitée de « chose ».

— C'est une façon de parler. Tu le sais bien, me dit-il.

— Je ne veux pas être une chose, en tout cas.

— Pour une fois que je suis content de te voir un peu insolente.

— Une femme qui te contredit est « insolente », c'est incroyable.

— Waouh, Ana. Je me rends compte qu'il ne te fallait que du sexe pour que tu reprennes toute ton énergie, que tu récupères ta langue bien pendue et ta chipie attitude.

Je souris. Mikael sourit avec moi en me serrant fort contre lui.

— Ces jours-ci, prépare-toi à m'avoir collé à ton corps pendant très longtemps, me dit-il.

— Pourquoi ?

— Parce que tu m'en as privé pendant des mois.

— Mon corps est un objet pour toi ?

— Ana, ne recommence pas. Ou bien nos disputes te manqueraient-elles ?

— Non, c'était juste pour clarifier certaines choses car d'après ce que je vois, tu considères toujours les gens comme des choses ou objets.

— Les gens, oui. Toi, non.

— Ah oui ? Tu me considères comme quoi alors ?

— Ma meilleure chose. La seule et l'unique.

Je lui donne une tape au bras. Il sourit. Puis, il me regarde, avec ses beaux yeux envoûtants.

— Ana, m'aimes-tu ?

— Je ne comprends pas pourquoi cette question, tout d'un coup ?

— Car tu n'y as jamais répondu.

— N'as-tu pas déjà la réponse ?

— Je ne suis pas toi et je ne lis pas dans tes pensées. Comment voudrais-tu que je connaisse la réponse ?

Ainsi, nous nous sommes mis à discuter jusqu'à nous endormir, sans même avoir mangé.

Ça faisait si longtemps que nous n'avions pas été si bien ensemble, Mikael et moi. Car à Rouen, même s'il m'a beaucoup fait souffrir, je reconnais avoir eu de beaux moments passés à ses côtés. Et aujourd'hui, je suis heureuse de retrouver cette ambiance, à ses côtés.

CHAPITRE 99

Au Palais royal.

Le roi est assis sur son trône. Le lieutenant est debout en face de lui.

— Votre Majesté, j'ai pu trouver la cachette du prince héritier, dit le lieutenant.

— Bon travail. Où en es-tu concernant les recherches sur les proches d'Ana ? dit le roi.

— Nous n'avons trouvé aucune trace du père ou des frères et sœurs de cette humaine. Il semblerait qu'elle soit fille unique. Cependant, mes hommes envoyés dans le monde des humains, ont pu repérer le lieu d'habitation de sa mère. Nous n'attendons que vos ordres, pour agir.

— Georges, fils ingrat qu'il est, a décidé de me déclarer la guerre ? Il verra bien à qui il a affaire. Connais-tu les heures de sortie de mon fils ?

— Oui. Il quitte Ana dans le seul but d'aller acheter des provisions, souvent tôt dans la journée pour pouvoir revenir en milieu de journée.

— A présent, nous procéderons comme suit... Je rédigerai la lettre et nous laisserons notre oiseau magique l'apporter à Ana, au moment pile où Georges sera absent, dit le roi, qui explique le déroulement de son plan au lieutenant.

CHAPITRE 100

Ana

Un oiseau magique a fait tomber une lettre sur la fenêtre de la chambre.

Je suis étonnée en voyant que c'est destiné à moi : « A l'attention d'Ana Duval ». Serait-ce un piège ? Je ne connais personne dans ce royaume, à part Mikael. Ah oui, et son cousin Éric. Mais pourquoi ce dernier m'enverrait-il une lettre à la place de Mikael ?

Je me pose trop de questions. Je devrai ouvrir la lettre et la lire. Une lecture n'a jamais tué personne. Alors, j'ouvre l'enveloppe et je déplie le papier. Mes yeux parcourent le contenu.

Je suis tellement surprise et apeurée que je tremble à la lecture de cette lettre. Comment le roi a-t-il fait pour connaître ma mère et la faire venir jusqu'ici ? Est-ce vrai ? Ou simplement un leurre afin que je me rende ? Et si c'était vrai... ?

Oh, mon Dieu, je n'oserai imaginer ma mère se faire exécuter à cause de moi. Pourquoi doivent-ils l'inclure dans ma situation ? Elle était tranquille dans le monde des humains. L'endroit où je ne souhaitais plus que retourner, si ce n'était l'égoïsme de Mikael, qui continue de me retenir prisonnière dans son monde...

Néanmoins, je reconnais qu'avec toute la tendresse que Mikael m'a montrée ces derniers mois, je suis incapable de continuer à le traiter d'égoïste. Mikael est si paradoxal. J'oubliais qu'il s'agit de deux personnalités dans un même corps. Donc à tenter de caractériser cet homme, on finit par s'y perdre.

Avec cette lettre, je perds complètement la raison. Je m'empresse de me vêtir confortablement pour le voyage jusqu'à la capitale. Je ne peux pas attendre Mikael et je ne devrai pas car jamais il ne me laisserait y aller. Il s'en foutrait que je perde ma mère. Tout ce qu'il voudra faire, c'est assurer ma sécurité. Bien sûr, je lui suis reconnaissante de me protéger au risque de sa vie, mais il ne comprendra jamais que ma mère est la seule famille qu'il me reste et que je ne me pardonnerai jamais si elle mourait à cause de moi.

Je brûle la lettre afin de ne pas donner d'indice à Mikael et me faire arrêter par lui, en cours de chemin.

Sans ne plus attendre, je monte sur le cheval et je m'en vais, pour me rendre et sauver ma mère.

CHAPITRE 101

Mikael

Dès mon arrivée, je me suis mis à crier le nom d'Ana pour la taquiner. C'est ce que je fais à chaque fois que je reviens de mes sorties. J'ai continué à prononcer son nom jusqu'à l'entrée. Je ne vois pas Ana. Je la cherche partout dans les environs. Aucune trace d'Ana. Je commence déjà à m'inquiéter. Où a-t-elle pu partir ? Non, elle ne partirait nulle part puisqu'elle m'a promis de rester bien sage ici, à mes côtés et qu'elle ne tenterait plus rien de risqué.

Je marche en faisant des vas et viens. Je cogite en évoquant plusieurs hypothèses mais je ne trouve pas de réponse à la disparation de ma belle Ana.

Ne me dites pas que mon père a finalement découvert notre cachette ? Et que des hommes sont venus prendre Ana durant mon absence ?

Un indice vient de me donner une piste : mon cheval a disparu. Donc c'est Ana, elle-même qui serait partie de plein gré ? Où pourrait-elle bien aller ?

Une seule réponse me vient à l'esprit : au palais royal. Car elle ne connaît personne dans mon royaume, à part moi et les membres de ma famille.

Pourquoi s'est-elle empressée de partir ? Serais-je en manque d'une information clé ?

Quoi qu'il en soit, je dois arrêter Ana, au plus vite. En retournant dans la capitale, elle se jette dans la gueule du loup.

Quand je pense que nous nous sommes donné tant de mal et que nous nous sommes battus jusqu'à trouver un petit « confort » ici, elle et moi. Et que maintenant, elle gâche tout en ne pensant qu'à elle. Elle met à néant tous mes efforts et sacrifices.

Cette femme ne va jamais cesser de m'inquiéter. Aimer est trop dur pour le cœur. Je comprends pourquoi certaines personnes préfèrent fuir l'amour.

C'est rare que je me transforme en phénix, car ça m'épuise et prend beaucoup de mon énergie. Mais aujourd'hui, je n'ai pas le choix. Pour arriver à temps et sauver Ana qui m'a déjà devancé, je ne peux que voler et utiliser mes ailes d'oiseau, la vraie forme de notre lignée royale.

J'ai peur de perdre Ana. Sans compter les prévisions négatives de cette vieille chamane, qui ne parviennent pas à sortir de mes pensées.

CHAPITRE 102

Ana

J'arrive au Palais royal. Les gardes m'ouvrent la porte du salon, où se trouvent le roi et la reine. Je ne vois nulle part ma mère.

— Quel enfant filial et loyal, dit la reine.

Je me place face au roi et m'adresse à lui :

— Votre Majesté, je suis venue à vous. Je me suis rendue. Vous pouvez prendre ma vie et laisser partir ma mère. Quant à ma dernière volonté... Je vous fais la demande d'abolir l'esclavage des humains, svp.

— Quelle utopiste ! Tu fais pitié, dit la reine.

— Je comprends pourquoi mon fils est tombé amoureux de toi. Ta bonté et ton courage ont dû le faire fondre jusqu'à le rendre fou de toi car il est devenu vraiment fou. D'ailleurs, je sais qu'il va arriver d'un instant à l'autre pour encore tenter désespérément de te protéger. De ce fait, je ne perdrai pas de temps à discuter longuement avec toi, jeune et brave humaine. Procédez sans attendre à l'exécution de la mère, ordonne le roi.

Deux gardes viennent m'attraper pour me retenir afin de ne pas intervenir. Je suis déjà anéantie rien que par le roi qui n'a pas respecté sa parole. Je me suis rendue. Ne peut-il pas au moins laisser partir ma mère ? J'ai les larmes aux yeux car je me sens si impuissante, face à toute cette injustice. Je ne cesse d'être déçue par la vie.

Deux gardes amènent ma mère dans la salle. Elle vient de me voir. Elle est très surprise.

— Ana. Que fais-tu ici ? Où suis-je ? Et que se passe-t-il ?

Mes larmes coulent toutes seules.

— Maman... Je...

Je ne parviens pas à m'exprimer. Que dois-je faire pour la sauver ? Que puis-je faire ? Je suis déjà limitée en termes de compétences physiques. Je ne serai jamais de taille face au roi et à la reine, qui sont de la lignée royale et détiennent chacun un pouvoir magique. Je ne suis qu'une simple humaine.

Encore une fois, Mikael a fait une erreur monumentale en m'amenant dans son royaume. Même s'il a songé à m'entraîner, et alors ? Je n'aurais jamais de pouvoir magique pour me défendre assez dans ce monde de démons et protéger les gens à qui je tiens lorsqu'ils seront en danger.

N'a-t-il donc jamais pensé à cela ? Ou bien croyait-il pouvoir être toujours là pour moi et me protéger ?

Dieu, ne me prenez pas ma mère. Je vous en supplie. Tout le monde sauf elle, me suis-je mise à implorer désespérément.

Faites un miracle, svp.

— Procédez à l'égorgement, ordonne le roi.

Je vois la reine qui sourit.

Un grand gaillard tient une hache pour trancher la tête de ma mère.

— Ana, même si je ne comprends rien à ce qui se passe, vis et prends soin de toi.

Les dernières phrases de ma mère finissent de m'achever.

— Svp épargnez-la !! Je me suis déjà rendue !! Que voulez-vous de plus ? crié-je de toutes mes forces, en pleurant, tentant de me détacher des bras des deux gardes.

Ma mère a les larmes aux yeux.

Le gros gaillard est sur le point de lui trancher la tête, je parviens à me débattre et à me libérer de l'emprise des deux gardes qui m'attrapaient. J'accoure de toutes mes forces auprès de ma mère en faisant des acrobaties pour arriver le plus vite possible et la sauver.

Je tends mon bras, je touche presque ma mère et là, soudain, je n'arrive plus à bouger mon corps. Je suis paralysée. Je retourne ma tête et je vois la reine qui, d'un pouvoir à distance, consistant à manipuler tout mouvement de l'autre, me retient afin de ne pas faire un pas de plus.

Et le comble ? Le gros gaillard coupe la tête de ma mère en deux.

— Mamaaaaaaaaan !!! crié-je, en sanglots.

Je ne parviens toujours pas à bouger de là où je me trouve. A deux centimètres de ma mère, pourtant

Ma mère vient de me quitter. Comment ai-je pu en arriver là ?

Puis, je me souviens que tout a commencé par ce jour, à Rouen, où j'avais pris la ferme décision de me venger.

Voilà, aujourd'hui, où m'aura mené ce désir de vengeance...

Même si je n'en ai plus l'intention, tout ce qui m'arrive aujourd'hui, est totalement de ma faute. Si je n'avais pas intégré le manoir de Mikael, nous ne nous serions jamais rencontrés. Nous ne nous serions jamais découvert un désir si ardent l'un pour l'autre, qui nous fait perdre à chaque fois la raison. Nous ne nous serions jamais épris l'un de l'autre, jusqu'à finir par ne plus pouvoir vivre dans la sérénité mais uniquement dans la peur. Constamment dans la peur, de perdre l'autre, jusqu'à rester bornés et défier tout et tout le monde.

Devrai-je en vouloir à Mikael ? Je m'en veux encore plus. D'avoir succombé à cette passion dévastatrice et à ces sentiments amoureux que j'éprouve, pour cet homme.

Quant à lui, je lui en veux uniquement d'avoir décidé de tout, à ma place. D'avoir pensé que ce qu'il voulait était forcément ce que je voulais, en m'ayant gardée dans ce monde de monstres, plus horribles les uns que les autres.

— Votre majesté, laissez-moi en finir avec elle, svp, dit la reine.

— Ne perdez plus une seconde alors, répond le roi.

J'ai toujours trouvé Mikael cruel, mais ses parents sont encore bien plus cruels que lui. Je me demande si cette insensibilité ne serait pas inscrite dans les gènes des démons de la famille royale, ou des démons tout courts. C'est vrai qu'ils ne sont pas appelés « démons » pour rien. Ils sont les opposés des anges. Cela ne devrait pas m'étonner d'assister à autant de manque d'humanisme auprès d'eux.

La porte de la salle se détruit soudainement : c'est Mikael.

Le roi et la reine sont surpris en voyant leur fils, très en colère, les sourcils froncés.

Même moi, je sens une forte aura sombre, émanant de lui, dès son entrée.

Je suis au fond de la salle et je lui montre dos. Je ne me suis pas retournée pour le regarder. A l'instant où il est entré, j'ai senti sa présence (ce sont des choses qui ne s'expliquent pas) et j'ai reconnu son odeur corporelle, que j'ai toujours adorée.

La reine s'empresse de m'achever avant que Mikael n'intervienne. Elle manie ses deux mains, pendant que je sens comme des couteaux qu'on m'enfonçait dans le cœur. Je commence à cracher du sang.

Mikael accourt pour arrêter sa mère. Le roi s'interfère et se place devant son fils, pour lui empêcher de faire quoi que ce soit.

— Si vous voulez avoir un fils qui vous détestera à vie, allez-y, dit-il à ses parents.

Mikael commence à se battre contre son père.

— Adieu, sale humaine, dit la reine, en souriant.

Elle fait un dernier mouvement de ses mains (à distance toujours) et je tombe, en crachant une quantité énorme de sang.

— Anaaaaaaaa, s'écrie l'homme que j'aime.

J'ai pris conscience de mes sentiments pour Mikael, lors de nos moments passés dans la cabane.

Aujourd'hui, je peux affirmer sans hésiter que je suis tombée raide dingue de Mikael. Dommage que je m'en sois rendue compte si tard et qu'il m'est donc impossible de vivre pleinement mon Amour, avec lui. Puisque, dans quelques secondes, je vais le quitter, à jamais.

CHAPITRE 103

Mikael

Dites-moi qu'il n'est pas trop tard. Je cours auprès d'Ana, couchée par terre. Je m'accroupis et la prends dans mes bras. Elle a les larmes aux yeux et veut me dire quelque chose, avec un peu de difficulté.

— Je vais répondre à ta question. Je... dit-elle, en caressant mon visage.

Je serre fort la main d'Ana sur mon visage.

— Ana, tu n'oses pas me quitter...

— Malgré ta cruauté et ton égoïsme sans limite, j'apprécie ton dévouement, ta farouche loyauté et tes sentiments pour moi. Merci d'être resté à mes côtés durant ces moments où je ne broyais plus que du noir... Et sache que je... t'aime, Mikael.

Seraient-ce les derniers mots, qu'Ana vient de me laisser, avant de me quitter ? Non, je ne peux pas y croire. Ana n'ose pas me quitter. Cette idée ne m'a jamais traversé l'esprit. C'est impossible.

Ne pouvant plus contenir toute ma peine, je commence à pleurer. Mes larmes coulent en abondance.

— Ana, si tu joues, arrête ça tout de suite. Donne-moi signe de vie, imploré-je, en pleurant. Stp, regarde-moi. Bouge ta main. Fais-moi juste un petit signe. Je te le promets, je vais quitter ce monde et ma famille pour partir avec toi où tu voudras. Ana ? Ana, ne me fais pas ça. Ana, pardonne-moi. Je te traiterai mieux. Je ferai tout ce que tu voudras. J'ai fauté, en t'amenant de force dans mon royaume. J'ai été égoïste. Je n'ai pensé qu'à moi et jamais à toi. J'ai cru que ce que je voulais était forcément ce que tu voulais. Je le reconnais, j'ai mal fait. Mais donne-moi au moins une chance de me rattraper. Ana, tu ne peux pas me quitter. Je t'ai toujours dit que tu n'en avais pas le droit sans mon aval !! Anaaaaaaaaaaa !

Je me suis mis à pleurer toutes les larmes de mon corps. Je n'ai jamais autant pleuré de ma vie. Normal. Je n'ai jamais autant aimé une personne. Et qu'est-ce que je l'ai (mal) aimée...

Tome 3 et Fin

https://www.amazon.fr/dp/B0942NV1YN

Le dernier tome de votre trilogie sort très bientôt.
Vous pouvez déjà le précommander.
Suivez-moi sur Amazon et vous serez
notifiés dès qu'il sera publié ☺.

Futures œuvres de Dark Flower (déjà disponibles en précommande)

Obsession Malsaine

Désirs malsains

Kidnappée par le fils Dracula

Hâte de vous retrouver.

Bisous.

A très vite !

dark.flower.romance@gmail.com

Printed in Poland
by Amazon Fulfillment
Poland Sp. z o.o., Wrocław